토머스 미들턴 희곡 선집

Thomas Middleton: Five Plays
by Thomas Middleton

Published by Acanet, Korea, 2017

학술명저번역 599

토머스 미들턴 희곡 선집

복수하는 사람의 비극

여자는 여자를 조심해야

토머스 미들턴 지음 | 이미영 옮김

아카넷

옮긴이 서문

『토머스 미들턴 희곡 선집(*Thomas Middleton: Five Plays*)』은 17세기 초 영국의 대표적인 극작가 중 하나인 토머스 미들턴의 대표작 다섯 편을 담은 희곡선이다. 아직 우리나라에서 널리 알려지진 않았지만 사실 토머스 미들턴은 여러 가지 면에서 셰익스피어에 필적할 만한 작가이다. 그는 셰익스피어와 더불어 희극, 비극, 사극, 희비극의 네 장르에서 모두 걸작을 내놓은 유일한 작가이고, 셰익스피어의 사후에 그의 작품을 번안하도록 공식 위임받은 유일한 작가이며, 또한 가장 많은 수고본(手稿本) 카피와 가장 많은 위작 판본을 가진 작가이기도 하다. 즉 토머스 미들턴은 생전에 셰익스피어 못지않은 대중적 인기와 명성을 누렸다 해도 과언이 아닌 그 시기의 대표 작가인 것이다. 그러나 그는 여타의 유명한 극작가들과 달리 어느 극단에도 전속되지 않았고 평생 가난에 시달리며 후손도 변변히 없었기에 미들턴의 수많은 작품들은 제대로 관리되거나 인쇄 출판되지 못한 채 사라져 버렸다. 그래서 미들턴은 영문학계나 국내외 출판계에서 그가 마땅히 받았어야 할 관심과 연구를 받지 못한 채 이 시기의 수많은 군소 작가들 중 하나로 치부되어 왔다. 외국의 경우 미들턴에 대한 본격적인 연구가 이루어지기 시작한 것은 2000년대 들어와서이고, 특히 2007년이 되어서야 『미들턴 전집(*Thomas Middleton: The Collected Works*)』을 통해 그의 모든 작품이 최초로 망라될 만큼 미들턴에 대한 학계와 출판계의 관심은 그의 작가적·문학적 위상에 비해 미흡했다. 국내 영문학계의 경우 그의 대표작인 『체인질링(*The Changeling*)』과 몇 편의 도시희극에 대한 연구가 간헐적으로 이루어졌을 뿐 본격적인 연구는 여전히 드문 상황이고, 그의 작품을 번역한 작품은 더욱이 드문 형편이다.

『토머스 미들턴 희곡 선집』은 그의 대표적 드라마 다섯 편에 대한 우리나라 최초의 초역본이다. 저술 연대순으로 하면 『노인네 술수 잡는 계략(*A Trick to Catch the Old One*)』, 『복수하는 사람의 비극(*The Revenger's Tragedy*)』, 『칩사이드의 순결한 처녀(*A Chaste Maid in Cheapside*)』, 『여자는 여자를 조심해야(*Women Beware Women*)』, 『체인질링(*The Changeling*)』의 순서가 되는데, 분량을 두 권으로 나누다 보니 이 순서가 좀 바뀌었다. 1권에는 두 편의 비극인 『복수하는 사람의 비극』과 『여자는 여자를 조심해야』가 들어 있고, 2권에는 두 편의 희극 『노인네 술수 잡는 계략』, 『칩사이드의 순결한 처녀』와 비극인 『체인질링』이 들어가게 되었다. 이 중 앞의 네 편은 미들턴 단독 저술이고, 마지막 작품인 『체인질링』만이 윌리엄 로울리(*William Rowley*)와의 공저이다.

이 다섯 작품은 장르에 있어서도 희극과 비극을 넘나드는 대표작들이지만, 초연 시기도 1605년에서 1622년까지 망라되어 미들턴의 초기작부터 후기작으로 이어지는 궤적을 잘 보여 주는 작품들이다. 또한 이 다섯 편은 미들턴 개인의 대표작일 뿐 아니라 17세기 초 도시희극과 비극 장르의 대표작이기도 해서, 문학사적인 의미 외에 대중에게 책읽기의 즐거움을 충분히 줄 수 있는 재미있는 문학작품들이다. 비록 400여 년의 시차가 있기는 하지만 21세기 한국의 대중 독자들에게 즐거운 독서경험을 제공할 수 있는, 역사를 통해 인증된 흥행작들인 것이다.

이 번역본은 펭귄판 『토머스 미들턴 다섯 작품(*Thomas Middleton: Five*

Plays)』(London and New York: Penguin, 1988)의 본문을 번역하였다. 한국연구재단이 선정한 번역 텍스트인 펭귄판은 주석이 많지 않은 문고판 텍스트라서 번역자는 이를 보완하기 위하여 여러 출판사에서 나온 다양한 판본들을 참고했다. 본래 일반 독자를 대상으로 한 번역이라면 많은 각주가 가독성을 저해하므로 각주의 사용을 최소화하는 것이 맞을 것이다. 하지만 이 번역서는 한국연구재단의 지원을 받은 학술 번역이고, 이 시기 문학의 특성상 각주가 없으면 가독성은 높아지되 중의성은 희생되는지라 번역의 충실도를 위하여 부득이하게 많은 각주를 사용하였다. 각주는 역사적 배경지식과 문화적·문학적 사실들, 중의적인 농담들, 동음이의어(pun)를 이용한 말장난 등을 설명하기 위해 사용하였다. 또한 지명과 인명의 음역은 작품 속 배경에 따라 다르게 적용하였음을 밝혀 둔다. 배경이 영국인 『노인네 술수 잡는 계략』과 『칩사이드의 순결한 처녀』는 영국식으로 음역하였으며, 배경이 이태리인 『복수하는 사람의 비극』과 『여자는 여자를 조심해야』는 이태리어로, 스페인 도시를 배경으로 한 『체인질링』은 스페인어로 음역하였다.

번역자에게 초역 작업은 처음이라는 어려움과 부담감을 동반하지만, 좋은 작품을 우리나라 독자들에게 최초로 알린다는 즐거움도 있는 작업이다. 필자는 번역자 이전에 문학 독자이자 영문학 전공자로서 미들턴 작품들을 초역하는 과정 내내 많은 감동과 지적 즐거움을 경험할 수 있었다. 아무쪼록 독자 여러분도 번역자가 느꼈던 감동과 재미를 미들턴의 드라마를 읽으며 함께 즐기실 수 있기를 바란다.

차례

2권 차례

복수하는 사람의 비극

등장인물

공작
루수리오조 공작의 친아들
스푸리오 공작의 사생아
암비시오조 공작부인의 전남편 소생 맏아들
수퍼바쿠오 공작부인의 전남편 소생 둘째 아들
주니어 공작부인의 전남편 소생 막내아들
안토니오 귀족
피에로 귀족
빈디체 그라티아나의 큰아들
히폴리토 그라티아나의 작은아들
돈돌로 그라티아나의 하인
넨쵸 루수리오조의 부하
소르디도 루수리오조의 부하
공작부인
그라티아나
카스티자 그라티아나의 딸

귀족들, 판사들, 신사들, 호위병들, 간수, 장교들, 하인들*

배경 이태리 궁정

---

* 주요 등장인물의 이름은 이태리어로 특정한 의미를 담고 있다. 루수리오조(Lussurioso)는 음탕하다는 뜻이고, 스푸리오(Spurio)는 사생아, 암비시오조(Ambitioso)는 야망, 수퍼바쿠오(Supervacuo)는 허영, 빈디체(Vindice)는 복수하는 사람이란 의미이다. 넨쵸(Nencho)는 바보란 의미이고, 소르디도(Sordido)는 타락했다는 의미이다. 그라티아나(Gratiana)는 신의 은총/우아함이란 의미를, 카스티자(Castiza)는 순결이란 의미이다. 배경이 이태리이므로 등장인물 이름 역시 이태리어 발음으로 음역하였다.

1막 1장

〔빈디체가 해골을 들고 등장한다. 공작, 공작부인, 루수리오조, 스푸리오가 횃불 든 수행원들과 함께 행진하면서 무대를 지나간다〕

빈디체 왕실의 호색한, 백발의 간음남인 공작은 가라!
그리고 그자의 아들, 아비만큼 뼛속까지 불경스러운 너도,
그리고 죄악 가운데 제대로 잉태된, 공작의 사생아 너도,
그리고 악마와도 기꺼이 동침하려 들 공작부인 당신도 가라.
훌륭하기 짝이 없는 네 명의 전형(典型)이군.
오, 골수(骨髓) 없는 노년의 나이가
저자의 텅 빈 뼈에 저주받은 욕망을 채워 주길.
그래서 바짝 말라 물기라곤 없는 호색한인
건조한 공작의 방탕한 혈관 속에
정열 대신 지옥의 불길을 불붙여 주길.
오, 하느님! 생존에 필요한 피조차 충분치 않은 자가
상속자라도 된 듯 그 피를 흥청망청 낭비하다니요?[1)]

1) 당시의 생리학에 따르면 남자가 성욕과 활기를 채우기 위해 골수와 피가 필요한데, 공작은 늙어서 골수가 없고 혈액도 부족하다. 그런 공작이 추한 노년의 음탕함으로 얼마 안 되는

오, 그 생각을 하기만 해도
안 그래도 괴롭던 내 심금이 불편해지는구나.
〔해골을 보며〕 그대, 내 독살당한 연인의 창백한 형상이여.
내 사색의 대상이자 죽음의 껍데기인 그대도
한때는 내 약혼녀의 밝게 빛나던 얼굴이었지.
이 누더기 같은 불완전함이
생명과 아름다움으로 자연스럽게 채워졌을 때,
그래서 하늘을 향한 두 개의 다이아몬드가
이 보기 흉한 눈구멍에 들어 있었을 때 말이야.
그때 이 얼굴은 화장한 어느 여자의
인위적인 반짝임보다 더 밝게 빛나서,
혹시 하루에 일곱 번만 죄짓는 남자가 있다 해도
그렇게 가장 올바른 남자조차 자기 관행을 깨고
그녀를 눈으로 쫓아감으로써 여덟 번째 죄를 짓게 하곤 했지.
오, 그녀는 고리대금업자 아들이 받은 모든 유산을
키스 한 번으로 사라지게 만들 수 있었고,
그자의 아버지가 오십 년 동안 모은 재산을
죄다 낭비하게 할 수도 있었어.
그러고도 그의 청혼을 매정하게 거절했겠지.
아, 하지만 저주받을 궁전 때문에!
당신이 육체의 옷을 입고 있던 시절에

∴

피마저 낭비하고 있으니, 늙어서 성불능이 된 공작에게 지옥 같은 성욕을 주어 괴롭게 해 달라는 말이다.

늙은 공작이 당신을 독살하고 말았어.
당신의 더 순수한 성품이 공작의 중풍 걸린 욕정에
동의하려 하지 않았기 때문이지.
음탕한 늙은이들은 난폭하고 분노한 젊은이와 같아서
자기들의 제한된 성적 능력을 과대평가하는 법이야.
오, 사악하고 정욕에 불타는 늙은이를 경계해야 해.
"노인은 황금뿐 아니라 정욕에서도 탐욕스럽다."는 말도 있잖아.
복수여! 너는 살인이 내야 하는 임대료라서
그것으로 네가 비극의 소작인임을 증명하지.
그러니 부디 네가 점찍은 사람들에게
날짜, 시간, 분까지 정확히 지켜 다오.
흠, 살인이 제대로 대가 못 받는 거 본 적 있어?
그러니 복수에게는 몫을 잘 챙겨 줘야 해.
복수는 지금까지 항상 신의를 지켜 왔으니까 말이야.
〔해골을 보며〕 그러니 즐겨. 즐기라고.
당신은 뚱뚱한 사람들의 공포의 대상이니,
그들의 값비싼 세 겹의 살집이
당신처럼 앙상하게 벗겨지도록 진격하란 말이야.
— 사람 몸뚱이는 살찌는 게 장땡이라서,
연회와 안락함, 웃음은 높은 양반들을 살찌게 하지.
하지만 현명하고 마른 사람들이 그자들보다 훌륭하다고.

〔빈디체의 동생인 히폴리토 등장〕

히폴리토 아직도 죽음의 가면을 보면서 한숨 쉬는 거예요?

빈디체 어서 와라, 아우야.

무슨 좋은 소식이라도 가져온 거야? 궁정은 어때?

히폴리토 비단과 은식기로 가득 차 있죠.

더 이상 화려할 수 없을 만큼요.

빈디체 쳇, 넌 내 뜻을 다 알면서 일부러 곡해하는구나. 말해 보렴.

그 대머리 부인, 기회의 여신이 그래도 우리를 생각해 주던?[2)]

아직 때가 안 된 거야? 너와 내가 당한 일은

한 개의 칼집에 딱 맞는 거잖아.

히폴리토 잘될 수도 있어요.

빈디체 무슨 얘기 하는 거야?

나도 맛보게 알려 줘 봐.

히폴리토 그럼 내 말 잘 들어 보세요.

궁정에서 내가 무슨 일 하는지 알죠?

빈디체 그래, 공작의 내실을 지키는 거지.

네가 아직 안 쫓겨난 게 신기하긴 하다만!

히폴리토 사실 밀려난 적도 있지만 다행히 아직까진

공작부인 치맛자락에 매달려서 버틸 수 있었어요.

형님도 짐작하시겠지만, 그런 속치마가 세워 준 남자는

납작하게 떨어지는 법이 절대 없죠.[3)]

---

2) 기회의 여신은 오직 앞머리에만 머리카락이 있는 대머리여서 날아오는 기회의 여신을 잡으려면 앞머리를 움켜쥐어야 한다. 즉 기회란 다가올 때 잡아야지, 안 그러면 놓쳐 버린다는 의미이다.

3) 남성의 성기를 상기시키는 성적인 농담으로 히폴리토가 공작부인과 내연의 관계일 수 있다는 걸 암시한다.

자, 다시 요점으로 돌아갈게요.
오늘이 오기 전인 어젯밤에
공작의 아들이 조심스럽게 날 찾았고
나는 그 명령대로 그자를 만나러 갔어요.
그자는 세상 돌아가는 얘기랑 여러 소문에 대해
교묘하게 날 열고 내 생각을 알아내려 하더라고요.
하지만 나도 내 생각을 원래 있던 자리에
은밀히 감출 정도의 머리는 있는 사람이라,
위험할 것 없는 한가한 답변만 해 줬지요.
그런데 결국 그자가 의도한 목적과 범위는 이거였어요.
천성이 불만으로 가득한 불평분자 하나를
은밀하게 찾아 달라는 부탁인 거죠.
이전에 누구한테 모욕당한 적이 있던가,
아니면 그자의 의붓어머니 결혼식 이후에
다른 하인한테 자리 빼앗긴 놈으로요.
오직 나쁜 짓에만 소질 있는 놈,
그런 다혈질 사내로 골라 달라는 거예요.
정확히 말해서 어느 비천한 뚜쟁이 말이에요.

빈디체 무슨 말인지 알겠어.
그자는 너무 욕성이 넘치는 놈인지라
설사 수없이 많은 첩이 있다 해도
절대 만족 못하고 반드시 밖으로 날아갈 놈이지.
그놈의 욕정이 솟구쳐 오른 순간에
한 번이라도 그놈이 거절한 여자가 있다면,

그런 여자는 여자 치고 얼마나 못생긴 얼굴에
얼마나 끔찍한 몸매일지 내가 다 궁금할 정도야.
하지만 세상에 그런 여자는 없을걸.
진짜 해골만 아니라면 설사 해골보다 추한 얼굴이어도
그자는 만나는 여자의 모든 얼굴에 죄다 반할 테니까.

히폴리토 형님, 제대로 잘 묘사하셨어요.
그자는 형님을 모르지만, 맹세컨대 형님은 그자를 잘 아시네요.

빈디체 그렇다면 난 즉시 그 뚜쟁이로 변장해서
딱 맞는 사내, 시류에 맞는 사내가 돼야겠다.
정직한 사람은 지금 세상과 어울리지 않으니까.
아우야, 내가 그 불평분자가 될게.

히폴리토 그럼 내가 형님을 추천할게요.

빈디체 그렇게 해. 부당한 피해자한테는
아무리 사소한 기회라도 도움이 되니까.
이게 우리한테 기회가 될 수도 있어.
내가 기회를 만나면 그 앞머리를 움켜쥘 거야.
아니면 매독처럼 머리고 뭐고 다 벗겨 버리든지.[4]
마침 이 역할에 아주 잘 어울리는 옷도 한 벌 있어.

〔그라티아나와 카스티자 등장〕

저기 우리 어머니가 오시네.

4) 당시 큰 사회문제였던 매독의 증상 중 하나가 탈모였다.

히폴리토 동생도 같이 오네요.

빈디체 우리가 말을 잘 지어내야 해.

여자들은 거짓말에 잘 속으니까.

이 두 사람에 대해 내 영혼을 걸어도 좋지만,

핑계만 그럴 듯하게 만들어 내면

이 두 사람은 그 말들을 꿀꺽 삼킬 거야.

여자들은 원래 남의 말을 쉽게 믿거든.

그라티아나 카를로, 궁정에 무슨 소식이라도 있니?[5)]

히폴리토 어머니, 지금 은밀하게 들리는 소문으로는

공작의 막내 의붓아들이 안토니오 경의 아내를 겁탈했대요.

그라티아나 아니, 그 신앙심 깊은 부인을!

카스티자 왕족이 그런 짓을 하다니!

그런 괴물은 마땅히 죽어야 해요.

설사 그자가 이태리의 유일한 후계자라고 해도요.

빈디체 얘야, 아주 올바르고도 정확한 판결이구나.

법의 여신도 여자이니 그녀가 너였으면 좋겠다.

어머니, 전 지금 가 봐야 해요.

그라티아나 어디로 간다는 거니?

빈디체 급하게 여행할 일이 있어요.

히폴리토 정말 그래요, 어머니.

그라티아나 그래도 이건 너무 급하잖니.

빈디체 훌륭하셨던 아버님의 장례식 후에

5) 카를로는 히폴리토의 다른 이름인 듯한데 히폴리토가 이렇게 불리는 것은 이 대목뿐이다.

내 삶은 내게 낯설어졌어요.

난 마치 죽어야 하는데 살아 있는 것 같았죠.

그라티아나 너희 아버지는 훌륭한 분이셨지.

남긴 재산이 인품만큼 훌륭했으면 좋았을걸.

빈디체 공작이 아버님을 너무 등한시했어요.

그라티아나 많이 그랬지!

빈디체 너무 많이 그랬어요.

아버님은 치욕감이 솟아오를 때,

그걸 마음속에 꾹꾹 눌러 참으셨고,

그로 인한 불만 때문에 돌아가셨다고 전 확신해요.

불만이야말로 귀족을 죽이는 병이니까요.

그라티아나 네 아버지는 틀림없이 그랬을 거다!

빈디체 정말 그러셨어요? 어머니가 제일 잘 아시죠.

아버님이 한밤중에 속을 털어놓던 분이 어머니였으니까요.

그라티아나 아니야. 네 아버지는 너무 현명하셔서

자기 생각을 내게 다 맡기지는 않았단다.

빈디체 〔방백〕 그렇다면 아버님, 당신은 정말 현명하셨군요.

"아내는 잠자리와 밥 차리는 데에만 써야 한다."란 말이 있죠.

— 가시죠, 어머니, 그리고 동생아.

아우야, 넌 배웅해 줄 거지?

히폴리토 그럼요.

빈디체 난 바로 다른 사람으로 변신할 거야.

〔모두 퇴장〕

1막 2장

〔늙은 공작, 공작의 아들 루수리오조, 공작부인, 공작의 사생아 스푸리오, 공작부인의 전남편 소생 두 아들, 암비시오조와 수퍼바쿠오가 등장한다. 공작부인의 막내아들 주니어가 강간죄로 장교들에게 끌려 나온다. 판사 두 명도 함께 등장한다〕

공작 부인, 그게 당신의 막내아들이오.
그의 난폭한 행동이 정절의 피를 흘리고,
과인의 명예를 더럽혔으며,
과인 체면의 이마에 시커먼 먹물을 뿌렸으니,
우리 죽은 후라도 시샘하는 붓들이 그 먹물을 찍어
우리 무덤들을 더럽힐까 봐 걱정이오.
과인의 생전에는 반역으로 보일 일들이
과인이 죽은 후엔 웃음거리가 될 테니까 말이오.
지금은 사람들이 감히 소곤거리기만 하지만,
그때는 소란스런 말과 노골적인 글로
과인의 가장 은밀하고 수치스러운 일을
누구나 다 큰소리로 떠들지 않겠소?
판사 1 폐하께서는 이미 입증되신 진중함으로
은빛 노년에 어울리는 말씀을 잘 해 주셨습니다.

사람들 마음속에 비난만 가득하다면,
무덤에 아첨하는 거짓 비문을 새긴다 한들
그게 대체 무슨 의미가 있을까요?
감히 제 생각을 자유롭게 말씀 드린다면,
방부처리하기 위해 내장을 뺀 시체는
밀랍 먹인 수의로 감쌀 수 있다 해도,
높은 분들의 잘못은 그 수의를 뚫고 나오게 마련입니다.

공작 유감스럽지만 그건 사실이오.
사는 동안에 두려움 속에 살고,
죽고 나서는 미움받으며 사는 게 과인의 운명이라오.
저 아이를 그대들의 판결에 맡기겠소.
경들, 그 아이에게 선고를 내리시오. 죄가 너무 크오.
나는 그저 옆에 앉아 한숨만 쉬겠소.

공작부인 〔무릎 꿇는다〕 폐하, 제발 자비를 베풀어 주세요.
저 애의 잘못이 나이에 비해 너무 크지만
제가 폐하의 아내이듯이 저 애도 친자식이라 생각해 주세요.
의붓아들이라 부르지 마시고요.
법이 저 애와 저 애 이름에 너무 빨리 떨어질까 두렵습니다.
부디 동정심으로 저 애의 죄를 경감해 주세요!

루수리오조 폐하, 그렇게 되면 판사들 미각에
충분히 불쾌하거나 쓴맛이 안 날 겁니다.
최고의 미인들이 그렇듯이 자비로 도금된 죄 역시
오직 예쁜 동안에만 좋아 보일 뿐,
화장이 지워지면 그보다 추한 죄는 없는 법이지요.

암비시오조 폐하, 부디 부드럽고 온화하게 해 주세요.

무자비한 법이 강철 같은 얼굴로

제 동생을 바라보지 않게 해 주세요.

스푸리오 〔방백〕 저놈은 나한테 별 위안이 안 되니

난 저자가 사형당하면 좋겠어.

만약 사생아의 소원도 이루어질 수 있다면,

난 아예 궁정의 모든 사람이 다 죽어 버리면 좋겠어.

공작부인 아직도 동정심을 안 보이시네요?

그럼 제가 아무 소득도 없이 일어나야 하나요?

그건 여자한테는 놀라운 일이네요!

내 무릎이 아무 존중도 못 받을 만큼

그렇게 천한 재료로 만들어져서 —

판사 1 죄인을 앞으로 나오게 하시오.

공작님의 뜻은 죄인의 더러운 시도에 대해

공평한 판결이 내려져야 한다는 것입니다.

겁탈이라니! 그건 정욕의 핵심이니

간통보다 두 배 더 나쁜 죄예요.

주니어 그런가 보네요, 판사님.

판사 2 게다가 완벽하게 정숙한 부인인

안토니오 경의 아내에게 저질렀다는 점에서

그 죄는 더욱 나쁘다고 할 수 있습니다.

경은 자백하시오. 대체 왜 그런 짓을 한 거요?

주니어 그거야 육체의 욕망 때문이죠.

남자가 여자한테 그러는 게 달리 뭣 때문이겠어요?

루수리오조 오, 네 판결을 갖고 장난치지 마라.

칼이나 도끼를 너무 믿지 말라고.

법은 현명한 뱀이어서 널 속여 네 생명을 빼앗을 수 있어.

부모님의 혼인이 아니었다면 넌 내 동생도 아니겠지만,

난 널 그 정도는 아끼니까 네 죽음 갖고 장난치지 마라.

주니어 고마워요. 정말이에요. 좋은 충고네요.

내게 그 충고를 사용할 만한 기회가 있다면요.

판사 1 그 숙녀의 이름이 너무나 아름다운 날개를 달고

이태리 전체에 퍼져 있는지라, 만약 우리 판결이

이 죄에 비해 지나치게 관대하게 내려진다면,

판결 자체가 비난받고 사람들 생각 속에서 단죄될 것이오.

주니어 그럼 끝난 거네요.

그리고 그 짓을 다시 한다 해도 난 기분 좋을 거예요.

내가 그녀를 본 후에 계속 살 수 없는 걸 보니,

그녀는 정말 여신임에 틀림없네요.[1]

그러니 그런 면에선 그게 맞는 거죠. 난 죽어야만 해요.

그녀의 아름다움이 내 처형대가 될 운명이었던 거예요.

그러니 난 더 쉽게 죽을 수 있을 것 같아요.

내 죄가 희롱이었으니 나도 장난처럼 죽게 해 줘요.

판사 1 다음과 같이 선고하는 바이오 —

공작부인 오, 그 선고를 그대의 혀 위에 두고

입 밖으로 새어 나오지 않게 해 주세요.

1) 인간이 신과 신체적으로 접촉하면 살아남을 수 없다는 통설을 말한다.

판사의 입술에서 죽음은 너무 빨리 빠져나오죠.

그렇게 잔인하게 굴지 말아요!

판사 1 마마께서는 저희를 용서하셔야 합니다.

이건 단지 법의 공정함일 뿐이에요.

공작부인 여자야 당연히 교활한 거지만,

법이 여자보다 더 교활해졌네요.

스프리오 〔방백〕 이제 저놈은 죽었네. 전부 다 죽었으면!

공작부인 〔방백〕 오, 남자구실뿐 아니라 말도 제대로 못하는

늙고 냉정한 공작을 남편으로 두다니.

판사 1 형이 확정되었습니다.

이제 돌이킬 수 없는 선고입니다.

공작부인 오!

판사 내일 아침 일찍 —

공작부인 잠자리로 가요, 폐하.

판사 1 마마께서는 스스로를 모욕하고 계십니다.

암비시오조 아니, 그러는 건 당신 혀지.

당신의 과도한 권위가 우리를 과도하게 모욕하고 있다고.

판사 1 죄인은 —

공작부인 살아서 건강하게 지내라.

판사 1 처형대에 올라서 —

공작 멈춰요. 멈추시오, 경.

스프리오 〔방백〕 염병할, 왜 내 아빠가 지금 입을 연 거지?

공작 짐은 다음 재판까지 판결을 연기할 것이오.

그동안 저 아이를 엄히 가두어 두시오.

호위병, 저자를 여기서 끌고 나가라.
암비시오조 〔주니어에게〕 아우야, 이건 너한테 유리한 거야.
걱정하지 마. 우리가 널 석방시킬 계략을 생각해 낼게.
주니어 형님, 전 두 분께 그렇게 기대할게요.
그 희망만 품고 전 편하게 있으렵니다.
수퍼바쿠오 잘 가라. 기운 잃지 말고.

〔주니어가 호위병과 퇴장〕

스푸리오 〔방백〕 연기되고, 지연되고 —
아니, 판결이 냉정함을 가지고 있더라도,
아첨과 뇌물이 그 냉정함을 죽일 거야.
공작 자, 경들, 최선을 다해서 그렇게 처리하시오.
더 심각한 일들이 짐의 시간을 요구하고 있소.

〔모두 퇴장하고 공작부인만 남는다〕

공작부인 후처로 온 공작부인이 나처럼
온화하고 조용한 것 본 적 있어?
다른 여자였다면 지금쯤 말 잘 듣는 의사나
제멋대로 살아가는 사내들을 써서
공작의 죽음을 획책했을 거고,
시들어 버린 공작전하를 무덤 속에 떨어뜨려서
교회를 더 좋은 곳으로 만들었을 거야.[2]

다른 후처라면 그렇게 했을 거라고.

갑절로 혐오스런 남편이 먹을 때나 잠잘 때 없애 버리는 거지.

노년이 두 번째 유년기라는 말은 정말 맞아.

내 노친네는 말도 할 줄 모르잖아.

공작이 한마디만 해 줬어도 내 귀염둥이 막내아들은

사형이나 투옥에서 벗어났을 거고,

가시투성이 법 위를 대담한 발로 짓밟았을 거라고.

법의 가시 따위는 내 아들 밑에서 조아려야 하는 거잖아.

하지만 공작은 그러지 않았어.

그러니 나도 결혼의 맹세 따위는 잊을 거야.

난 공작의 이마를 죽이고 거기에 증오를 심어 주겠어.[3)]

그 상처에 피는 안 나지만 사실 가장 깊은 상처지.

〔스푸리오 등장〕

저기 내 마음이 향해 있는 남자가 오네.

공작한테는 사생아지만 내 사랑에서는 적자(嫡子)야.

난 그에게 부유한 편지를 많이 보냈어.

보석을 잔뜩 넣어서 말이야.

하지만 저 소심한 사람은 아직 자갑게 예의만 지키고 있지.

2) 유럽의 무덤들은 흔히 교회 뒷마당에 있었다. 공작부인이 공작을 죽여 무덤에 넣음으로써 교회 출석을 잘 안 하는 공작이 교회에 항상 출석하게 만들겠다는 말이다.

3) 아내가 바람피우는 남자의 이마에 돋아난다고 상상되던 가상의 뿔을 말한다. 즉 공작부인은 공작에 대한 복수심으로 간통을 벌이겠다고 하는 것이다.

지금 저 귀에서 흔들리는 보석도 내가 보낸 거야.[4]
자기 주인의 냉정함과 헛된 두려움을 비웃는 거지.
저 사람이 이제야 날 봤네.

스푸리오 마마세요? 마마께서 이렇게 혼자 계시다니요?
마마의 손에 인사 여쭙습니다.[5]

〔공작부인의 손에 키스한다〕

공작부인 내 손에요? 내 입술이 내 손에 있다면
당신은 내 손에 키스하는 것도 두려워할 거예요.

스푸리오 그렇지 않다는 걸 보여 드리죠, 마마.

〔공작부인에게 키스한다〕

공작부인 놀라운 일이네요.
예의 따지다가 바보 되는 사람이 많은 걸 생각하면요.
사실 공작부인이 사랑에 응답해 준다면,
공작부인한테 접근하는 것이 모자 쓰는 아랫것한테
다가가는 것만큼 쉬운데 말이죠.[6]
하지만 소심한 명예와 창백한 존중,

4) 당시에는 남자들이 귀걸이를 많이 했다.
5) 여성에 대한 공작부인의 손에 키스하겠다는 뜻이다.
6) 당시 챙 넓은 모자는 하층계급 여성들이 착용하였다.

부질없는 여러 단계의 두려움 때문에

남자들은 그런 접근을 스스로 어렵게 만들죠.

— 아니, 당신은 내 생각을 하긴 한 거예요?

스푸리오 마마, 전 항상 마마를 의무와 도리에 맞게 생각하고 —

공작부인 흥, 내 말은 내 사랑에 대해 생각했냐고요.

스푸리오 저도 사랑이었으면 좋겠지만

그건 욕정보다 더 더러운 이름이어서요.

마마는 내 아버지의 아내잖아요.

당신도 제가 그걸 뭐라고 부를지 짐작할 수 있겠죠.

공작부인 아니, 당신은 그 양반의 가짜 아들이잖아요.

그가 당신을 잉태시켰는지 여부도 알 수 없는 일이죠.

스푸리오 사실 그 말이 맞아요. 난 불확실한 남자죠. 더 불확실한 여자한테서 태어났으니까요. 어쩌면 공작님의 마구간지기가 날 잉태시켰는지도 모르지만, 당신도 알다시피 난 알 수가 없어요. 그자는 말을 잘 탔으니까 충분히 해 볼 만한 의심이긴 해요.[7] 그는 아주 키가 크고 길어서, 휴일에 반쯤 닫힌 창문들을 들여다볼 만한 높이가 됐을 거예요. 남자들은 그자가 내려오기를 바랐을 거라고요. 그가 서 있으면 창고 밑에서도 멋져 보였을 거고, 말을 타면 그의 모자가 간판들을 스쳐서 이발사 간판에 있는 대야들을 달그락거리게 만들었을 거예요.

공작부인 아니, 당신이 일단 말에 올라타면, 다시는 내리고 싶지 않을 거예요.

7) "말을 타다(ride)"에는 이중의 의미가 있다. 마구간지기라서 실제로 말을 탄다는 뜻과, 여자에게 올라탄다는 성적인 뜻이다. 그 밑의 "길다(length)", "내려오다(light)"란 표현들도 원래의 뜻과 음담패설의 의미를 둘 다 갖고 있다. 스푸리오는 후자의 의미로 쓰지 않았을지 몰라도 음탕한 공작부인이 이 말들을 받아 음담패설을 한다.

스프리오 전 거지일 뿐이에요.[8]

공작부인 그렇다면 당신이 더더욱 훌륭하다는 증거죠.

— 이제 우리 사랑 얘기로 돌아가 봐요.

당신 생각과 마음에서 공작이 당신 아버지라는 걸

확실히 해 놓아요. 공작도 그러려고 애를 썼을 테니까요.

하지만 그렇다면 당신은 더 부당한 대접을 받은 거예요.

공작이 당신을 정통성 있는 다이아몬드로 새겨 줬다면,

늙어서 허약해진 노예처럼 공작의 지친 몸이

반지의 자기 자리에서 무덤 속으로 떨어졌을 때,

당신은 공작령(公爵領)이란 반지에서

공작의 뒤를 이어 자리 잡았을 테니까요.[9]

이보다 더한 손해가 뭐가 있겠어요?

당신은 그 생각을 하고도 순종할 수 있나요?

스프리오 아니요. 그걸 생각하면 미칠 것 같아요.

공작부인 그런 아버지한테 복수 안 할 아들이 누가 있겠어요?

가장 사악한 방식을 쓰는 한이 있더라도 말이에요.

만약 나라면, 공작에게 가장 큰 상처를

입힐 만한 죄에 감사하면서 그 죄와 연합하겠어요.

오, 한 번밖에 살 수 없는 게 인생인데,

그 인생을 사생아로, 자궁에 내린 저주로,

8) 스프리오가 가진 게 없다는 얘기이기도 하고, "거지를 말 위에 앉혀 놓으면, 그가 전속력으로 달릴 것이다.(Set a beggar on horseback and he will ride a gallop.)"라는 속담을 인용해서 공작부인의 음담패설에 장단을 맞춘 것이기도 하다.

9) 스프리오가 적자였다면 다음번 공작이 되었을 거라는 얘기이다.

자연의 도둑놈으로 살아야 한다면 얼마나 슬플까요.
십계명 중 일곱 번째 계명을 어기고 잉태되어서,
뇌물도 안 통하는 영원한 법의 정의에 의해
수태된 순간 이미 절반은 지옥에 떨어진 거라면요.[10)]

스푸리오 오, 나는 뜨거운 뒷배를 가진 악마를 아버지로 둔 거예요.

공작부인 이건 인내심을 화나게 하고
피도 거칠게 만들 만한 상황이겠죠?
단 한순간 실수로 자기 침대가 상속에서 밀려났으니
고자만 아니라면 어느 남자라도 당연히 죄짓겠지요?

스푸리오 〔방백〕 그래, 내 출생을 둘러싼 복수가 바로 그거야.
난 내가 당한 모든 일에 복수할 거야.
이제 증오가 시작되었으니, 추악한 근친상간을
난 용서할 만한 죄라고 부를 거야.

공작부인 아직도 냉정하네요. 공작부인이 헛되이 구애한 건가요?

스푸리오 마마, 제가 하려는 일을 말씀 드리기 부끄러워서 그래요.

공작부인 그 말에서 달콤한 위안이 날아오네요.
이걸 일단 계약금으로 하고, 잘 가세요.

〔스푸리오에게 키스한다〕

스푸리오 오, 한 번의 근친상간 키스가 지옥문을 열었구나.

공작부인 자, 늙어 빠진 공작. 난 내 복수를 높이 올려 보낼 거야.

10) 십계명 중 일곱 번째 계율이 “간통하지 말라.”이다.

네 이마에 여자의 문장(紋章)을 달아 줄 거라고.[11]

〔공작부인 퇴장〕

스프리오 공작, 당신은 내게 잘못을 범했고,
당신이 한 짓 덕분에 간통은 내 본성이 됐어.
진실을 얘기하자면 난 어느 과식한 저녁 후에 생겨났거든.
성욕을 촉진하는 요리가 내 첫 아비였던 셈이지.
건강을 비는 축배가 한바탕 돌아가고,
귀부인들 뺨이 포도주로 빨갛게 칠해지면서,
그들의 혀는 그들의 구두 굽처럼 짧고 날렵해져서
부인들이 달콤하고 혀 짧은 소리를 해 댔지.
귀부인들이 자리에서 일어났을 때
그들은 다시 자빠지고 싶어 할 만큼 기분 좋았어.
그렇게 소곤거리면서 각자 물러가는 시간에,
천한 남자 뚜쟁이들이 계단참에서 보초 서는 동안,
몰래 생겨난 게 바로 나야.
오, 타락이 연회의 죄악인 술 취한 간통과 만난 거지.
난 그게 날 부풀어 오르도록 하는 게 느껴져.[12]
난 뻔뻔한 포도주와 욕정으로 생겨났으니,

11) 바람난 아내를 둔 남편의 이마에 돋는다고 믿어진 상상의 뿔을 말한다.
12) 아버지가 누린 연회와 술기운 때문에 스프리오 자신의 성적 흥분과 폭력성이 부풀려진다는 뜻이다.

내 복수는 정당하다고.

의붓어머니, 당신의 욕망에 동의해 줄게.

난 당신의 사악함은 사랑하지만 당신 자체는 증오해.

난 당신의 세 마리 짐승새끼들도 증오해서

혼란, 죽음, 치욕이 그들의 비문(碑文)이 되길 소망해.

내 형인 공작의 외아들로 말할 것 같으면,

여론은 그자가 나보다 더 정당하게 태어났다고 생각하지만,

어쩌면 그자도 나처럼 잘못 뿌려진 씨앗일 수 있어.

여자들이 하는 얘기는 믿을 수가 없으니까 말이야.

난 내 모든 날들을 그자를 몰락시키는 데 바칠 거야.

난 모든 사람을 다 증오하거든.

공작, 당신의 이마에 날 사생아로 만든 불륜을 그려 줄게.

본디 사생아란 다른 남자의 아내와 간통한 남자의 아들이니까

사생아는 본성상 다른 남자의 아내를 건드려야 하는 법이거든.

〔퇴장〕

1막 3장

〔빈디체와 히폴리토 등장. 빈디체는 공작의 아들, 루수리오조의 시중을 들기 위해 변장하고 있다〕

빈디체 어때, 아우야? 난 줄 못 알아볼 정도지?

히폴리토 어떻게 오게 됐는지는 모르겠지만,

하여간 완전히 다른 사람이 이 세상에 온 것 같아요.

빈디체 그럼 궁정의 자식답게 내가 대담해져도 되겠네.

부끄러움 따위는 시골에 살게 해야 돼.

그대, 뻔뻔함이여! 비싼 향수 뿌린 사람들이

기도 드리는 궁정의 여신이자

정부(情夫)들이 모시는 여주인이여,

내 눈을 흔들림 없는 사파이어로 바꾸고,

내 얼굴도 바꾸어 다오.

그래서 내 얼굴이 달아올라야만 한다면

안쪽으로만 붉어지게 만들어서,

이 염치없는 세상이 내 뺨 안에 들어 있는

학자, 어리석은 수줍음, 구식 처녀아이를

간파하지 못하도록 해 다오.

그런 처녀는 정숙함으로 얼굴이 붉어져서
좋은 옷도 못 얻어 입을 테니까.[1]
하지만 요즘 처녀애들은 더 현명해져서 덜 부끄러워하지.
그레이스란 이름의 뚜쟁이를 제외한다면,
요즘엔 정숙함 따위는 아예 들어 볼 수가 없다니까![2]

히폴리토 아니, 형님. 너무 심하게 얘기하는 거 아니에요 —

〔루수리오조가 하인들과 함께 등장〕

젠장, 공작의 아들이야! 침착하게 굴어요.

빈디체 내가 의심받지 않게 해 줘.

히폴리토 전하 —

루수리오조 히폴리토잖아? — 〔하인들에게〕 물러가 있어라.

〔하인들 퇴장〕

히폴리토 전하, 제가 오랜 탐색과 조심스런 조사,
교묘한 심문 끝에 저기 있는 사내로 골랐습니다.
제 생각에는 여러 은밀한 일에 적격일 것 같아서요.
우리 시대의 여러 특징들이 저자 안에 다 들어 있거든요.

1) 정숙하지 않은 여자들이 정조를 팔아 좋은 옷을 얻어 입는 것을 비꼬고 있다.
2) 원문 "grace"의 여러 의미인 정숙함, 얌전함, 부끄러움 등과 동음이의어 여자 이름 그레이스(Grace)를 갖고 말장난하고 있다. 역설적이게도 빈디체의 어머니 역시 그레이스란 이름이고, 후에 자신의 딸에게 뚜쟁이 짓을 한다.

시간이 저렇게 풍성한 머리숱을 갖고 있다면,

제가 저자를 시간이라고 착각했을 거예요.[3)]

저자는 현재의 시류와 너무나 닮아 있으니까요.

루수리오조 그 정도면 충분해. 자네 노고에 감사하네.

하지만 말이란 높은 양반들의 서명이 빠진 어음과도 같아서

말 못하는 황금이 오히려 감사를 가장 잘 표현하지.

〔히폴리토에게 돈을 준다〕

히폴리토 관대하신 전하께 감사 드립니다.

— 아주 대단한 놈이에요, 전하.

루수리오조 그래, 이제 자리를 비켜 주게.

〔히폴리토 퇴장〕

어서 와. 난 너와 더 친밀해져야 하니까 더 가까이 와 봐. 저런, 나한테 좀 더 대담하게 굴어도 된다니까. 네 손을 내게 다오.

빈디체 기꺼이 그러지요. 잘 지냈죠, 사향고양이?[4)]

우리 언제 같이 자나요?

루수리오조 〔방백〕 희한한 놈이군!

3) 당시의 그림이나 도해 등에서 시간은 대머리 노인으로 의인화되어 그려졌다.

4) 사향고양이는 향수의 주재료이기도 하지만 몇 부리는 남자나 창녀를 의미하기도 해서, 왕자에게 써서는 안 되는 무례한 표현이다. 격의 없이 굴라는 루수리오조의 말에 빈디체가 지나치게 격의 없이 구는 장면이다.

저런 놈한테 내가 대담하게 굴라고 한 거야?

빌어먹을, 저 종놈은 이미 학질처럼 버릇없고,

제멋대로 날 흔들어 대고 있잖아.[5]

— 이봐, 사석에서는 내 신분을 잊어도 되지만

다른 데서는 내가 누구인지 기억해야 한다.

빈디체 오, 알았어요, 나리. — 저도 머리 굴릴 줄 아는 놈이에요.

루수리오조 뭐 하던 놈이냐? 무슨 일을 했지?

빈디체 뼈 맞추는 사람이오.

루수리오조 뼈 맞추는 사람이라니?

빈디체 뚜쟁이요. 남녀의 뼈를 한데 맞춰 주는 사람이죠.

루수리오조 〔방백〕 아주 노골적이군!

나한테 아주 딱이겠어. 내 일에 아주 적격이겠다고.

— 그럼 넌 여러 나쁜 짓들을 옆에서 지켜봤겠구나?

빈디체 수많은 나쁜 짓을 도왔죠, 나리.

전 수천 명의 처녀들이 굴복하는 걸 지켜봤고,

그보다 더한 것도 봤답니다.

상속받은 토지가 조각조각 없어지는 것도 봤고,

과수원들이 사생아로 변하는 것도 봤고,[6]

상속자가 물려받은 몇 에이커의 넓은 땅이

법원 소장(訴狀)에 뿌릴 모래만큼도 안 남은 걸 봤답니다.[7]

∴

5) 학질의 증상은 몸을 심하게 떠는 것이다. 아마 이 대목에서 히폴리토가 루수리오조의 손을 힘차게 흔들면서 악수하고 있을 것이다.

6) 상속자의 토지가 사생아를 만들고 키우는 데 다 들어간다는 말이다.

7) 당시에는 공소장이나 문서의 잉크가 번지는 것을 막기 위해 방금 작성한 서류에 모래를 뿌

루수리오조 〔방백〕 멋진 악당이군! 난 저놈이 아주 마음에 들어.
심지어 생긴 것까지 내 목적에 딱 맞잖아.
— 그럼 넌 이 세상의 희한한 욕정에 대해서도 알겠구나?
빈디체 오, 네덜란드 욕정이죠![8] 가득 찬 욕정 말이에요!
술 취해서 잠자리를 가지면 너무 많은 술주정뱅이를 낳죠.
어떤 아비들은 술에 취해 자러 갔다가
아내한테서 미끄러져 나와 며느리한테 들러붙고,
어떤 숙부들은 조카딸과 근친상간이 되고,
어떤 형제들은 형수나 제수와 관계를 맺죠.
오, 근친상간의 시대예요! 요즘은 친누이만 아니면
어떤 친척 여자라도 남자의 먹잇감이에요.
그러다 아침이 와서, 그들이 일어나 옷 입고
가면까지 쓴다면 누가 눈치채겠어요?
인간 만사를 다 꿰뚫어 보시는 영원한 눈을 제외하면요.
뭐, 뭔가 지옥 갈 일을 하려면 밤 열두 시여야 할 거예요.
그 열둘이란 숫자는 절대 피할 수 없거든요.
그건 가롯 유다의 시간이니까요.[9]
그때는 정직한 구원이 죄악으로 배신당하는 거죠.
루수리오조 그래. 하지만 이 얘기는 그만하자.
아무리 시끄럽게 지옥이 입을 벌려도

렸다. 상속자의 토지가 다 낭비되어 문서에 뿌릴 만큼 소량의 모래도 채 안 남았다는 말이다.
8) 네덜란드 사람들은 과음하는 걸로 유명했다. 따라서 네덜란드 욕정이란 과도한 욕정을 말한다.
9) 열두 제자 중 하나인 가롯 유다가 예수를 배신한 것을 말한다.

죄짓고야 마는 게 우리 육체의 본성이니까.

여자들도 루시퍼의 몰락을 알지만 여전히 오만하잖아.[10)]

이봐, 네가 교활한 것만큼이나 입도 무겁고

모든 계급의 사람들을 속속들이 잘 안다면,

난 은밀한 일에 널 고용할 거야.

그럼 넌 돈 더미 속에서 의기양양해질 거고

절름발이 거지들도 너한테 굽실거릴 거야.

빈디체 전하! 제 입이 무겁냐고요?

전 아버지 덕에 그런 어머니의 병은 가져 본 적도 없어요.[11)]

남자가 닫힌 몸을 갖고 태어난 이유는

비밀을 가장 잘 간직하기 위해서가 아니겠어요?[12)]

전하께 이것만 말씀 드릴게요.

어느 여자에게든지 밤사이에 비밀을 말해 주면,

다음날 아침에 의사가 요강에서 그걸 찾아낸답니다.[13)]

그런데 전하—

루수리오조 그렇다면 널 믿을 수 있겠구나.

이걸로 내가 널 고용한 걸로 하자.

10) 루시퍼는 가장 빛나는 천사였으나, 그 오만함으로 하느님에게 대항하여 지옥으로 떨어졌다. 여자들이 이를 알면서도 오만의 죄를 피하지 못한다는 얘기이다.

11) 여자들이 수다 떠는 것을 말한다. 여자는 본성적으로 비밀을 지킬 수 없다는 것인데, 이외에도 이 극에는 여성혐오적인 발언이 많이 있다.

12) 남녀 몸의 서로 다른 신체적, 성적 특징을 비밀 누설과 관련하여 설명하고 있다.

13) 건강상태를 알아보기 위해 의사들이 소변 검사하는 것을 말한다.

〔빈디체에게 돈을 준다〕

빈디체 이 인도 악마는 누구한테든지 잽싸게 들어가죠.[14]

고리대금업자만 빼고요. 그자는 악마한테

자기가 먼저 들어감으로써 그걸 막는답니다.

루수리오조 잘 들어 봐. 난 욕정에서 내 키를 넘어섰어.

그러니 헤엄쳐 나오든가, 아니면 빠져 죽는 수밖에 없다고.

내 모든 욕망은 궁정에서 멀지 않은 곳에 사는

처녀를 겨냥하고 있어. 난 심부름꾼을 시켜서

그녀에게 밀랍으로 봉인된 편지들을 숱하게 보냈지.

남자의 도움 없이도 그녀에게 황홀경을 안겨 줄 보석들과

내 가장 순수한 영혼까지 가득 담아서 말이야.

하지만 바보같이 순결한 그녀는

그 편지들과 다른 선물까지 죄다 돌려보냈어.

심부름꾼은 대답 대신 질책만 잔뜩 들었고.

빈디체 그게 가능해요?

그녀가 누구이건 정말 희귀한 불사조네요.

전하의 욕망이 그 정도인데 그녀 역시 그토록 완강하다면,

저라면 복수하는 의미로 그녀와 결혼하겠어요, 전하.

루수리오조 쳇!

그녀의 가문과 지참금은 둘 다 너무 형편없어서,

있는 게 오히려 안 좋을 정도야.

14) 여기서 인도는 서인도 제도를 말한다. 당시 서인도 제도에서 황금과 은이 많이 채굴되었다.

게다가 난 결혼은 좋은 거라고 주장하면서도
정부(情婦)를 두려는 남자들 중에 하나거든.
몰래 하는 잠자리야말로 진짜 즐거운 거니까.
잠자리도 밤마다 하게 되면 지겨워지잖아.

빈디체 아주 훌륭한 종교네요!

루수리오조 그러니 이렇게 하자.
난 너한테 내 마음에 관한 일을 맡길 거야.
우리가 숨 쉬고 살아가는 이 음탕한 시대에 대해
네가 경험이 많은 것 같아서 말이야.
네가 가서 부드럽고 매혹적인 말솜씨로 그녀의 귀를 홀리고
그녀의 모든 정숙함을 속임수로 빼앗도록 해.
그녀 영혼의 지참금인 그녀의 명예,
그녀 자신은 순결이라고 부르는 그곳에 들어가서,
그녀가 그걸 소진하게끔 유도하란 말이야.
순결이란 잠자고 있는 돈 더미와 같아서
살짝만 무너져도 절대 지켜 낼 수 없는 법이거든.

빈디체 정말 딱 맞는 표현이세요, 전하.
그 아가씨가 누구인지만 내게 알려 주세요.
그러면 내 머리가 희한한 얘기를 잔뜩 만들어 낼게요.
제가 말하다가 지친 나머지, 날 구원해 줄
기도 한마디 못한 채 쓰러질 때까지,
저는 그 일을 실행할게요. 그래서 내가 말로 —

루수리오조 고맙다. 내가 널 출세시켜 주마. 이제 그녀의 이름을 알아 둬.
최근 과부가 된 그라티아나 부인의 외동딸이야.

빈디체 〔방백〕 오, 내 동생. 내 동생이야.

루수리오조 왜 갑자기 딴 데로 가는 거냐?

빈디체 전하, 어떻게 시작해야 할지 생각 중이었어요.

"오, 아가씨." 이렇게 할지 —

아니면 이천 가지 다른 방식으로 할 수도 있으니까요.

그녀의 머리핀만 갖고도 대화를 시작할 수 있거든요.

루수리오조 그래, 혹은 그녀가 머리털 흔드는 걸 얘기할 수 있지.

빈디체 아니요, 털 흔들면서 밀고 들어가는 건 전하가 하실 일이죠.[15)]

루수리오조 그래? 뭐, 좋아. 그럼 너도 과부의 딸을 아는 거야?

빈디체 본 적은 여러 번 있어요.

루수리오조 널 나한테 추천해 준 게 바로 그녀의 오라비야.

빈디체 전하, 저도 그럴 거라고 생각했어요.

어디서 본 남자 같았거든요.

루수리오조 그러니 그자에겐 네 마음을 처녀처럼 꼭 닫아야 한다.

빈디체 오, 당연하죠, 전하.

루수리오조 우리는 그자의 안에 있는 순진한 세상을 비웃어 주자고.

빈디체 하, 하, 하!

루수리오조 오라비가 돼서 도둑 불러들이는 데

교묘한 수단 노릇이나 하다니.

빈디체 그 도둑이 바로 저죠, 전하.

루수리오조 바로 너지.

그자의 여동생을 유혹하고 설득할 사람이잖아.

15) hair의 두 가지 뜻(머리카락/음모)을 두고 하는 음담패설이다.

빈디체 그자는 순진한 초짜예요!

루수리오조 그래서 멋지게 조종할 수 있었지.

빈디체 근사하게 해내셨죠.

향수나 뿌릴 줄 아는 악당이에요.

루수리오조 내가 생각해 봤는데, 만약 그녀가 여전히 꿈쩍 않고

순결을 지키겠다고 하면 그 어머니를 뚫어 봐.

내가 너한테 여러 선물들을 제공할 테니까

그걸로 그 어머니부터 공략해 보라고.

빈디체 아니죠. 그건 아니에요, 전하. 번지수가 틀렸어요. 어떤 선물을 받는다 한들 세상에 어느 어머니가 자기 딸한테 뚜쟁이 노릇을 하겠어요. 그건 불가능하지요.

루수리오조 아니, 이제 보니 여자라는 복잡한 수수께끼에서 너도 초짜일 뿐이구나. 요즘엔 그게 딱히 희귀한 일도 아니야.

뚜쟁이란 이름은 나이 많은 어머니들과

너무 밀접한 동맹을 맺고 있어서,

요즘 어머니들의 사분의 삼은 이미 뚜쟁이란다.

빈디체 정말이에요, 전하?

그렇다면 나머지 사분의 일도 제가 공략해 볼게요.

루수리오조 좋아. 내가 필요한 것들을 줄 테니 가자.

하지만 그 전에 먼저 모든 일에서 충성하겠다고 맹세해.

빈디체 충성이오?

루수리오조 그래. 어서 맹세해!

빈디체 맹세하라고요? 전하께서 절 의심하지 않으시면 좋겠는데요.

루수리오조 그냥 내 비위를 맞춘다고 생각해. 난 맹세를 좋아하니까.

빈디체 전하가 맹세를 좋아하신다고 하시니, 젠장, 맹세할게요.

루수리오조 그거면 충분해.

머지않아 더 나은 사람이 되도록 해라.

빈디체 그러면 정말 좋겠네요, 전하.

루수리오조 넌 하인처럼 내 시중을 들면 돼.

〔루수리오조 퇴장〕

빈디체 오, 내가 진귀한 독약을 먹었으니 이젠 폭발하게 해 줘.

아우야, 우리는 희한한 동업자가 되어 버렸어. 순진한 악당들 말이야.

네가 이 얘기를 들으면 화내겠지? 그래야 마땅하지.

내 여동생을 더럽히라고 맹세까지 시키다니!

칼아, 그놈을 너에게 주겠다고 내 감히 약속하마.

넌 그놈이 이 나라를 상속받지 못하게 해야 해.

그렇게 하는 게 네 명예가 될 거야.

하지만 이제 분노의 거품이 좀 가라앉고 보니,

이렇게 변장하고 두 사람의 믿음을 시험해 보는 게

아주 비루한 전략이 아닐 수도 있겠어.

나 말고 다른 놈이 똑같은 일을 할 수도 있잖아.

효과적으로 이 일을 할 수 있는 어느 종놈이

그 두 사람을 넘어오게 만들 수도 있는 거라고.

그러니 어차피 여행 떠났다고 생각되는 내가

이렇게 변장한 모습 그대로 이 일에 착수해서,

마치 나의 어느 부분도 그들과 가족이 아닌 것처럼

내 본성을 잊고 그들을 시험해 볼 거야.
천당에 있는 내 자리를 걸고라도
난 그들이 정숙하다는 걸 확신하지만 말이야.

〔퇴장〕

1막 4장

〔안토니오 경이 분노하며 등장한다. 그의 아내는 공작부인의 막내아들에게 겁탈 당했고, 그는 죽은 아내의 시체를 귀족들, 피에로, 히폴리토에게 보여 준다〕

안토니오 여러분, 더 가까이 오세요.
그리고 부당하게 훼손되어서 최근에 무너져 버린,
아름답고 얌전했던 건물에 대해 슬픈 증인이 되어 주세요.
폭력적인 겁탈이 아주 대단한 일을 해낸 거예요.
여러분, 보세요. 날 남자답지 못하게 만드는 광경을요.[1]
피에로 그토록 정숙한 부인을!
안토니오 모든 아내들의 모범이었죠!
히폴리토 많은 여자들을 얼굴 붉히게 만들던 분이죠.
그분의 정숙한 존재가 여자들 뺨에 수치심을 불러일으키고,
창백한 얼굴의 음탕한 죄인들마저 더 정숙하게 만들곤 했어요.
안토니오 죽었어요!
그녀의 정절이 먼저 독약을 마셨고,
그러자 한 집에 같이 사는 그녀의 생명이

1) 안토니오가 남자답지 못하게 울게 만든다는 뜻이다.

그녀의 정숙함에 같이 축배를 들었답니다.[2)]

피에로 오, 너무나 많은 사람들이 슬퍼할 겁니다!

안토니오 난 아무 눈치도 채지 못했어요.

아내는 기도서를 베개 삼아 누워 있었는데,

그 기도서가 평소에 그녀의 강장제였거든요.

그녀는 다른 기도서를 오른손에 쥐고 있었는데

한 면이 접혀 있었어요. 바로 이 대목이었죠.

〔라틴어로〕 불명예스럽게 사느니 순결하게 죽는 것이 낫다.

〔다시 영어로〕 과연 진실되고 적절한 말이에요.

히폴리토 안토니오 경, 경의 슬픔에 우리를 초대하셨으니

우리도 그 슬픔을 진정으로 맛보게 해 주세요.

경이 당한 악행을 우리 일처럼 위로해 드릴 수 있게요.

우리에게도 슬픔이 있지만 입 밖에 못 낸 채 걸어 다니니까요.

〔라틴어로〕 작은 근심은 떠들어 대지만 큰 슬픔은 입을 다물죠.

안토니오 경이 진리를 말씀해 주셨네요.

여러분이 제 말씀을 들어 주신다면,

긴 슬픔을 짧은 얘기로 줄여서 말해 드릴게요.

지난번 연회가 열리던 밤,

횃불이 궁정 주위를 인공적인 대낮처럼 밝히던 때에,

몇몇 궁성사람들이 가면을 쓰고 왔어요.

사기와 아첨으로 가득 찬 원래 얼굴보다는 나은 얼굴이죠.

2) 정절이 마신 독약은 겁탈을 뜻하고, 그래서 명예를 잃은 그녀의 생명이 진짜 독약을 마셔 죽었다는 의미이다.

그중 하나가 공작부인의 막내아들이었고,
명예를 좀먹는 나방 같은 그놈이 방 하나를 차지했어요.
그자는 내 옷을 파먹길 오랫동안 갈망했는지[3)]
모든 귀족부인 중에서도 하필 그 귀한 사람을,
죽은 지금처럼 살았을 때도 욕정에 차갑던 그 사람을 골라 냈어요.
그 점을 공작부인의 괴물 아들은 너무 잘 알고 있었던 거죠.
그래서 모든 연회가 최고조에 달했을 때,
음악이 가장 시끄럽고, 궁정사람들이 가장 분주하고,
여인들의 웃음소리도 가장 클 때,
— 오, 사악한 순간이여! 말로 전달하기에도 너무 끔찍하구나! —
바로 그때 그자는 가면보다 더 뻔뻔한 얼굴로 그녀를 겁탈하고
게걸스러운 독수리 같은 자신의 욕정을 채웠어요.
남녀의 타락을 먹고사는 뚜쟁이들에게 둘러싸인 채로요.
오, 난 그 생각만 해도 죽을 것만 같아요!
아내는 그렇게 강제로 정절을 빼앗기자,
치욕스럽게 사느니 독약 먹고 죽는 것이
자신의 이름에 더 고귀한 지참금이 될 거라고 생각했어요.

히폴리토 놀라운 숙녀세요. 드문 불길로 만들어진 분이죠.
그분은 그 행동으로 자신의 이름을 황후로 만드셨어요.

피에로 안토니오 경, 가해자에겐 어떤 판결이 내려졌나요?

안토니오 아무것도 안 내려졌습니다.
판결은 식어 버렸고 연기됐으니까요.

3) 위의 나방 이미지를 이어 가고 있다. 안토니오의 옷, 즉 안토니오 부인을 말한다.

피에로 겁탈을 했는데도 사형선고가 연기되었다고요?

안토니오 오, 누가 죽어야 하는지 여러분도 다 아시잖아요.

공작부인의 아들이니, 공작부인이 구원자를 자처한 거예요.

이 시대의 판결이란 편애와 친척 간이지요.

히폴리토 그렇다면 나서라. 그대, 뇌물이 안 통하는 군인이여!

〔칼을 뽑는다〕

여러분을 결속시키기 위해 칼의 강철로 여러분을 묶겠으니,

여기서 여러분의 맹세를 모아 반드시 지키고 실현합시다.

그렇게 하지 못하면 그 맹세가 녹처럼 들러붙어

칼날을 수치스럽게 할 거예요. 나와 함께 맹세해 주세요.

만약 다음번 재판에서도 판결이 온통 황금빛으로 말하면서

그런 뱀이 피 흘리지 않도록 눈감아 준다면,

판사들 좌석 바로 앞에서 그놈의 영혼을 끝장냅시다.

어차피 하늘에서는 오래전에 유죄라고 판결한 놈이니까요.

모두 우리도 그렇게 맹세하고 그렇게 행동하겠습니다.

안토니오 친절하신 신사 여러분,

분노한 와중에도 여러분께 진심으로 감사 드립니다.[4]

히폴리토 폐허가 되어 버린 부인의 아름다운 기념비를

겁탈자의 피에 흠뻑 못 담그는 게 안타까울 뿐입니다.[5]

4) 여기서 신사(gentleman)란 태도나 예의범절이 아니라 계급을 뜻한다. 토지나 재산을 갖고 있어서 직접 일하지 않고도 살 수 있는 유한계급을 신사라고 불렀다.

피에로 그녀의 장례식은 화려하게 치러야 합니다.

그녀의 이름은 진주로 만든 무덤도 아깝지 않으니까요.[6)]

안토니오 경, 이제 부인으로 인한 눈물일랑 닦아 내세요.

우리가 복수와 더 친해지게 되었을 때,

우리의 슬픔과 당신의 슬픔을

궁정에서 마음껏 보여 줄 날이 올 테니까요.

안토니오 그걸 위안으로 삼겠습니다, 여러분.

그리고 전 무엇보다도 이 한 가지 행복 때문에 기뻐요.

이건 결국 기적이라고 불릴 만한 거니까요.

노인인 제가 이토록 정숙한 아내를 가졌다는 것 말이에요.

〔모두 퇴장〕

5) 여기서 폐허란 안토니오 부인의 시체를 말한다.

6) 진주는 순결, 순수의 상징이다.

2막 1장

〔카스티자 등장〕

카스티자 가진 재산이 지조 있는 생각밖에 없다면,

그 처녀는 얼마나 심하게 시달려야 할까.

그녀가 자식으로서 받은 유산은 정절밖에 없는데,

그 정절 때문에 오히려 그녀의 신분과 재산이 낮아지잖아.

처녀들과 그들의 순결은 가난한 초보자와 같아.

죄의 결과가 부자가 아니라면 죄인들이 적어지겠지.

대체 왜 미덕으로는 수익이 나지 않는 거야?

아, 난 그 이유를 알아. 그럼 지옥이 가난해질 테니까.

〔하인 돈돌로 등장〕

돈돌로, 무슨 일이야?

돈돌로 아가씨, 어떤 사람이 왔는데요, 흔히 말하듯이 육체로 된 물건이에요. 턱수염을 보니 남자인 건 알겠더라고요. 그자가 아가씨와 구강 대 구강을 하고 싶대요.[1)]

카스티자 그게 뭔데?

돈돌로 아가씨 앞에서 이빨을 보여 주겠다는 거죠.

카스티자 무슨 말인지 모르겠어.

돈돌로 아니, 아가씨와 얘기 나누고 싶어 한다고요.

카스티자 아니, 이 바보야. 진즉 그렇게 얘기하면 되잖아. 그렇게 빙빙 돌려서 말하는 짓은 그만 좀 하란 말이야. 누가 나와 얘기하고 싶어 한다고 처음부터 평범하게 말했으면 더 좋았잖아?

돈돌로 하, 하, 하! 그건 2실링만큼이나 평범하잖아요. 난 내 지위에서 조금 더 날 보여 주고 싶은 거라고요. 내가 명색이 안내관(案內官)인데, 하인들이나 쓰는 말과 표현을 쓸 수는 없잖아요.[2)]

카스티자 그건 네가 알아서 하고, 가서 그 사람을 데려와.

〔돈돌로 퇴장〕

우리 오빠가 보낸 행복한 소식이면 좋겠다.
정말 좋아하는 우리 오빠가 여행 중이잖아.
저기 손님이 오네.

〔오빠인 빈디체가 변장한 채 등장〕

1) "구강 대 구강"이란 '말하다'를 일부러 어렵게 말하는 것으로, 돈돌로는 당시 드라마에 흔히 나오던 현학적인 바보 유형이다. 이 상투적 인물은 일부러 어려운 말만 골라서 쓰지만, 그게 죄다 틀리거나 문맥에 맞지 않아서 오히려 자신의 무식을 드러내고 웃음을 자아낸다.
2) "안내관(gentleman-usher)"은 귀족이나 신사 집안에서 손님을 안내하고 시중드는 사람이다. 허드렛일 하는 일반 하인보다는 높은 지위이지만 가난한 그라티아 집에서 따로 두었을 것 같지 않은 직군으로, 하인인 돈돌로가 제멋대로 스스로를 높여서 하는 말이다.

빈디체 아가씨, 여성들에게 최고의 축복인
흰 피부와 새 옷이 아가씨께 생기길 빕니다.

〔카스티자에게 편지를 준다〕

카스티자 오, 여성들이 댁에게 감사하겠네요.
그런데 이 편지는 누가 보낸 거죠?
빈디체 어느 귀하고 훌륭하신 친구분이 보내신 겁니다.
아주 막강하신 분이죠.
카스티자 그게 누군데요?
빈디체 공작님 아드님이오.
카스티자 이거나 받아요!

〔빈디체의 뺨을 때린다〕

그 사람의 죄를 대신 호소해 주는 비천한 임무로
다음번에 내 앞에 나타나는 사람에게
난 처녀로서의 분수를 넘어서서
내 손에 분노를 싣겠다고 맹세했어요.
내 분노의 징표가 당신 뺨에서 아직 뜨거울 때
그걸 그대로 그 사람에게 전달해 줘요.
그럼 내가 당신한테 사례할게요.
그리고 그 사람에게 이렇게 말하세요.
그분 이름을 수치 속에 공유할 창녀가 많더라도,

내 순결은 부유한 이름을 그냥 간직하겠다고요.
잘 가시고, 내 증오를 그분한테 전해 주세요!

〔카스티자 퇴장〕

빈디체 이건 내 코가 가까이해 본 것 중 가장 달콤한 매야.
지금까지 입어 본 중에 가장 아름답게 장식된 소맷부리라고.[3)]
난 이번에 맞은 걸 영원히 사랑할 거고,
이 뺨은 이 일로 영원히 대접받게 될 거야.
오, 난 너무 좋아서 무슨 말을 해야 할지 모르겠어!
너무나 지조 있는 내 동생아,
이 일로 넌 네가 정숙하다는 걸 보여 줬어.
정숙하지도 않은 많은 여자들이 "마마"라고 불리지.[4)]
하지만 넌 내 생각 속에서 영원히 인정받았어.
말의 힘으로는 널 더럽히기에 역부족이지만,
난 기왕 그렇게 하기로 결심했고
공작 아들에게 했던 맹세도 지켜야만 하니
난 내 어머니를 힘껏 공략해 봐야겠어.
사이렌의 혀도 어머니를 홀릴 수 없단 걸 알지만.[5)]

3) "소맷부리"와 주먹이란 뜻을 함께 갖고 있는 cuff로 말장난한 것이다.
4) 원문의 honour는 정숙하다는 뜻과 '마마'라는 호칭을 둘 다 의미한다. 동음이의어로 말장난하고 있다.
5) 그리스 신화에 나오는 사이렌(siren)은 인어의 형상을 하고 아름다운 노래로 뱃사람들을 홀려 배를 침몰시키던 요물이다.

〔그라티아나 등장〕

저기 마침 어머니가 오시네. 내가 변장한 게 다행이야.
〔그라티아나에게〕 부인, 안녕하세요.

그라티아나 어서 오세요, 선생.

빈디체 이태리의 다음번 후계자께서 안부 전하십니다.
우리 기대를 한 몸에 받고 계신 공작폐하 아드님이죠.

그라티아나 전하께서 절 생각해 주시다니
영광이라고 생각할게요.

빈디체 그렇게 생각하셔도 좋아요, 부인.
갑자기 공작이 될 수도 있는 분이잖아요.
왕관이 언제나 그분을 위해 입 벌리고 있으니까요.
그렇게 되면 그분은 우리 모두를 다스리게 되겠죠.
전하가 그런 분이라는 걸 생각해 보기만 해도,
무엇을 바쳐서라도 그분을 즐겁게 해 준 사람들이
얼마나 축복받았는지 알 수 있잖아요.

그라티아나 네, 정조 빼고는 다 드릴 수 있었겠죠.

빈디체 쯧쯧! 그 정조도 조금은 내어 줄 수 있잖아요.
그래도 아무도 못 볼 텐데요.
아무도 모를 거라고요. 아시겠어요?
나도 눈감아 줄 거고 그냥 둘 거라고요.

그라티아나 아니, 난 안 그럴 거예요.

빈디체 아니, 나라면 그럴 거예요.
딸한테 물려준 그 욕정을 부인이 지금도 갖고 있다면,

부인 역시 그렇게 할 거란 걸 난 알아요.
지금 행운의 수레바퀴가 따님을 향해 오고 있어요.
그분의 백발의 부친께서 이미 썩어 가고 있으니
그분은 아무 때라도 이 모든 게 될 게 틀림없는데,
그런 분이 오래전부터 따님을 원해 왔단 거잖아요.

그라티아나 원했다고요?

빈디체 자, 내 말을 잘 들으세요.
앞으로는 명령만 내리실 분이 지금은 원하고 계시다고요.
그러니 현명하게 구세요. 난 지금 그분보다 부인에게
더 우호적인 친구로서 말하고 있는 거예요.
전 부인이 가난하다는 걸 잘 알아요.
슬프게도 이 세상에는 가난한 부인들이 이미 너무 많죠.
왜 굳이 부인까지 그 숫자를 늘리려고 하시는 거예요?
그건 경멸할 만한 일이에요.
부자로 사세요. 세상을 제대로 이해하시라고요.
그래서 따님과 같이 사는 그 어리석은 시골 처녀,
순결이란 아이를 야단쳐서 내쫓으세요.

그라티아나 말도 안 돼요. 세상의 부를 다 준다 해도
그런 패륜을 저지르도록 매수될 어미는 없어요.

빈디체 그렇지요. 하지만 천사 천 명은 할 수 있답니다.[6)]
인간에겐 힘이 없지만 천사는 부인을 설득할 수 있어요.
세상이 비천한 출신의 죄악들로 추락해 버려서

6) 여기서 천사는 금화와 천사를 같이 의미한다. 당시 금화에는 미카엘 대천사가 새겨져 있었다.

천사 새겨진 금화 사십 개면 악마 팔십 명을 만들 수 있어요.
물론 세상에는 바보가 있게 마련이죠. 여전히 바보는 있어요.
하지만 내가 가난하고, 기죽고, 높은 사람들한테 무시당하고,
궁전에서 쫓겨나고, 다른 집 딸들은 궁전의 이슬로 피어나는데,
내 딸이 그토록 사랑받고 욕망의 대상이 된다면요?
그것도 무려 공작의 아드님한테?
아니요. 나라면 딸의 가슴으로 내 지위를 올리고,
그녀의 눈을 내 소작인이라고 부르고,
그녀의 뺨에 내 일 년 수입을 의존하고,
그녀의 입술로 내 마차를 가져오고,
나머지 부위들로 하인들을 부리면서
마차 타고 유흥에 유흥을 즐길 거예요.
따님을 낳을 때 부인은 그녀를 위해 큰 고생을 했지요.
이제 그걸 갚으라고 하세요. 그래 봤자 일부겠지만요.
부인이 따님을 낳았으니 따님이 부인을 부자로 만드는 게 당연해요.

그라티아나 오, 하늘이시여! 전 못 버티겠어요!

빈디체 〔방백〕 설마 벌써 넘어간 건 아니겠지?

그라티아나 〔방백〕 이건 나한테 너무 강한 유혹이야.
우리 여자들을 아는 남자들은 잘 알고 있어.
자기들 말에 우리가 넘어갈 만큼 우리가 약하다는 걸.
저 사람은 날 제대로 잘 설득했어.
그의 말이 내 가난한 상황을 건드리자
내 도덕심이 무너지기 시작했다고.

빈디체 〔방백〕 난 더 진행하기 겁나고 내 기백은 무뎌졌어.

어머니가 모성을 저버릴까 봐 난 겁이 나.
그래도 계속할 수밖에. 이런 말도 있잖아.
"설득에 넘어가지 않는 여자는 남자나 마찬가지다."
〔그라티아나에게〕 부인, 어떻게 생각하세요?
말씀해 보세요. 좀 더 현명해지신 건가요?
출세가 부인께 뭐라고 하던가요? 이렇게 말했죠.
"딸의 몰락으로 어머니의 머리는 높이 올라간다."
그렇게 말하지 않았나요, 부인? 사실 여러 군데서
이미 그렇게 되었다고 전 맹세할 수 있어요.
쯧쯧, 이 시대는 누구도 무서워하지 않아요.
"부도덕한 건 수치가 아니다. 누구나 다 그러니까."

그라티아나 네, 그게 위안이 되네요.

빈디체 〔방백〕 위안이 되다니!
난 최고의 수단을 제일 나중에 쓰려고 남겨 놨어.
이 돈이 어머니가 천당을 잊도록 설득할 수 있을까?

〔그라티아나에게 돈을 준다〕

그라티아나 아니, 이건 —

빈디체 〔방백〕 아이고!

그라티아나 — 우리네 여자들을 매료시키는 거잖아요.
이 돈은 우리 애정을 지배하는 수단이죠.
〔돈을 보며〕 너희가 기분 좋게 빛나는 걸 본 여자는
모성 따위로 오래 괴로워하지 않을 거야.

너희들을 위해 내가 무슨 짓을 할지 생각하니

내 얼굴이 붉어지는구나.

빈디체 〔방백〕 오, 고통받는 하늘이시여!

지금 당장 그대의 보이지 않는 손가락으로

내 두 눈동자의 소중한 옆구리를 안으로 돌려서

내가 내 눈으로 이 장면을 보지 못하게 해 주세요!

그라티아나 이봐요, 선생.

빈디체 예.

그라티아나 수고해 주신 값이에요.

〔빈디체에게 돈을 준다〕

빈디체 오, 친절한 부인이시네요.

그라티아나 내가 어떻게 설득할 수 있을지 생각해 볼게요.

빈디체 〔방백〕 어머니 말이 상처를 줄 거예요.

그라티아나 그 아이가 계속 순결을 지키겠다고 하면,

다시는 내 딸이라고 부르지 않을 거예요.

빈디체 〔방백〕 어머니가 자기도 모르게 진실을 얘기했네.

그라티아나 카스티자!

〔카스티자 등장〕

카스티자 네, 어머니.

빈디체 오, 그녀가 저기 오네요. 가서 만나세요.

〔방백〕 천상의 여러 부대가 동생의 마음을 지켜 주길.
저 부인한테는 편들어 줄 악마들이 너무 많으니까.[7)]

카스티자 어머니, 사악한 심부름으로 온 저 사람이
왜 어머니하고 같이 있는 거죠?

그라티아나 왜 그러니?

카스티자 저 사람이 공작 아들이 보낸
음란한 편지를 방금 들고 왔다고요.
정숙하지 못한 일을 하도록 유혹하는 편지를요.

그라티아나 정숙하지 못한 일? 아이고, 이 정숙한 바보야!
네가 순결을 지키는 건 네가 그러고 싶어서야.
넌 네 고집 외엔 달리 어떤 이유도 못 대잖니.
물론 순결은 좋은 평판을 얻고 칭찬도 받지.
하지만 누가 그러지? 하찮은 사람들, 무지한 사람들이잖아.
더 높으신 양반들은 틀림없이 순결 따위는 못 견딜 거야.
하지만 우리가 윗사람들의 본보기를 따르지 않는다면
대체 달리 어떤 기준으로 우리 삶을 계획해 나가겠어?
오, 너도 순결을 잃는다는 게 뭔지 안다면,
결코 순결 따위는 지키지 않을 거야.
하지만 모든 처녀들한테는 차가운 저주가 걸려 있지.
남들이 태양을 껴안을 때 그들은 햇볕 차단막을 치잖아.
처녀성이란 낙원을 자물쇠 채워서 가둬 두는 거지.
대가를 치르지 않고는 너 혼자서는 거기 닿을 수 없어.

7) 어머니에게 실망한 빈디체가 자신의 어머니를 "부인"이라고 부르고 있다.

남자만이 그 열쇠를 갖도록 정해져 있거든.

그런데도 넌 출세, 보물, 공작 아들을 거절하겠단 거니?

카스티자 부인, 죄송해요. 제가 사람을 잘못 봤네요.

혹시 제 어머니 보셨어요? 어느 쪽으로 가시던가요?

어머니를 잃어버리면 안 되는데요.

빈디체 〔방백〕 잘했어.

그라티아나 넌 공작 아들한테 냉랭하게 굴더니

이젠 나한테까지 거만하게 구는 거냐?

이젠 나도 모른 척하겠다는 거야?

카스티자 어떻게 부인이 우리 어머니세요?

세상이 이 모습 저 모습으로 너무 많이 바뀐지라

자기 어머니를 알아보려면 자식도 현명해야 해요!

빈디체 〔방백〕 맞는 말이야!

그라티아나 그렇게 건방지게 굴다니 따귀 때려 마땅하다만

내 이번엔 그냥 지나가마.

자, 어린애 같은 행동은 이제 그만두고

너한테 주어진 시간을 이해하도록 해.

행운이 너한테 흘러오고 있단 말이야.

그런데도 계집아이처럼 굴겠다는 거야?

해변에 서서 파도를 염탐하는 사람들이

모두 다 물에 빠져 죽는 걸 두려워했다면,

돈 맡아 보관해 주던 금세공사들만 부자가 되고

모든 상인들은 죄다 가난해졌을 거라고.[8]

카스티자 사악한 사람이 할 만한 멋진 말이네요.

하지만 어머니 입에서 나오니 별로 좋아 보이지 않아요.

그런 말은 저 사람이 해야 더 어울리지요.

빈디체 〔방백〕 사실 둘 중 누가 해도 나쁜 말이지.

내가 진심이라면 말이야. 물론 난 그렇게 보이겠지만 —

〔카스티자에게〕 아가씨, 어머니 말씀도 안 듣고

어머니 말씀에 설득되지도 않다니요?

아가씨가 주장하는 건 순결이죠. 순결이 뭐예요?

그건 단지 천국의 거지일 뿐이에요.

요즘 어느 여자가 순결 지킨답시고

자기 스스로도 부양 못할 만큼 어리석을까요? 아니죠.

시대가 더 현명해져서 순결은 덜 소중하게 여겨져요.

요즘 지참금이 별로 없는 처녀들은

집에서 나와서 애인 덕 보고 살려고 해요.

그에 비하면 당신은 얼마나 축복받은 건가요.

아가씨 혼자서 행복을 독점하는 거죠.

다른 여자들은 수천 명한테 몸을 던지지만,

당신은 한 사람한테만 주면 되잖아요.

당신 이마에 보석을 달아 세상이 눈부시게 만들고,

궁전에 청원하러 온 사람들이 앞 다투어

당신한테 문안 드리러 오게 만드는 건

8) 당시 외국과의 교역은 상인들이 큰돈 벌 수 있는 기회였다. 섬나라인 영국에서 외국과의 교역은 바다에서의 모험을 무릅쓰는 것이었으니, 그것이 두려우면 가진 돈을 금세공사(당시는 금세공사가 돈을 빌려주거나 맡아 주는 초기 금융업을 했다)에게 맡겨 금세공사들만 부자로 만들고, 정작 상인들은 큰돈 벌 기회를 못 갖는다는 뜻이다.

그분 혼자 힘으로도 충분하니까요.

그라티아나 오, 내가 젊기만 하다면

난 좋아서 어쩔 줄 모를 거야.

카스티자 그래요, 어머니 명예를 잃기 위해서요.

빈디체 젠장, 우리 전하와 거래하는 건데

어떻게 당신 명예를 잃을 수가 있죠?

전하의 지위로 당신 명예에 더 큰 명예를 더해 줄 텐데.[9]

아가씨의 어머니께서 다 말해 주실 거예요.

그라티아나 그럼요.

빈디체 오, 궁전이 줄 수 있는 즐거움에 대해 생각해 보세요.

보장된 편안함과 화려함, 접시에서 막 튀어나오려는

사람 흥분시키는 음식들을 생각해 봐요.

그 요리들을 먹으면 지금이라도 기운 나게 될걸요.[10]

횃불 밝힌 야외의 연회들, 음악, 스포츠,

모자 벗고 경의 표하는 가신들도 있지요.

그자들은 모자 벗을 필요 없는 행운도 못 가져 보고,

이마에 난 뿔 위로 모자 써야 해요.[11]

또 마차도 아홉 대씩 대기하고 있지요.

9) 실제로 명예가 커진다는 의미와 '전하(your honour)'라는 호칭을 둘 다 의미한다.

10) 여기서 "흥분시키는(stirring)", "기운 나게(quicken)" 등의 표현들은 한편으로는 음식을 먹어서 기운이 난다는 뜻이지만, 다른 한편 성적인 함의가 있기도 하다. 성욕을 불러일으키고 임신시킨다는 의미도 있다.

11) 당시 자기보다 신분 높은 사람 앞에서는 모자를 벗어야 했다. 누구 앞에서도 모자 벗지 않을 만큼 출세하기도 전에 부인이 바람피워서 가상의 뿔이 돋고, 그래서 그 가신은 뿔 위에 모자를 엉성하게 얹어야 한다는 조롱이다.

그러니 어서 서두르세요. 서둘라고요.

카스티자 그래요. 악마한테 서둘러 가야죠.

빈디체 〔방백〕 그래, 악마한테 가는 거지.

〔큰소리로〕 아니, 공작님한테 가는 거죠.

그라티아나 그래, 공작님한테 가는 거지.

얘야, 네가 일단 궁전에 가 보면

악마 따위는 생각하지 않게 될 거야.

빈디체 〔방백〕 맞아. 궁전에 있는 대부분의 사람들은

루시퍼의 마음만큼 오만하니까.

〔큰소리로〕 집에서 아무도 없는 방에 혼자 앉아서,

자신의 짧게 지나갈 미모를 늙은이처럼 쓸모없는

그림 따위에 내줄 여자가 대체 누가 있겠어요?

그보다 훨씬 못생기고 재산도 없는 여자들이

백 에이커 토지를 등에 지고 걸어 다니고

초록색 가슴장식에 멋진 목초지를 새겨 넣은 판국에요.[12)]

오, 농부의 아들들이 손 씻고 신사가 되기로

자기들끼리 합의하고 다시 만난 건

여자들에게 일어났던 일 중에서 가장 큰 축복이었어요.[13)]

사회 전체가 그때부터 번창했으니까요.

전에는 토지를 평수로 측정해야 했지만

12) 여자들 옷치장에 남자들의 토지와 초지가 들어갔다는 의미이다.

13) 시골 지주의 아들들이 토지 팔고 도시로 나와 신사노릇하면서 여자들에게 흥청망청 돈 쓰는 것을 말한다.

이제는 그런 수고 할 필요도 없어졌지요.

재단사들이 말 타고 다니면서 자로 재면 되니까요.

들판에서 멋진 꼭대기를 보이던 아름다운 나무들은

죄다 베어져서 여자들 머리장식 사는 데 들어갔어요.

일일이 계산하지 않더라도 모든 게 번창하고 있다고요.

순결 하나만 빼고요. 순결만 차갑게 누워 있죠.

아니, 제가 더 구체적으로 말해 볼까요? 내 말 잘 들어 봐요.

대체 정숙한 여자들은 왜 그렇게 드물까요? 그건 순결이 더 가난한 직업이기 때문이라고요. 사람들이 제일 많이 따라 하는 게 제일 좋은 거라고 여겨지잖아요. 제일 덜 거래되는 건, 제일 인기가 없다는 거예요. 그리고 순결은 인기가 없죠. 내 말 믿어요. 그러니 순결의 형편없이 낮은 가격을 주목하라고요.

진주 하나만 잃어버려도 우린 못 견디고 찾아다니죠.

하지만 순결이 일단 없어진다면,

과연 누가 그걸 찾아다닐 만큼 미쳤을까요?

그라티아나 맞아. 저분 말이 다 맞아.

카스티자 틀려요. 난 두 사람 말에 저항하겠어요.

난 불붙은 귀로 당신들 얘기를 참아 냈어요.

당신들 혀가 내 얼굴에 뜨거운 쇳덩이를 댄 거예요.

어머니, 거기 있는 사악한 여자한테서 어서 나오세요.

그라티아나 누구 말이니?

카스티자 그 여자가 안 보여요?

그럼 그 여자가 너무 안쪽에 있는 거네요.

〔빈디체에게〕 종놈, 이 따위 심부름이나 하다니 저주 받아라!

하늘이시여, 이제부터 어머니의 수다를 질병으로 만들어 주세요.
그건 먼저 날 공격했지만 난 이미 물리쳤거든요.

〔카스티자 퇴장〕

빈디체 〔방백〕 오, 천사들이시여. 하늘에서 날개를 퍼덕거려
이 처녀에게 수정 같은 찬사를 보내 주세요.
그라티아나 까다롭고, 새침하고, 어리석은 것!
하지만 선생, 이 대답을 갖고 돌아가세요.
전하께서 우리 집 쪽으로 오시고 싶다면
언제든지 환영이라고요. 내가 내 방식대로 해 볼게요.
여자는 여자가 가장 잘 다룰 수 있으니까요.

〔그라티아나 퇴장〕

빈디체 난 정말 그자에게 그렇게 말할 거야.
오, 아래만 볼 줄 아는 비천한 짐승들보다도
내 어머니가 더 무례하고 더 패륜적이구나.[14)]
왜 하늘이 새까맣게 변하거나,
분노로 이 세상을 멸망시키지 않는 거지?
왜 땅이 솟구쳐 올라 그 위를 밟는 죄인들을 안 치는 거야?
오, 여자와 황금이 없다면 타락도 없어질 거고,

14) 하늘을 쳐다보는 것은 직립보행 하는 인간의 특권이라고 여겨졌다.

지옥 역시 불기라곤 없는 대저택의 부엌처럼 보일 거야.
하지만 여자가 남자 잡는 낚싯바늘이 될 거라는 건
세상이 시작되기도 전에 이미 정해져 있었잖아.

〔퇴장〕

2막 2장

〔루수리오조가 빈디체의 동생인 히폴리토와 함께 등장〕

루수리오조 자네의 판단력을 칭찬해 줘야겠어.
자네가 사람을 제대로 볼 줄 알더군.
사람 연구하는 게 가장 심오한 기술인데 말이야.
학교에서 안 가르치지만, 나도 이건 알고 있어.
세상은 악당과 바보로 양분되어 있다는 걸 말이야.
히폴리토 〔방백〕 전하, 당신 얼굴은 악당이고 등 뒤는 바보잖아.
루수리오조 그리고 좋은 사람을 추천해 줘서 고맙게 생각해.
말솜씨 좋고, 허우대 멀쩡하고,
머리도 잘 숙성된 사람이더군.
히폴리토 예, 맞습니다, 전하.
〔방백〕 우리도 잘 숙성된 기회를 잡을 거야.
오, 나쁜 놈. 날 그렇게 패륜아로 만들다니 —
루수리오조 저기 그자가 오네.

〔변장한 빈디체 등장〕

히폴리토 〔방백〕 이제 나는 나가라고 하겠네.

루수리오조 자네는 자리를 비켜 주게. 나가 봐.

히폴리토 〔방백〕 내 생각이 맞았지?

나는 가야 하지만, 형님, 형님은 남아도 돼요.

젠장, 우리는 둘 다 신기한 방식으로 뚜쟁이가 됐어!

〔히폴리토 퇴장〕

루수리오조 이제야 짝수가 됐네. 세 번째 사람은 위험한 법이지.

특히 그녀의 오라비는 말이야. 자, 이제 자유롭게 얘기해 봐.

내 쾌락이 다가오고 있나?

빈디체 오, 전하.

루수리오조 네 대답으로 날 기쁘게 해 줘. 성공했어?

그녀를 속여서 구원을 빼앗고,

지옥에 꿀 발라서 사탕발림해 줬냐고?

그녀도 여자 맞던가?

빈디체 욕망 빼고는 여자 맞던데요.

루수리오조 그거 빼면 아무것도 아니잖아.

이제 내 열정이 사그라지는군.

빈디체 내가 그녀에게 했던 말들은

꽤 정숙한 여자라도 타락시켰을 거예요.

요즘에는 그보다 훨씬 공을 덜 들여도

정숙한 여자를 은화 받는 창녀로 만들 수 있다고요.

더 쉽게 작업하고도 많은 처녀들이

무슬림교로 개종했을 거예요.
내 목숨을 걸고 하는 말이지만,
그녀에게 해 준 말의 절반만 했더라도
청교도인의 아내를 자빠뜨릴 정도라고요.[1)]
하지만 그녀는 조심스럽고 정숙하더군요.
아직도 그럴지는 의심스럽지만요.
오, 그 어머니, 어머니 때문에 말이에요!

루수리오조 난 지금까지 여자란 게 그렇게 신기한 건지 미처 몰랐어.
그 어머니한테선 무슨 결실이라도 있나?

빈디체 〔방백〕 이제 난 내 영혼을 망쳐 가며 위증하든지,
아니면 날 처음 세상에 맞아 준 내 어머니의 수치를 들춰내야 해.
난 진실을 말할 거야. 넌 살아서 그걸 공표할 수 없을 테니까.
죽어 가는 사람한테 말한 거라면 수치도 수치가 아니지.
— 전하.

루수리오조 그 목소리는 누구야?[2)]

빈디체 여기엔 저밖에 없는데요, 전하.

루수리오조 자네가 급히 말하려던 게 뭐지?

빈디체 위안입니다.

루수리오조 그거라면 환영이지.

빈디체 그 처녀는 너무 둔해서 미지의 땅으로

1) 청교도인은『성경』의 원칙을 중시했으므로 금욕적인 생활로 유명했다.
2) 빈디체가 고민에 빠진 나머지 루수리오조를 부를 때 목소리 변조를 충분히 하지 않아서 이를 이상하게 여긴 루수리오조가 묻는 것이다.

여행할 마음이 없어 보였어요.

그래서 제가 곧장 그 어머니한테 박차를 가해야만 했죠.

황금 박차는 그 어머니를 순식간에 달리게 할 테니까요.[3]

루수리오조 이런 일에서 어머니가 딸보다 먼저

타락하는 게 가능한 거야?

빈디체 전하, 그게 예의범절이란 거죠. 아시다시피 나이 많은 어머니가 앞서

가야 하는 법이잖아요.

루수리오조 그건 자네 말이 맞아. 그런데 이 위안이란 건 어디로 들어오는

거야?

빈디체 좋은 곳으로요, 전하. 천륜을 저버린 그 어머니가

처녀의 정절에 대해 말로 어찌나 못살게 굴었는지

그 가엾은 바보는 놀라움에 말을 잃었어요.

그래도 여전히 그 처녀는 불붙이지 않은 양초처럼

차갑고 순결했지요. 그 어머니의 말 때문에

그 뺨에 불이 난 것 빼고요. 처녀는 나가 버렸지만,

반쯤 미쳐 버린 그 늙은 부인이 이 희망적인 얘기를

제게 던졌고, 전 그 말을 깊이 새겼답니다.

"전하는 언제든지 환영이에요." —

루수리오조 저런, 고마운 말이군.

빈디체 "진하께서 우리 집 쪽으로 오시고 싶다면" —

루수리오조 곧 그렇게 해야겠군.

빈디체 "내가 내 방식대로 해 볼게요 — "

3) 황금 박차는 돈을 말한다.

루수리오조 그녀가 더 현명하게 구는군. 그렇다면 그녀를 칭찬해 줘야겠어.

빈디체 "여자는 여자가 가장 잘 다룰 수 있으니까요."

루수리오조 맹세코 그 말은 정말 맞아. 그건 인정해 줘야 해. 남자들은 여자들이랑 비교가 안 되거든.

빈디체 아니, 그건 맞아요. 한 여자가 한 시간 동안 헝클어 놓은 걸, 남자는 이십칠 년이 걸려도 못 풀 테니까요.

루수리오조 내 욕망들이 행복해졌으니 이제 그만 해방시켜야겠어.
자네는 정말 소중한 놈이야. 난 자네가 마음에 들어.
현명하게 굴어서 이 호감을 자네의 수입으로 만들라고.
내게 절하고 청해 봐. 자넨 어떤 자리에 욕심이 있나?

빈디체 자리요, 전하? 제 소원이 이루어질 수 있다면, 전 아직 아무도 청한 적 없는 자리를 갖고 싶어요.

루수리오조 그럼 자네는 어떤 자리도 못 가질 거야.

빈디체 아니요, 전하. 그래도 고를 수 있는 자리가 있을 거예요. 게다가 말과 계집까지 덧붙여서요.

루수리오조 정말 대 놓고 얘기하는군. 좋아. 뭔지 얘기해 봐.

빈디체 제가 원하는 건 이 자리뿐이에요, 전하. 장막 뒤에서 벌어지는 모든 은밀한 만남들과 밤 열두 시에 골풀 깔린 바닥에 툭 떨어지는 모든 속치마들에 대해서 사례금 받는 거요.[4]

루수리오조 자네는 정말 머리 좋은 미친놈이군. 그게 무슨 대단한 수입이 될 것 같아?

빈디체 아, 그거야 모르는 거죠, 전하. 지금까지 아무도 안 했다는 게 전

4) 골풀은 당시 바닥에 까는 소재로 많이 사용했다.

오히려 이상한걸요!

루수리오조 자, 오늘밤 난 그녀를 방문할 거야.
내 욕망으로는 그때까지가 일 년 같아.
자네는 지금 물러갔다가 다시 날 수행하도록 해.
자네 출세 문제는 다 나한테 맡겨 두고.

〔루수리오조 퇴장〕

빈디체 친애하는 전하 —
〔칼을 뽑으며〕 지금 저자의 등을 찔러 죽일까? 안 돼!
칼아, 넌 아직까지 상대의 등을 찌른 적이 없잖아.
난 저놈을 정면으로 찌를 거고, 저놈은 날 보면서 죽어야 해.
네놈 핏줄이 욕정으로 부풀어 올랐으니 이 칼이 그걸 비워 주마.
거지들이 고관대작을 못 죽이면 그들은 신이 될 거야.
하늘이시여, 제가 어머니를 사악하다 부르는 걸 용서하시고,
지상에서의 내 시간을 줄이지 말아 주세요.[5)]
오, 난 어머니를 존경할 수가 없어. 지금쯤 어머니가
창녀처럼 몸 팔라고 내 동생을 설득했을까 봐 걱정돼.
변호사, 상인, 일부 성직자와 다른 모든 사람들도
선의로 맹세를 깨는 건 큰 죄가 아니라고 하지만,
난 공국을 물려받을 음탕한 후계자, 공작 아들에게

5) 『출애굽기』 20장 12절. "네 부모를 공경하라 그리하면 네 하나님 여호와가 네게 준 땅에서 네 생명이 길리라."

맹세를 깨지 못했으니 내가 나쁜 놈인 거야.[6]
쉬운 일은 아니겠지만, 난 그 애의 정절을 지키고
항구들을 잘 막아 낼 거야.

〔히폴리토 등장〕

히폴리토 형님, 일이 어떻게 되어 가요?
형님 소식을 듣고 싶기도 하지만
나 역시 형님께 들려줄 소식이 있답니다.
빈디체 아니, 무슨 나쁜 짓이라도 벌어졌어?
히폴리토 나쁜 짓이죠.
이 사악한 늙은 공작이 제대로 당했거든요.
그자의 사생아가 아랫도리를 펜 삼아
제 아버지의 마누라를 빼앗았다고 쓰고 있어요.[7]
빈디체 공작의 사생아가?
히폴리토 내 말을 믿어요. 그자와 공작부인이
밤마다 속옷 바람으로 만난답니다.
계단 지키는 뚜쟁이들이 목격했대요.
빈디체 오, 추악하고도 깊은 죄로군.
공작이 자느라고 커다란 잘못을 못 본 거네.

6) 당시 맹세를 지키지 않는 것은 도덕적, 종교적으로 지금보다 훨씬 중한 죄였다. 빈디체가 앞서 루수리오조의 강요로 했던 맹세 때문에 자신이 직접 동생을 어려운 처지로 몰고 간 것에 대해 변명하는 것이다.
7) 원문의 "펜(pen)"에는 진짜 펜과 남자의 성기란 이중적인 뜻이 있다.

저기 봐. 사생아가 오고 있어.
히폴리토 끔찍한 호색한이에요!

〔스푸리오가 하인 두 명과 등장〕

빈디체 옷을 풀어헤친 채 용감한 뚜쟁이 두 명하고 같이 오네.
오, 사악하게 속삭이고 있어. 지옥이 저자의 귓속에 있나 봐.
가만, 우리는 저자가 지나가는 걸 지켜 보자.

〔빈디체와 히폴리토가 물러나 몸을 숨긴다〕

스푸리오 아니, 그게 확실해?
하인1 전하, 틀림없어요. 공작폐하 아드님의 욕정에 대해
가장 잘 알고 있는 사람이 해 준 얘기니까요.
그자가 한 시간 내에 히폴리토의 여동생에게
은밀히 숨어들 작정이랍니다.
아가씨의 어머니가 딸의 순결한 생명을
타락시키고 그자의 욕정에 내줬다더군요.
스푸리오 달콤한 얘기고 달콤한 기회야!
그렇다면, 형님, 서둘러 잉태됐을 때 내가 당했듯이
나 역시 그렇게 순식간에 당신 상속권을 빼앗겠어.
난 당신이 재미 볼 동안 당신을 처벌할 거야. 멋진 일이잖아!
욕정을 채우고 났으니 피 흘리는 것도 괜찮을 거야.
— 가자. 조심스럽고 은밀하게 나가자고.

〔스프리오와 하인들 퇴장〕

빈디체 저길 봐. 저기. 공작부인한테 가는 발걸음을.[8)]
이게 그 두 사람의 두 번째 밀회이니,
제목 새로 달고 뿔도 새로 돋아나게 해서
공작한테 마누라 빼앗긴 놈이라고 써 주려는 거야.[9)]
밤이여! 너는 아침 일찍 찢겨 버린 장례식 만장 같아서,
미덕이라고는 조금도 없는 죄악들을
돋보이게 해 주려고 그럴 듯하게 매달려 있구나.
지금은 온 세상에 욕정의 밀물이 가득 차 있어.
온 사방에 속임수가 만연해 있다고.
해질녘만 해도 처녀였던 여자들이
아마도 지금쯤엔 매춘부 명단에 올라 있을 거고,
정숙지 못하게 얇은 옷 입은 이 여자는
뱃길로 오는 애인을 은밀히 맞아들이지.[10)]
여기 어떤 부인은 삐걱거리는 소리에 들킬까 봐
교묘한 손길로 문의 경첩에 가죽을 덧대.
요즘 마누라 빼앗기는 남편들이 새로 만들어지고 있어.
빨리, 빨리, 빨리, 너무 빨리 말이야!

8) 히폴리토와 빈디체는 숨어서 스프리오를 지켜봤지만 대사까지 엿듣지 못했기에 스프리오가 공작부인에게 갈 것이라고 잘못 추측하고 있다.
9) 앞에서 나왔던 'pen'의 두 가지 뜻(펜과 남성의 성기)의 말장난이 계속되고 있다.
10) 템즈 강변의 집들은 강 쪽에도 뒷문이 있어, 배 타고 온 연인을 사람들 모르게 은밀히 집안에 들일 수 있었다.

그리고 조심스러운 자매님들은 밤마다 물레질해서
낮 동안 자기 자신과 포주들을 먹여 살리고 있지.[11)]

히폴리토 형님은 밀물처럼 말도 잘하시네요.

빈디체 쳇, 난 아직 얕은 물에 불과해.
너무 부족하고 너무 소심하지. 내가 말해 줄까?
밤마다 이루어지는 모든 속임수들을 들춰낸다면,
여기서 곧바로 얼굴 붉히지 않을 사람은 거의 없다고.

히폴리토 나도 그렇게 생각해요.

빈디체 누가 오는 거지?

〔루수리오조 등장〕

공작의 아들이 이렇게 늦은 시간에?
얘야, 숨어. 그럼 뭔가 나쁜 짓에 대해 듣게 될 거야.
〔루수리오조에게〕 전하.

〔히폴리토가 몸을 숨긴다〕

루수리오조 피아토![12)] 아니, 내가 찾던 사내잖아.
가자. 난 지금이 그 어린 아가씨 맛 보기에

11) "자매(sisters)"는 창녀를 의미하고 밤에 하는 물레질은 매춘을 말한다.
12) 피아토(Piato)는 빈디체의 가명인데, '숨긴다'는 뜻으로 정체를 숨긴 빈디체에게 어울리는 이름이다.

가장 적당한 시간이라고 정했거든.

빈디체 〔방백〕 이런 빌어먹을!

히폴리토 〔방백〕 저주받을 악당!

빈디체 〔방백〕 이젠 그걸 막기 위해 저놈을 죽일 수밖에 없어.

루수리오조 가자. 너와 나 단둘이서만 갈 거야.

빈디체 전하, 전하!

루수리오조 왜 날 놀라게 해?

빈디체 깜빡 잊을 뻔했네요.

사생아가요!

루수리오조 그자가 뭘 어쨌는데?

빈디체 오늘 밤, 이 시간, 이 순간, 바로 지금 —

루수리오조 뭐? 뭔데?

빈디체 공작부인을 덮쳐서 —

루수리오조 끔찍한 얘기로군!

빈디체 맹독처럼 전하의 아버님 이마 속을

먹어 들어가고 있어요.[13]

루수리오조 오!

빈디체 왕가의 뿔을 만들고 있다고요.

루수리오조 제일 천한 종놈이!

빈디체 이건 두 침상의 결실이에요.[14]

13) 남편의 이마에 돋는 뿔의 비유가 계속된다.

14) 한데 합해져선 안 될 스프리오와 공작부인의 두 침상이란 뜻이지만, 공작과 스프리오 어머니 간의 혼외관계란 의미도 포함한다.

루수리오조 미쳐 버리겠네.

빈디체 그놈이 저쪽으로 조심스럽게 지나갔어요.

루수리오조 그놈이 그랬단 말이지!

빈디체 그리고 가는 길 곳곳에 자기 하인들을 숨겨 놨어요.

루수리오조 자기 하인들을? 내가 그놈들을 급습해야겠군.

빈디체 조심스럽게 잡으셔야 해요. 아주 조심스럽게요.

루수리오조 공작부인의 방문 따위가 날 막을 수는 없지.

〔루수리오조와 빈디체 퇴장〕

히폴리토 좋아. 신속하게 잘됐어.
이건 궁정 안의 화약이고 한밤중의 불씨야.
이 무모한 분노 때문에 저자가 난폭해져서
스스로를 망칠 수도 있겠는걸.
나도 일이 벌어지는 걸 그냥 따라가야겠다.

〔퇴장〕

2막 3장

〔공작과 공작부인이 침대에 누워 있고, 루수리오조와 빈디체가 다시 등장한다〕

루수리오조 그 나쁜 놈은 어디 있나?

빈디체 조용히 하세요, 전하.

그럼 두 사람이 얽혀 있는 걸 잡을 수 있을 거예요.

루수리오조 과정은 어떻게 돼도 좋아.

빈디체 그 두 사람이 포개져 있을 때,

겹쳐 있는 둘을 죽이는 건 멋질 거예요.

조용히 하세요, 전하.

루수리오조 저리 가. 내 비장은 그렇게 게으르지 않다고.[1]

이렇게, 이렇게, 난 저들의 눈꺼풀을 흔들어서 열 거야.

그리고 내 칼로 그 눈들을 영원히 닫아 버릴 거라고.

— 나쁜 놈! 창녀!

공작 내실 호위병은 짐을 지켜라!

공작부인 반역이야. 반역이야!

공작 오, 잠자는 동안 날 죽이지 말아다오.

1) 비장(脾臟)은 격분이나 급한 성질을 만들어 낸다고 알려져 있었다.

난 큰 죄를 너무 많이 지었기 때문에
그 죄들을 밖으로 꺼내 깨끗한 상태로 죽으려면
며칠, 아니 몇 달 동안 참회의 기도를 올려야만 해.
오, 넌 천당과 이곳 양쪽에서 날 죽이는 거야.

루수리오조 난 너무 놀라서 죽을 것 같아요.

공작 아, 못된 반역자 놈!
가장 추악한 욕보다도 더 나쁜 놈!
이제 난 분노의 힘줄로 널 움켜쥐고,
네 머리통을 판사들한테 던져 줄 테다. 호위병!

〔호위병들과 히폴리토, 귀족들, 암비시오조, 수퍼바쿠오 등장〕

귀족 1 어쩌다 전하의 휴식이 방해받았나요?

공작 내가 죽으면 내 자리를 물려받을 이 아이가
내가 죽기도 전에 먼저 내 자리를 가지려 했소.
그래서 그 야망의 열기에 들뜬 나머지
내 침대에서 날 폐위시키기 위해
살기등등하게 돌진해 들어온 거요.

귀족 2 자식의 도리와 충정이 있는데 그래서는 안 되지요!

공작부인 저자가 자기 부친을 악당이라 부르고 난 창녀라고 했어요.
차마 내 입술을 더럽히고 싶지 않은 말들이죠.

암비시오조 이건 그리 잘한 짓이 아니네요, 형님.

루수리오조 난 모함당했어.
하지만 어떤 변명도 날 도울 수 없다는 걸 알아.

빈디체 〔히폴리토에게〕 지금은 안 보이게 숨는 게 좋은 방책이야.
우리 여동생의 순결에 대한 저놈의 사악한 의도가
우리가 기대했던 이상으로 좌절됐으니까.
히폴리토 〔빈디체에게〕 저자의 아비가 여기서 자고 있을 줄
형님도 꿈에도 몰랐잖아요.
빈디체 〔히폴리토에게〕 오, 나도 그건 몰랐지.
하지만 이렇게 되고 보니 저자가 말로 위협하지 않고
그냥 바로 제 아비를 죽였더라면 좋았었겠다 싶네.
그랬으면 우리가 칼 쓰는 수고를 덜어 줬을 텐데.

〔히폴리토와 빈디체가 살그머니 자리를 뜬다〕

공작 부인, 걱정 말아요. 저놈을 사형시킬 테니까.
루수리오조 이 뚜쟁이 종놈은 어디로 갔지?
어디서도 안 보이네. 이 사단을 일으킨 놈인데.

〔스푸리오와 하인 두 명 등장〕

스푸리오 네놈들은 악당이야, 거짓말쟁이들.
너희는 악당의 턱과 매춘부의 혀를 가졌어.
거짓말을 했으니 하루에 한 끼만 줘서 벌줄 테다.
하인 1 오, 나리!
스푸리오 빌어먹을, 아예 굶겨 버려야지.
하인 2 오, 제발요, 나리!

스프리오 내 칼을 그렇게 오랫동안 찬기에 노출시켰는데도
  그자를 놓쳐 버리다니.

하인1 아니에요, 나리.
  그자는 정말 거기서 만날 작정이었다니까요.

스프리오 젠장, 그놈이 저기 있잖아.
  아니, 뭐지? 여기서 무슨 일이 벌어진 건가?
  한밤중인데도 대낮처럼 환하다니 낮이 궤도를 벗어났나?
  온 궁정이 다 깨서 일어났잖아?
  호위병은 왜 저자의 팔꿈치를 무례하게 잡고 있는 거지?

루수리오조 〔방백〕 사생아가 여기에?
  아니, 그렇다면 내 의도의 진실을 꺼내 놔야겠어.
  〔공작에게〕 아버님이신 폐하, 제 말 좀 들어 보세요.

공작 저놈을 끌고 가라.

루수리오조 제가 한 일은 충성심으로 용서받을 수 있어요.

공작 용서? 저 악당을 감옥으로 끌고 가!
  죽음이 저놈 뒤에서 그리 오래 지체하지는 않을 거다.

스프리오 〔방백〕 잘됐군. 그렇다면 크게 잘못된 것도 아니네.

루수리오조 아우님들, 내 석방은 자네들 입에 달려 있네.
  제발 날 위해 간청해 주게.

암비시오조 그게 당연한 도리죠.
  우리는 걱정하지 마세요.

수퍼바쿠오 안간힘을 다해 간청할게요.

루수리오조 그래야 내가 살아서 자네들에게 보답할 수 있지.

〔루수리오조와 호위병들 퇴장〕

암비시오조 〔방백〕 아니, 네놈이 죽어야
　나한테 더 큰 보답이 되는 거지.
스푸리오 〔방백〕 저자가 갔군. 나도 따라가야겠어.
　그래서 저놈이 무슨 잘못을 했는지 알아내고,
　저자의 모든 역경을 함께하는 것처럼 보여야지.
　물론 청교도처럼 위선적인 마음으로 말이야.

〔스푸리오와 하인들 퇴장〕

암비시오조 아우야, 우리의 증오와 애정을 교묘하게 엮어서,
　저자의 구명을 위해 한마디 할 동안
　저자의 사형을 위해서는 세 마디씩 하자꾸나.
　가장 교묘하게 간청한 사람이
　말재주 덕에 제일 많은 금을 갖는 거야.
수퍼바쿠오 시작하세요, 형님, 나도 곧 뒤따를게요.
공작 아들이 제 아비에게 칼을 들이댈 만큼 반항하다니?
　그건 최고의 패륜이니 그보다 더할 수도 없을 거야.
암비시오조 전하, 자비를 베푸시지요.
공작 자비라고, 얘들아?
암비시오조 아니, 전하를 지나치게 격동시키려는 건 아닙니다.
　저희도 그 잘못이 용서할 수 없는 죄고,
　시커멓고, 사악하고, 천륜에 어긋난다는 걸 —

수퍼바쿠오 그것도 아들이 한 짓이라니 끔찍한 일이죠!

암비시오조 하지만 폐하, 공작님의 부드러운 손길은
 법의 거친 머리를 쓰다듬어서
 법이 부드럽게 내려앉게 만들 수도 있으니까요.

공작 하지만 내 손은 결코 그렇게 하지 않을 거다.

암비시오조 그거야 전하가 재량대로 하실 일입니다.

수퍼바쿠오 저희가 감히 말씀 드리자면,
 폐하가 아닌 다른 아버지라면
 아들을 너무 무섭게 미워한 나머지,
 부정한 특혜 따위는 전혀 주지 않고
 눈앞에서 처형이 이루어지는 걸 보려 할 거예요.

암비시오조 하지만 폐하, 감히 용서해 달라고
 간청할 염치조차 없는 잘못을 용서하심으로써
 폐하께서는 모든 시대의 놀라운 선례로 남으실 수도 있어요.

공작 〔방백〕 꿀처럼 달콤한 말을? 웬일이지?

암비시오조 전하, 용서해 주세요. 전하의 친아드님이잖아요.
 물론 그래서 더 사악한 일이라고 말해야만 하지만요.

수퍼바쿠오 그분은 공국(公國)을 계승하실 분이잖아요.
 그게 범행의 진짜 이유를 가리키기도 합니다만.
 부친 것을 빼앗은 자가 그대로 갖게 해선 안 되죠.
 하지만 자비를 베풀어 주세요 —

공작 〔방백〕 저놈들이 어설프게 간계를 꾸미고 있군.
 저들의 미움과 우애에 대해 둘 다 시험해 봐야겠다.

암비시오조 용서해 주세요, 비록 —

공작 너희 설득에 내가 넘어갔다.

내 분노가 불붙은 양초처럼 다 타 버렸어.

그건 단지 그 애의 변덕스런 광기였음을 나도 안단다.

가서 그 아이를 석방시켜라.

수퍼바쿠오 〔암비시오조에게〕 이런 젠장. 어떻게 하죠, 형님?

암비시오조 폐하께서 분노를 내려놓고 말씀하시는군요.

저도 그래서 결과가 좋기를 바랍니다만.

공작 그러니까 가서 석방시키라니까.

수퍼바쿠오 폐하, 그 잘못은 너무 무거운 데다,

너무 비인간적이어서 다들 끔찍하게 생각하니,

모두가 입을 모아 죽여 마땅하다고 하고 있습니다.

공작 그것 또한 맞다.

그렇다면 이 인장 반지를 받아라. 사형선고를 내릴 것이다.[2]

그걸 판사들에게 주면 그 아이를 며칠 안에 사형시킬 게다.

어서 서둘러라.

암비시오조 가능한 한 최대한 서둘러 가겠습니다.

저희는 형님에 대한 판결이 너무 가혹하지 않길 바랐지만,

방금 전에 폐하께서 단지 머뭇거리셨을 뿐이라는 것도 압니다.

〔암비시오조와 수퍼바쿠오가 함께 퇴장〕

2) 인장 반지(signet)는 반지 위에 도장을 새긴 것으로, 이것을 지닌 사람에게 반지 주인을 대리하는 권한을 준다. 보통 구두로 명령을 전할 때 인장 반지를 함께 줌으로써 그 구두 명령에 권위와 권한을 부여한다.

공작 이건 질투 위에 얇은 겉포장만 씌운 거로군.
고운 한랭사 옷감 속에 숨겨 놓은 주홍빛 천이
한랭사 사이로 너무 쉽게 드러나는 것과 마찬가지야.
제 어미를 등에 업은 저놈들의 야망은 위험하고,
안전을 위해 반드시 제거해야만 해.
난 이놈들의 질투를 미리 막을 테다.
틀림없이 짐의 아들이 뭔가 오해해서 격분한 건데,
이 주제넘은 놈들이 그걸 발판 삼아 기어오르려는 거지.
내 아들을 빨리 석방시켜야겠어.

〔두 명의 귀족 등장〕

귀족 1 폐하, 아침 문안 드립니다.
공작 어서 오시오, 경들.
귀족 2 저희는 무릎 꿇은 채 영원히 걷는 걸 포기하렵니다.
폐하께서 아드님의 구름 끼고 흐린 운에
부친으로서의 자애로운 눈길을 주시고,
아드님에게 자비로운 미덕을 베푸시어
천한 자마저 행복하게 만들 수 있는 걸 안 주시면요.
— 바로 자유 말입니다.
공작 〔방백〕 지금 막 내가 저들에게 시키려고 했던 걸
저자들이 명예와 충심을 다해 진지하게 탄원하다니 —
〔귀족들에게〕 경들, 일어서시오.
그대들의 무릎이 그 아이의 석방 문서에 서명한 셈이오.

짐은 그 아이를 완전히 사면하겠소.

귀족 1 전하께 깊이 감사 드립니다.
아드님도 도리를 다할 것입니다.

〔귀족들 퇴장〕

공작 스스로 더 큰 죄를 지으며 사는 재판관은
다른 사람의 죄도 눈감아 주는 게 맞아.
나는 노년의 나이지만 욕정만은 젊고
간통에 대해서도 용서받길 기대하니까,
실수로 불효한 죄쯤은 용서해 줄 수 있어.
난 모든 미인을 다 갖고 싶어 했고,
내 유혹을 거절했던 많은 여자들을 독살했지.
욕정으로 뜨거운 노인은 괴물처럼 보이는 법이야.
내 머리는 백발이지만 내 죄는 아직 초록색이거든.

〔공작 퇴장〕

3막 1장

〔암비시오조와 수퍼바쿠오 등장〕

수퍼바쿠오 형님, 제 의견에 따라 주세요.

나도 최선의 결과를 위해서 하는 얘기니까요.

그자를 가장 확실하고도 빠르게 죽이기 위해서죠.

인장 반지가 판사들 손에 들어가면

재판과 법정 기일, 배심원과 기타 등등으로

그자의 사형선고가 늦춰질 거예요.

하지만 신뢰도 사고팔 수 있으니,

요즘 증언은 황금으로 도금한 것뿐이라고요.[1)]

암비시오조 그래, 네 말이 맞다.

수퍼바쿠오 그러니 판사들은 건너뛰고 바로 장교들한테 가져갑시다.

아버지인 공작 말씀을 우리가 오해한 걸로 해 두면 되죠.

공작은 "며칠 안으로"라고 말했지만 우리가 까먹고

아침에 사형시키라고 착각한 걸로 하면 돼요.

1) 재판의 절차인 증언 역시 돈으로 매수될 수 있다는 말이다. 수퍼바쿠오는 힘 있는 루수리오조가 돈을 써서 부당한 재판을 받을 거라고 의심하고 있다.

암비시오조 훌륭한 계책이야.

그럼 내가 후계자네. 좀 있으면 내가 공작이라고!

수퍼바쿠오 〔자기 칼을 보며 방백〕 그건 아니지.

일단 공작 아들을 처치하고 나면,

이 핀으로 순식간에 네 허세 주머니를 꺼트릴 테니까.

암비시오조 축복받은 기회야! 그자를 치워 버리면,

우린 술책과 사기를 써서 강간죄로 갇혀 있는

우리 막내 동생을 감옥에서 꺼낼 거야.

당한 부인도 죽었으니 사람들은 곧 그 일을 잊을 거라고.

수퍼바쿠오 우리는 안전하게 그럴 수 있을 거고,

잘 먹고 잘살 거예요. 공작부인의 아들들은

너무 고귀해서 피 흘리면 안 되니까요.

암비시오조 사실 우린 정말 그래. 자, 지체하지 말자.

난 장교들한테 가 볼 테니

넌 먼저 가서 사형집행인에게 말해 놔.

수퍼바쿠오 내가 알아서 그자를 준비시킬게요.

〔수퍼바쿠오 퇴장〕

암비시오조 완벽해! 잘 가라. 내가 다음 후계자니까,

네가 잘려 나간 바로 그 자리에서 난 일어설 거야.

바로 네 목 위에 말이야, 친절한 아우야.

머리 하나가 떨어지면 다른 머리가 올라오는 법이지.

〔퇴장〕

3막 2장

〔석방된 루수리오조가 귀족들과 함께 등장〕

루수리오조 여러분, 내가 이렇게 석방된 건
다 경들의 충성심 덕분입니다.
귀족 1 장차 보위에 오르실 분께 도리를 다한 것뿐입니다, 전하.
루수리오조 내가 보위에 오르게 되면 반드시 보답할 것이오.
오, 자유여, 그대 달콤한 천상의 여신이여!
감옥에게는 지옥도 너무 온건한 이름이야.

〔함께 퇴장〕

3막 3장

〔암비시오조와 수퍼바쿠오가 장교들과 함께 등장〕

암비시오조 여러분, 우리 형제인 공작님 아들을
즉시 처형시키라는 명령을 가져왔소.
여기 공작님의 인장 반지도 가져왔으니
이 반지가 여러분에게 확실한 위임장이 될 것이오.
하필 우리가 이렇게 잔인한 임무를 맡아서
이토록 천륜에 어긋나는 일을 해야 하다니 우리도 유감이오.
이런 일은 형제보다는 적에게 어울리는 일인데 말이오.
수퍼바쿠오 하지만 공작님 명령이니 따를 수밖에
없다는 걸 여러분도 잘 알 겁니다.
장교 1 당연히 따라야 하고 따를 것입니다, 나리.
그런데 오늘 아침이라니, 그렇게 갑자기요?
암비시오조 그래요. 아아, 가엾은 분.
그분은 아침 일찍 빨리 떠나야만 해요.
이미 사형집행인이 비겁한 용기를 보여 주려고 기다리고 있어요.
장교 2 벌써요?
수퍼바쿠오 그래요. 오, 여러분. 파멸은 서둘러 오게 마련이지요.

가장 덜 뻔뻔한 사람이 가장 빨리 죽는 법이에요.

장교 1 맞는 말씀이세요, 나리. 그럼 저희는 가 볼게요.

저희 임무를 차질 없이 진행하겠습니다.

우리는 일 분의 1/3이라도 늦추지 않을 거예요.

암비시오조 그 말에서 여러분이 정직한 사람이고

충직한 장교라는 걸 알겠네요.

그런데 가능하면 그분을 은밀히 처형해 주세요.

그분에게 그 정도 호의는 베풀어 주세요.

구경꾼들은 그의 기도에 방해만 될 거고,

그분이 그들을 욕하고 저주하게 만들어서

그분이 죄지은 채 죽게 할 뿐이니까요.

그 정도 친절은 베풀어 줄 수 있겠죠?

장교 1 그렇게 하겠습니다, 나리.

암비시오조 우리의 감사를 받아 주세요.

내가 보위에 오르게 되면 여러분을 출세시켜 줄게요.

장교 2 감사합니다, 전하.

수퍼바쿠오 형장에 우리의 눈물 어린 안부를 전해 주세요.

장교 1 저희 역시 울면서 나리들의 인사를 전하겠습니다.

〔장교들 퇴장〕

암비시오조 공직에 있는 쓸모 있는 바보들이야!

수퍼바쿠오 모든 일이 딱 맞아떨어졌네요.

암비시오조 아주 잘됐어. 가자, 아우야. 한 시간 내로

그자의 머리가 더 큰 받침대 위에 올라가게 될 거야.[1]

〔함께 퇴장〕

1) 여기서 받침대란 참수형에서 머리를 올려 놓는 처형대를 말한다.

3막 4장

〔주니어가 감옥에서 등장〕

주니어 간수!

〔간수 등장〕

간수 예, 나리.

주니어 최근에 우리 형님들한테 소식 안 왔어? 형님들은 나한텐 신경도 안 쓰나?

간수 나리, 방금 전령이 와서 형님들에게서 온 편지를 주고 갔어요.

〔편지를 준다〕

주니어 종이로 된 위안밖에 없는 거야? 형들이 맹세를 지켰다면, 난 이런 편지보다 내 석방이 먼저 올 줄 알았는데. 넌 좀 나가 있어.

〔간수 퇴장〕

그래서, 뭐라고 써 있는 거야? 큰소리로 말해 봐.

〔편지를 읽는다〕

"아우야, 기운 내라." — 젠장, 창녀처럼 시작하는군. 기운을 내라니.[1] "넌 오랫동안 갇혀 있진 않을 거야." — 파산한 놈처럼 35년간 갇혀 있진 않겠지![2] "우리가 계책을 써서 널 빼낼 방법을 생각해 냈어." — 계책이라고? 그걸 실행하는 데 그렇게 오래 걸린다면 염병할 놈의 계책이네. "그러니 안심하고 있어라. 즐겁게 지내다 보면 갑자기 석방될 테니." — 즐겁게 지내라고? 즐거움 따위는 교수형 시키고, 내장(內臟)을 꺼내서, 네 쪽으로 능지처참시켜야 해.[3] 미쳐 버리겠군! 남자가 고작 여자 때문에 한 달씩이나 갇혀야 하다니 이상한 일 아니야?[4] 뭐, 형들이 얼마나 빨리 약속 지키는지 지켜보겠어. 그래도 형들이 계책을 쓴다니, 내가 오랫동안 죄수로 있진 않겠네.

〔간수 등장〕

1) "기운(cheer)"에는 유흥, 건배 등의 뜻도 있다. 부도덕한 난봉꾼인 주니어가 "cheer"를 술자리에서 창녀가 흥 돋우는 말로 해석하고 있다.
2) 당시 런던에는 빚 못 갚는 채무자를 투옥시키는 감옥이 여럿 있었는데, 채무자가 빚을 못 갚으면 아무리 오래 복역하더라도 석방될 수 없었다.
3) 반역자에 대한 최고의 형벌이 교수형 시킨 후, 시체의 내장을 꺼내고, 사지를 찢어 능지처참하는 것이었다.
4) "갇혀 있다(lie in)"에는 출산 후 몸조리한다는 뜻도 있다. 몸조리는 임신한 여자들이 하는 건데, 그걸 남자인 자신이 하는 것이 이상하다는 농담이기도 하다.

뭐야, 무슨 일이야?

간수 나쁜 소식입니다, 나리. 제가 나리를 내보내게 됐어요.

주니어 이런 종놈, 그걸 나쁜 소식이라고 한 거야? 형들, 고마워.

간수 나리, 나쁜 소식이 될 것 같아요. 여기 장교들이 왔는데

제가 그분들 손에 나리를 넘겨야 하거든요.

주니어 아니, 장교라고? 왜? 뭣 때문에?

〔장교 네 명 등장〕

장교 1 나리, 저희를 용서하세요.

하지만 저희는 서둘러 임무를 수행해야 합니다.

여기 그 명령의 위임장인 공작님의 인장 반지가 있어요.

나리는 즉시 처형되셔야 합니다.

주니어 처형? 난 너희한테 꺼지라고 할 거야.

네놈들한테 더 이상 오지 말라고 할 거라고.

나한테 대체 무슨 처형을 하겠다는 거야?

장교 2 나리, 그런 말씀 대신 기도하시는 게 낫겠어요.

시간이 얼마 안 남았으니 죽을 준비를 하세요.

주니어 아니야. 그럴 리 없어.

장교 3 사실입니다, 나리.

주니어 그럴 리가 없다니까. 내 아버지이신 공작님이

다음번 재판일자까지 처형을 연기시켰고,

난 매분마다, 한 시간에도 육십 번씩,

석방되기를 고대하고 있단 말이야.

우리 형님들이 계책을 쓰겠다고 했다고.

장교 1 계책이오, 나리?

나리께서 그런 위안을 기대하고 있다면,

나리의 기대는 불임의 여자처럼 결실이 없을 거예요.

나리를 처형시키라는 이 강력한 위임장을 가져온

불운한 전령들이 바로 나리의 형님들이거든요.

주니어 내 형들이? 아니야, 그럴 리 없어.

장교 2 사실입니다, 나리.

주니어 내 형들이 날 처형하라는 위임장을 가져왔다고?

이런 말도 안 되는 일이!

장교 3 지체할 시간이 없어요.

주니어 형들을 이리 오라고 해. 내 형들을 불러오라고!

너희 면전에서 형들이 직접 부인하게 해 줄게.

장교 1 나리, 두 분은 지금쯤 멀리 가셨을 거예요.

적어도 궁정까진 가셨을걸요.

그리고 이렇게 준엄한 명령을 남기셨어요.

슬픔이 두 분의 눈에서 헤엄칠 때,

두 분은 무거운 슬픔에 그렁거리는 눈물로

형제다운 모습을 보이셨지만,

공작님 명령은 반드시 지켜야만 한다고 하셨어요.

주니어 공작님 뜻이라고?

장교 1 제가 기억하기로는 그분들의 마지막 말은 이랬어요.

"형장에 우리의 눈물 어린 안부를 전해 주시오."

주니어 염병할 놈의 눈물 따위는 닦아 버리라고 해.

그깟 눈물 따위를 어디에 쓰라는 거야?

런던 시민의 아들이 짠 바닷물을 싫어하는 것보다

난 눈물이 더 싫다고.[5] 난 방금 편지를 받았단 말이야.

형들의 펜에서 지금 막 피 흘리며 쓰여서

아직 그 피가 마르지도 않았다고 —

그 편지를 찢어서 열 때, 나도 갈가리 찢겼으면 좋았을걸 —

이걸 봐, 이 주제넘은 후레자식들아. 위로였다고.

"오래 갇혀 있진 않을 거야."라잖아.

장교 1 그건 맞는 말이죠, 나리. 곧 처형되실 테니까요.

주니어 문자 그대로 해석하는 못된 던스 스코투스 같으니.[6] 악당처럼 설명하네. 그럼 여기를 읽어 봐. "계책을 써서 널 꺼내 줄게."라고 형이 말했잖아.

장교 2 그것도 말이 되지요, 나리. 카드놀이에서 "계책"이란 보통 '네 장의 카드'란 뜻이잖아요.[7] 그러니까 그건 우리 네 명의 장교를 말하는 거지요.

주니어 점점 더 나쁜 패를 주는군.

장교 1 시간이 저희에게 손짓하고 있어요.

사형집행인이 기다리고 있으니

나리의 눈을 들어 하늘을 보세요.

주니어 고마워. 정말 착하고, 예쁘고, 건전한 충고야.

5) 런던 시민의 아들은 해외무역에 종사할 가능성이 많으므로 풍랑 심한 바닷물이 싫다는 얘기이다.

6) 던스 스코투스(Duns Scotus, 1265-1308)는 중세에 궤변으로 악명 높았던 신학자이다.

7) "계책(trick)"에는 술수, 계책이란 뜻 외에 카드놀이에서 쥐고 있는 패(보통 네 장)란 뜻도 있었다. trick의 여러 가지 뜻을 갖고 말장난하고 있는 것이다.

내가 네 말대로 하늘을 쳐다보고 있을 동안
사형집행인이 뒤에서 날 속이고 내 머리를 빼앗겠지.
그래, 그게 바로 계책인 거야.

장교 3 시간을 너무 지체하고 계세요, 나리.

주니어 기다려, 권력의 사생아 놈들아.
형들의 위증 때문에 내가 죽는 거니까,
내가 그놈들 영혼에 저주의 독을 쏟아붓게 해 줘.

장교 1 아니, 지금 저주할 때가 아니에요.

주니어 그럼 나더러 별자리도 맞춰 보지 않고 피 흘리란 거야?[8)]
좋아 — 내가 했던 잘못은 세상도 인정해 주는 달콤한 장난이었어.
모든 여자가 다 좋아하는 그 일 때문에 난 죽는 거야.

〔모두 퇴장〕

8) 당시 의학적 치료로 일부러 피를 뽑는 행위, 즉 사혈(瀉血)이 있었는데, 사혈할 때는 점성술로 적절한 시간을 잡곤 했다. 주니어가 자신의 처형에서 피 흘리는 것을 사혈이라고 기괴하게 농담하는 것이다.

3막 5장

〔히폴리토와 변장한 빈디체가 함께 등장〕

빈디체 오, 달콤하고, 신나고, 진기하고, 행복하고, 황홀해!

히폴리토 아니, 무슨 일이에요?

빈디체 오, 그건 사람이 펄쩍 뛰어오르게 만들어서

저기 하늘의 은빛 천장에 이마 닿게 할 일이라고.

히폴리토 그게 뭔지 내게도 말해 줘야죠.

왜 나도 같이 기뻐하면 안 되는 거예요?

전에 모든 비극적인 생각을 나와 나누겠다고 맹세했잖아요.

빈디체 맞아, 내가 그런 것 같아.

그럼 너에게도 알려 줄게.

원래 자기 비밀을 쉽게 주절거리는 사람은

심장을 몸 밖에 내놓은 거나 다름없잖아.

그래서 늙은 공작 역시 내 겉모습과 속마음이

하나의 재료에서 갈라진 거라고 믿고,

궁정의 다른 눈들이 못 보는 적당한 장소에서

숙녀를 만날 수 있게 해 달라고 내게 돈을 줬어.

거기는 어둡고 수치심 없는 구석이어서

공작 조상들의 욕정과 고위직의 분탕질의 장소지.
난 변장한 신분을 유지하기 위해
순순히 그러겠다고 했고, 뻔뻔한 공작에게
대낮에도 한밤중처럼 햇볕 들지 않는
이 오두막으로 여자 만나러 오라고 했어.
여기로 정한 또 다른 이유는, 사생아와 공작부인이
이 음탕한 장소에서 만나기로 되어 있어서
그걸로 공작의 영혼을 고문하기 위해서야.
그 고통스러운 광경이 그자의 눈을 죽일 테니,
우린 그 후에 그자의 나머지 몸뚱이를 죽이자는 거지.

히폴리토 그 일은 아주 잔인하게 해치워야죠.
그런데 어떻게 이 일에서 날 빼놓을 수 있어요, 형님.

빈디체 그래. 내 일이 정신없이 진행되다 보니 그렇게 됐다.

히폴리토 알았어요. 그런데 그 숙녀는 어디 있어요?

빈디체 아, 그 말을 들으니 다시 난감해지네.
넌 아직 날 이해하지 못하는구나.
난 지금 여러 가지 행복한 계획을 짜고 있거든.
공작한테 맞는 귀족 여성은 이미 찾아 놓았어.
맛있는 입술과 반짝이는 눈으로 신경 써서 구해 놨지.
아우야, 너도 목격할 수 있게 해 줄 테니,
모자 벗고 예의 갖춘 채 기다려.

〔빈디체 퇴장〕

히폴리토 아니, 도대체 어떤 여자를 말하는 거지?
뭐, 다시 생각해 보니 그건 그리 놀라운 일도 아니지.
제 부하들한테도 굽실거리는 공작이니
공작한테 굽실거릴 여자가 있는 것도 당연하잖아.[1)]
아무 사내나 상대하는 창녀들은 세상에 흔하지만,
그렇게 이름과 가격이 다 알려진 창녀들보다
은밀하게 음란한 죄를 저지르는 여자들이 사실 더 흔하거든.
공작의 첩 앞에서 모자 벗는 건
신하로서 내 도리 중의 일부이겠지.
— 저기 그 여자가 오네.

〔빈디체가 연인의 해골을 머리 장식으로 가린 채 들고 등장한다〕

빈디체 부인, 공작님께서 곧 오실 거예요.
비밀로 해 달라고요? 우리 걱정은 하지 마세요, 부인.
부인은 벨벳 가운 세 벌을 받게 되실 거예요.
소문나면요? 그런 거 신경 쓰는 여자들은 거의 없답니다.
불명예요? 공허한 얇은 껍데기일 뿐이에요.
부인이 잘해 내는 게 오히려 부인의 가장 큰 명예죠.
제가 부인의 손 대신 해 드릴게요. 부인 얼굴을 보여 줄게요.

〔머리 장식을 제치고 해골을 드러내 보인다〕

1) 여자 구해 달라고 빈디체에게 은밀히 부탁한 것을 말한다.

히폴리토 아니, 형님, 형님!

빈디체 이제야 그녀에게 끌리니?

쯧쯧, 이런 게임에서는 숙녀가 숨어 있을 때,

더 현명한 남자를 현혹시킬 수 있는 법이야.

내가 그 늙은 난봉꾼한테 딱 맞는 미인을 찾아왔잖아?

늙은이와 해골은 행동거지에서 언제나 연합해 있지.

여기 이 눈은 높으신 양반이라도 유혹할 수 있어.

— 그래서 하느님을 섬기잖아.

예쁘게 매달려 있는 입술은 이젠 거짓말하는 법을 잊었어.

아마 여기 이 입은 욕하는 사람들을 떨게 하고,

주정뱅이의 이빨에 자물쇠 채우게 만들어서

술의 축축한 타락이 그 사이를 못 지나가게 할 거야.

여기 이 뺨은 요란한 바람에도 제 색깔을 유지해.

비가 쏟아져도 우리가 이 뺨 걱정은 할 필요 없다고.

날이 덥건 춥건 우리한텐 매한가지거든.

그러니 화장한 얼굴에 자기의 모든 운을 걸고,

비바람 외에는 어떤 신도 두려워하지 않는

여자야말로 정말 어리석지 않아?[2)]

히폴리토 형님, 그건 형님 말이 맞아요.

살아 있을 때 그토록 빛나던 얼굴이 바로 이기예요?

빈디체 바로 그 얼굴 맞아.

그리고 그녀의 아름다움에 넋을 잃었던 것에 대해

2) 화장한 여성에 대한 경멸과 혐오는 이 시기 문학의 단골소재였다.

나 역시 지금은 나 자신을 나무라고 싶을 지경이야.
비록 그녀의 죽음에 대해 난 아주 진귀한 방식으로
복수할 거긴 하지만 말이야.
〔해골에게〕 고작 널 위해서 누에가 노란 고치를 만든 거야?
누에가 기진맥진하게 일한 게 다 널 위해서냐고?
황홀한 한순간의 한심한 이득을 얻겠다고
남자들은 사치스런 애인을 위해 영지를 판 거야?
왜 저기 저 사람은 고작 이딴 걸 꾸며 주겠다고
높은 양반 사칭하다가 판사 입술에 제 목숨을 맡기고,
여자 위해서 제 말과 부하들을 죽도록 일 시킨 거지?
확실히 미친놈들은 우리 모두인 거고,
미쳤다고 생각했던 여자들은 미친 게 아니야.
우린 여자들을 오해한 거라고.
우린 정신이 미친 거고, 그들은 그냥 옷에 미친 거야.

히폴리토 사실 우리도 옷에 미쳤죠. 말은 바로 해야 하잖아요.

빈디체 고작 이러려고 오만하고 잘난 척하는 부인들이
죄다 얼굴에 장뇌(樟腦)를 바른 거야?[3)]
많은 아기들이 굶고 있는 판국에,
외모에 정신 팔린 여자들이 죄받을 우유 목욕으로
조물주를 슬프게 한 거냐고, 고작 이러려고?
여자 위해 하룻밤에 이십 파운드나 들여서
음악이니 향수니 설탕절임 과일 따위를

3) 장뇌는 녹나무를 증류해서 만든 화학성분인데 당시 화장품으로 많이 쓰였다.

준비하던 남자들은 이제 전부 조용해졌어.
그러니 넌 이제 순결하게 있어도 돼.
연회나, 모든 걸 잊게 만드는 향연이나,
더러운 유곽 같은 데서 널 보여 주는 것도 괜찮겠어.
그러면 죄인은 겁이 나서 착한 겁쟁이가 될 거고,
흥청거리던 난봉꾼은 희한한 장난질을 그만둘 거고,
쾌락주의자는 빈 접시만으로도 음식이 지겨워질 테니까!
오만하고 야망 있는 여자는 이걸 보면서
자기 스스로를 들여다보고, 또 볼지도 몰라.
보세요, 숙녀 여러분. 여러분은 가짜 얼굴로
남자들은 속여도 구더기까지 속일 수는 없어요.
자, 이제 내 비극적인 본론에 대해 얘기해야지.
아우야, 내가 단지 전시용이나 쓸모없는 소품용으로
이 해골을 꾸민 건 아니야. 당연히 아니지.
이 해골은 자기를 위한 복수에서 한 역할을 담당할 거야.
이 해골이 아가씨였을 때, 땅에서 난 치명적인 저주인
이 독약으로 공작이 그녀를 죽였으니,
이제 이 해골이 공작 입술에 키스함으로써
똑같은 방식으로 공작을 죽일 거야.
이 말 못하는 해골이 느낀 만큼 공작도 느끼게 해 줘야지.
독약으로 부족한 부분은 우리가 칼로 보충해 줄 거고.

히폴리토 형님, 난 형님의 한결같은 복수심과
창의적인 악의에 감탄할 뿐이에요.
정말 생각하지도 못할 경지잖아요.

〔빈디체가 해골의 입에 독약을 칠한다〕

빈디체 자, 다 됐어. 공작, 널 위해 그녀를 준비했으니
어서 와라. 환영해 줄 테니.
얘야, 내가 보기엔 해골이 가발 쓴
어느 늙은 귀부인 못지않게 괜찮아 보이는구나.
〔해골에게〕 부끄러울 테니 이제 얼굴을 가려.
넌 이제 가면을 써야 한다고.[4)]

〔해골에 가면을 씌운다〕

아름다움이 흘러넘칠 때는 가면이 쓸모없지만,
아름다움이 사라지면 이게 거리보다 무덤에 어울리니까.
히폴리토 내 생각도 그래요. 들어 봐요, 공작이 오고 있어요.
빈디체 쉿, 그자가 어떤 일행을 끌고 오고,
어떻게 그들을 돌려보내는지 보자.
그자는 아마 철저한 보안을 원할 거거든.
아우야, 해골 부인하고 같이 물러가 있어.
히폴리토 알았어요.
빈디체 그래, 그렇게. —
이제 9년간 별러 왔던 복수가 한순간에 몰려오는구나!

4) 당시 신분을 감추거나 햇볕을 가리기 위해 여자들이 가면을 많이 썼다.

〔공작과 신사들 등장〕

공작 너희는 이제 과인을 혼자 두고 여길 나가되,

너희 목숨을 걸고 이 명령을 지키도록 해라.

만약 공작부인이나 귀족들 중 누가 짐을 찾으면

급한 일로 말 타고 은밀히 나갔다고 해.

빈디체 〔방백〕 오, 잘됐군!

공작 몇몇 명예로운 신사들하고 나갔다고 해도 좋아.

궁에서 멀리 있는 사람들 이름을 댈 수도 있겠지.

신사들 폐하, 명하신 대로 하겠습니다.

〔신사들 퇴장〕

빈디체 〔방백〕 "은밀히 말 타고 나갔다."는 거지.

확실하게 처리하겠다는 거군!

〔공작에게〕 폐하!

공작 피아토, 잘했어. 그녀를 데려왔나? 어떤 부인이야?

빈디체 전하, 시골 사는 부인입니다. 그런 부인들이 대부분 그렇듯이, 처음에는 약간 수줍어하겠지만 첫 번째 키스를 하고 나면 제일 힘든 단계는 지나간 거지요. 어떻게 해야 하는지는 폐하께서 잘 아시잖아요. 그녀는 다소 진중해 보이는 외모지만, —

공작 그게 가장 마음에 드니 어서 그녀를 들여라.

빈디체 〔히폴리토에게〕 시작하자!

공작 진중한 외모라면 아무리 큰 결점이라도 작아 보이지.

거룩함의 옷을 입은 그 죄를 어서 내게 다오.

빈디체 〔히폴리토에게〕 아우야, 횃불 갖고 물러나고,

공기에 향수를 뿌려.

공작 공작의 숨결은 얼마나 달콤할 수 있을까?

늙었어도 결점을 가릴 수는 있는 법이고,

쾌락은 향수 뿌린 안개 속에서 만나야 해.

부인, 만나서 반갑습니다. 난 궁정에서 왔어요.

제가 대담하게 행동하는 걸 이해하세요.

〔해골에 키스한다〕 오, 이게 뭐야! 오!

빈디체 왕인 종놈, 하얀 악마![5)]

공작 오!

빈디체 얘야, 여기 횃불 비춰서 저자의 겁에 질린 눈알이

해골의 텅 빈 눈구멍 속을 들여다보게 해 다오.

— 공작, 저 끔찍한 얼굴을 알아보겠어?

잘 봐. 그건 네놈이 전에 독살한

글로리아나의 해골이야.

공작 오, 난 저 해골의 독에 당했어.

빈디체 그걸 지금까지 몰랐단 말이야?

공작 너희 둘은 누구냐?

빈디체 전부 해서 세 명의 악당이지!

너덜너덜해진 해골도 충분히 복수에 꼈으니까.

5) 왕과 종은 서로 반대되는 조합이고, 흰 색과 악마도 그렇다. 이렇게 형용모순의 표현들을 사용해서 공작의 위선적인 면을 비판하고 있다.

공작 오, 히폴리토! 반역을 어서 알려.

히폴리토 예, 폐하. 반역, 반역, 반역이네요!

(히폴리토가 공작을 짓밟는다)

공작 그럼 난 배반당했구나.

빈디체 저런, 가엾은 호색한이네. 악당들 손에 떨어지다니.
종놈 같은 공작이 자기 종들보다 더 비천해졌어.

공작 내 이가 모두 녹아 버렸어.

빈디체 저자한테 남아 있는 이가 있었어?

히폴리토 몇 개는 있었을걸요.

빈디체 그럼 먹던 이가 이제 먹혀 버렸군.

공작 오, 내 혀!

빈디체 네 혀? 이제 그게 입 다물고 키스하도록 가르쳐 줄 거야.
네덜란드 사람처럼 침이 질질 새지 않도록 말이야.[6]
그래도 네겐 아직 눈이 남아 있잖아. 잘 봐, 괴물아.
네놈이 한때 내 약혼녀였던 여자를 어떻게 만들었는지.

(변장을 벗어던진다)

공작 나쁜 놈, 그게 너였나?

6) 전통적으로 네덜란드 사람들은 술주정뱅이로 재현되었다. 술 취한 사람이 술을 질질 흘리며 먹는 이미지이다.

그렇다면 —

빈디체 그래 나다. 빈디체. 바로 나야.

히폴리토 네놈한테 이게 위안이 되길 바라.

우리 아버님께선 네놈의 냉대에 감염되어
병이 드셨고, 슬퍼하다 돌아가셨어.
그걸로 네가 살아날 거란 희망을 가져 봐.

공작 오!

빈디체 아버님은 너와 달리 혀를 쓸 수 있었지만,
슬픔 때문에 아무 말씀도 안 하고 돌아가셨어.
쳇, 이건 아직 시작일 뿐이야.
이제 네 영혼에 궤양이 달라붙게 해 주고,
슬픔으로 네 정신이 아주 아프게 만들어 줄게.
그 고통은 가만 있지 않고, 전염병 걸린 사람처럼
네 가슴 속에서 마구 몸부림칠 거야.
내 말 잘 들어, 공작. 네 마누라의 불륜으로
넌 명망 있고, 지체 높은, 막강한 바보가 됐거든.

공작 오!

빈디체 네 사생아, 바로 네놈의 사생아가
네 이마에서 말 타고 사냥하고 있다고.[7]

공작 수백만 번 죽는 거나 다름없구나!

빈디체 아니, 널 더 괴롭혀 주자면, 여기 이 오두막에서
그 두 사람이 저주받은 포옹을 하기 위해 만날 거야.

7) 바람피우는 아내를 둔 남편의 이마에 돋는 가상의 뿔을 사냥감으로 묘사했다.

네놈의 눈이 그들 입술의 근친상간을 보게 될 거라고.

공작 나쁜 놈들, 이보다 더한 지옥이 있나?

빈디체 나쁜 놈이라니!

아니, 하늘은 공평하셔서 모욕은 모욕으로 대가를 치르지.

난 간통한 놈한테 뿔이 안 달린 건 아직 본 적이 없거든.

히폴리토 그런 놈들은 죽기 전에 대가를 치르는 법이지.

빈디체 들어 봐, 음악소리를.

그들의 연회가 준비돼서 그들이 오고 있어.

공작 오, 그 광경으로 날 죽이지 말아 줘!

빈디체 네 공국을 다 주더라도 네가 그 광경을 놓치게 하진 않을 거야.

공작 반역자, 살인자!

빈디체 뭐지? 아직 혀가 다 녹아내리지 않았나 보네? 그렇다면 내가 침묵하게 만들어 줘야겠군. 아우야, 횃불을 꺼.

공작 반역이야! 살인이야!

빈디체 아니, 저놈부터 조용히 시켜야겠군.

이제 네 단도로 그자의 혀를 찍어 눌러.

난 내 단도로 저놈의 심장을 겨눌게.

저자는 숨만 크게 쉬어도 바로 죽는 거야.

얘야, 복수를 위해서라면 죽음도 두렵지 않잖아.

저자가 추악한 광경을 안 보려고 눈이라도 감으면,

우리 둘의 나머지 손이 저자의 눈꺼풀을 뜯어 내서

그 눈들이 핏속에서 혜성처럼 빛나게 만들자.

나쁜 놈이 피 흘리면 훌륭한 비극이 나오는 거니까.

히폴리토 형님, 쉿! 음악소리가 들리는 걸 보니 그들이 와요.

〔사생아 스푸리오가 공작부인과 함께 등장〕

스푸리오 죄의 맛이 안 났더라면 그 키스는 달콤했을 거예요.
공작부인 아니, 죄가 아니면 어떤 쾌락도 달콤하지 않아요.
스푸리오 그건 그래요. 운명이 그렇게 씁쓸 달콤한 맛을 줬네요.
우리한텐 최선인 게 신에는 최악이니까요.
공작부인 이봐요, 당신이 이러는 건
의심 많은 당신 아버지, 늙은 공작 때문이에요.
그자를 생각하니까 자꾸 당신 앞에 신이 떠오르는 거죠.
하지만 저기 양초 불빛에 대고 맹세하는데,
당신이 아버지를 잊지 않으면 내가 그자를 독살할 거예요.
스푸리오 마마, 내가 해 본 적도 없는 생각을 했다고 하시네요.
난 내 출생 때문에 아버지를 너무 혐오해서,
아버지 침대에서 당신을 안고 있다 들키면,
난 간통에 살인까지 덧붙여서
내 칼로 늙은 아버지를 죽음에 넘겨줄 생각이에요.
공작부인 이제야 당신하고 말이 통하네요. 들어가서 연회 즐깁시다.
큰소리로 음악 나오게 해야지. 쾌락은 연회의 주빈이니까.

〔공작부인과 스푸리오 퇴장〕

공작 난 더 이상 참을 수가 —

〔공작이 죽는다〕

빈디체 시냇물이 피로 바뀌었군.[8]

히폴리토 시끄러운 음악 덕분이죠.

빈디체 음악이 우리 친구인 건 맞아.

공작이라면 음악 속에서 장중하게 피 흘리는 게 맞잖아.

아직 사람들은 모르지만 공국에 머리가 없어졌어.

새 머리가 솟아오르는 대로 우리가 족족 베어 버리자.

〔함께 퇴장〕

8) 원문에서 "참다(brook)"와 "시냇물(brook)"은 동음이의어이다. 빈디체가 동음이의어로 말장난하는 것이다.

3막 6장

〔공작부인의 두 아들인 암비시오조와 수퍼바쿠오 등장〕

암비시오조 그자의 처형은 정말 잘 짜이지 않았어?
이제 우리가 공작의 아들이 된 거야.
수퍼바쿠오 네, 그렇게 된 건 내 계책 덕분이에요.
암비시오조 네 계책이라고? 어째서?
수퍼바쿠오 아니, 판사들을 생략하자는 게 내 생각이었잖아요?
그리고 좀 더 구체적으로 얘기하자면,
그자를 죽이는 방법을 생각해 낸 것도 나였잖아요?
장교들을 갑자기 보내서 그자를 즉시 처형하자고
내가 형님한테 조언했잖아요.
암비시오조 젠장, 나도 그 생각은 했었어.
수퍼바쿠오 형님도 생각했다고요? 빌어먹을, 찬란한 거짓말로
형님이 원래 가졌던 생각을 욕되게 하지 말아요.
형님 생각이 그렇지 않았다는 건 내가 다 아는데.
암비시오조 이봐, 그게 내 머릿속에 있었다니까.
수퍼바쿠오 그래요, 그럼 그건 형님 뇌와 같네요.
머릿속에는 있는데 평생 절대 밖으로 안 나오잖아요.

암비시오조 넌 네가 영리해서 그자를 처형대로 끌고 갔다고,
그 명예를 차지하고 싶은 거지.
수퍼바쿠오 그건 의당 내 몫이니까 그렇게 공표할 거예요.
형님이 뭐라 하건 나 혼자 생각한 거라고요.
암비시오조 너 지금 너무 건방져졌다.
아우야, 내가 정직하신 공작님 다음이란 걸 기억해야지.
수퍼바쿠오 〔방백〕 그래, 네가 공작 되는 건
네가 정직해지는 것만큼 쉬울 거야.
그런 일은 절대 일어나지 않을 테니까.
암비시오조 자, 지금쯤은 그자의 몸이 차게 식었을 테고,
우리 둘 다 야망 있는 것도 사실이니
그걸로 우리의 친선을 삼아서
우리 둘이 똑같이 영광을 나누자.
수퍼바쿠오 저도 찬성이에요.
암비시오조 오늘 밤 우리 막내 동생이 감옥에서 나올 거야.
나한테 계략이 있거든.
수퍼바쿠오 계략이오? 뭔데요?
암비시오조 우리가 꾀를 써서 그 애를 꺼낼 거야.
수퍼바쿠오 무슨 꾀요?
암비시오조 아니, 다 끝날 때까지 너한테는 안 알려 줄 거야.
알려 주면 또 네 생각이라고 우길 테니까.

〔장교가 처형당한 머리를 들고 등장〕

수퍼바쿠오 아니, 저게 누구죠?

암비시오조 장교들 중 한 사람이네.

수퍼바쿠오 기다리던 소식인가 봐요.

암비시오조 무슨 일이오, 친구?

장교 나리들께는 송구스러운 일이지만,

아직도 피 흘리고 있는 머리를 나리들께

갖다 드리라는 공 없는 임무를 제가 맡았습니다.

수퍼바쿠오 〔암비시오조에게〕 하, 하, 잘됐어요.

암비시오조 〔수퍼바쿠오에게〕 다 우리가 한 짓이야.

아우야, 넌 울 수 있겠니?

그래야 우리 아침을 품위 있게 만들어 줄 텐데.

여자들을 생각해 봐. 그럼 가식 떠는 걸 배울 수 있을 거야.

수퍼바쿠오 〔암비시오조에게〕 난 생각해 봤어요.

형님이나 알아서 하세요.

암비시오조 우리의 슬픔이 너무 할 말이 많아서

우리 눈이 우리 혀를 압도하고 있소.

눈물 날 때 하는 말들은 바다의 속삭임과 같아요.

소리는 크게 들리는데 무슨 말인지 알아들을 수 없거든요.

수퍼바쿠오 그분은 어떻게 죽었나요?

장교 오, 분노와 격분으로 가득 찬 채로요.

수퍼바쿠오 그럼 아주 용감하게 돌아가셨네요.

그 얘기를 들으니 위안이 됩니다.

장교 아무리 간청해도 기도 한 번 하시게 할 수 없었어요.

암비시오조 그 점에서는 신사답게 처신했네요.

적어도 그건 인정해야 해요.

장교 하지만 기도 대신에 저주를 퍼부었는걸요.

수퍼바쿠오 당신들이 그분을 이해 못해서 그렇지,

그게 기도한 거예요, 고귀한 분 같으니.

장교 나리, 죄송한 말씀입니다만, 마지막 순간까지도

두 분을 저주하셨어요.

수퍼바쿠오 우리를 저주했다고요? 저런, 가엾은 양반.

암비시오조 우리에겐 아무 힘이 없었고, 공작님 뜻이었다고요.

〔수퍼바쿠오에게〕 우리 둘 다 멋지게 속여 넘겼어.

달콤한 운명이야. 오, 행복한 기회라고!

〔루수리오조 등장〕

루수리오조 아우님들.

암비시오조와 수퍼바쿠오 아니!

루수리오조 아우님들, 왜 날 보고 놀라는 거지?

이제 감옥 냄새가 없어졌으니 자네들은 더 가까이 와도 돼.

자네들 같은 친절한 귀족들 덕에 내가 석방된 거야.

암비시오조 살아 있네!

수피바쿠오 건강하게!

암비시오조 석방됐어!

저희 둘 다 전하를 뵈어서 기쁜 나머지 좀 놀랐답니다.

루수리오조 자네들에게 감사하고 있어.

수퍼바쿠오 사실 공작님께 저희가 직언을 아끼지 않았어요.

암비시오조 형님, 저희가 아니었다면 형님께서

지금의 반만큼도 빨리 석방되지 못하셨을 거예요.

수퍼바쿠오 오, 저희가 얼마나 애원했는데요!

루수리오조 마땅히 감사해야 할 아우들이지.

내가 잘 생각해 보고 보답할게.

〔루수리오조 퇴장〕

암비시오조 오, 죽음이고, 원한이야!

수퍼바쿠오 지옥이고, 고문이에요!

암비시오조 이런 종놈, 우리를 속이러 온 거냐?

장교 속이다니요, 나리?

수퍼바쿠오 이런 나쁜 놈, 그 머리는 이제 어디 있는 거야?

장교 여기 있지요, 나리.

나리의 형님께서 풀려나신 직후에 두 분이 오셔서

두 분 형제의 목을 베라는 공작님의 위임장을 보여 주셨잖아요.

암비시오조 그래, 우리 형제, 공작님의 친아들 말이야.

장교 공작님 아드님은 두 분이 오시기 전에

이미 석방되셨는데요.

암비시오조 그럼 이건 누구 머리야?

장교 나리께서 명령 남기신 그분의 머리죠.

두 분의 친동생이오.

암비시오조 우리 친동생? 오, 격분할 일이로군!

수퍼바쿠오 역병이야!

암비시오조 혼란이야!

수퍼바쿠오 암흑이야!

암비시오조 악마들이야!

수퍼바쿠오 저주받은 것처럼 일이 그렇게 돌아간 거야?

암비시오조 그렇게 끔찍하게?

수퍼바쿠오 이 나쁜 놈, 내가 그걸로 네놈 머리통을 갈겨 줄 테다.

장교 오, 나리!

〔장교 퇴장〕

수퍼바쿠오 악마가 네놈을 잡아가길!

암비시오조 오, 끔찍해!

수퍼바쿠오 우리 핏줄에겐 불길한 일이야!

암비시오조 우리가 슬픈 척했다고?

수퍼바쿠오 우리가 여자처럼 눈물 짜낸 게 너 때문이었던 거야?

암비시오조 널 두고 우리가 웃고 기뻐한 거야?

수퍼바쿠오 널 죽이려고 위임장을 가져간 거야?

암비시오조 네 머리를 조롱하며 베려고?

수퍼바쿠오 형님이 술수 썼다면서요. 꾀 부렸다면서.

암비시오조 염병할 놈의 술수. 그놈의 술수는 단 한 개도 이로운 결과를 가져오지 않았어. 죽게 마련인 인간에게 죽음 외에 확실한 건 아무것도 없다는 걸 이젠 알았어.
자, 이젠 더 이상 말로 하지 않고 제대로 복수할 거야.
자, 아우야, 이제 흐린 구름은 던져 버리고,

복수와 더 깊이 자리 잡은 증오만 생각하자.
루수리오조, 네 이놈. 단단히 앉아 있어라.
우리가 전부 끌어내리고 마침내 너도 끌어내릴 테니까.

〔함께 퇴장〕

4막 1장

〔루수리오조가 히폴리토와 함께 등장〕

루수리오조 히폴리토.

히폴리토 예, 전하. 제게 시키실 일이라도 있나요?

루수리오조 나가 있게.

리비아 〔방백〕 이건 뭐지? 오라 하더니 나가라고 하니?

루수리오조 히폴리토.

히폴리토 전하, 전하의 분부라면 뭐든 하려고 대기 중입니다.

루수리오조 아니, 자네는 왜 여기에 있는 거야?

히폴리토 〔방백〕 전형적인 윗사람의 변덕이군.

나한테 오라더니 다시 나가라고 하잖아.

뭔가 저자의 성미를 건드렸나 봐.

루수리오조 가까이 와. 더 가까이 오라고.

자네는 문제가 있어. 난 자네한테 화가 났다고.

히폴리토 저한테요, 전하? 그렇다면 저도 저한테 화가 나네요.

루수리오조 자네는 그럴 듯한 놈을 나한테 추천했지.

정말 똑똑하게 잘 뽑았더군. 정말 그래.

난 그놈이 남들한테만 악당인 줄 알았는데

나쁜 놈이더라고. 나한테도 나쁜 놈이었단 말이야.

히폴리토 전 최선을 다해서 그자를 선택했습니다, 전하.

그자가 뭔가 실수로 전하께 불편을 끼쳤다면

저 역시 유감스러운 일이네요.

루수리오조 실수? 그건 의도적으로 그런 거야!

네가 한번 판단해 봐.

그놈이 내 새어머니와 사생아 사이에서

생각할 수도 없고, 더구나 말해서도 안 되는,

믿기 힘든 일이 확실히 일어났다고 했단 말이야.

오, 그 둘 사이의 달콤한 근친상간이라니.

히폴리토 말도 안 되지요, 전하.

루수리오조 난 내 아버님 이마를 지키려는 자식의 효심으로

이 팔로 무기를 들었고, 그렇게 격분한 나머지

합법적인 부부의 침상에 반역을 저지르고,

내 칼로 아버님 가슴을 스치기까지 했으니

그것 때문에 거의 목이 달아날 뻔했다고.

히폴리토 저런, 정말 유감입니다.

〔방백〕 젠장, 딱 이 박자에 형님이 불협화음 내며 들어오는 거야.

그럼 아주 고약한 음악이 나오는 거지.

〔빈디체 등장〕

빈디체 존경하는 전하.

루수리오조 저리 가. 썩 꺼져. 앞으로는 널 보지 않을 테다.

빈디체 절 보지 않으시겠다고요, 전하? 보셔야만 할 텐데요.

루수리오조 썩 나가. 넌 거짓말하는 악당이야.

빈디체 아니, 그럼 알아보기에 더 쉽잖아요.

루수리오조 젠장, 난 말로 표현할 수 없을 만큼
너한테 가혹하게 대할 거야.
너한테 영원히 이 쇠사슬을 채워 놓을 거라고.

빈디체 〔방백〕 입 다물어야겠군!
심지어 여자 입도 다물게 만드는 운명이 있어.
처음에는 사생아를, 그 다음에는 저자를
죽일 기회를 놓쳤으니 바람 방향이 바뀐 거야.
지금은 동생이 남고 내가 나갈 차례라고.

〔빈디체 퇴장〕

루수리오조 저자가 날 격동시켰어.

히폴리토 큰 잘못을 한 거죠.

루수리오조 하지만 난 회복할 거고, 저놈한테는 재앙이 될 거야. 최근에 들었는데, 사실인지 아닌지 모르겠지만, 자네한테 형이 있다고 하던데.

히폴리토 누구요, 저요? 예, 전하. 형이 있습니다.

루수리오조 어떻게 궁정에서 지네 형을 한 번도 못 봤지?
어떤 성품인가? 뭘 하며 지내는 사람이지?

히폴리토 빈곤과 불만에 가득 차서,
자기를 집에 붙잡아 두고 궁핍하게 만든
운명을 저주하면서 살고 있지요.

루수리오조 그럼 그에게도 가망이 있는 거야.

불만과 궁핍은 악당 만들기에 가장 적당한 진흙이거든.

히폴리토, 자네 형한테 날 찾아오라고 해.

내 비위를 맞출 뭔가가 자네 형한테 있다면,

자네를 위해 내가 그자를 출세시키고

그의 보잘것없는 운을 그럴 듯하게 세워 주지.

내게는 오두막집을 탑으로 바꿔 세울 만한 힘이 있잖아.

히폴리토 그렇지요, 전하.

형에게 전하를 뵈러 가라고 하겠습니다.

하지만 형님은 우울함이 많은 사내예요.[1)]

루수리오조 그럼 더 좋아. 궁정으로 데려와 봐.

히폴리토 기꺼이 신속하게 데려가겠습니다.

〔방백〕 저자가 지금 막 내친 사람이 그 자리를 물려받게 됐네.

형님, 이제 변장을 벗어야겠어요.

이제 형님 본래의 모습대로 저자한테 추천할 거예요.

참으로 희한한 방식으로 저자가 스스로를 망치려 하네요.

〔히폴리토 퇴장〕

1) 고대 그리스 이후 서양의학은 사람의 몸에 네 가지 기질(humour)이 있고 이것의 조합이 사람의 건강과 성품을 결정한다고 보았다. 피(blood), 검은 담즙(black bile), 황 담즙(yellow bile), 점액(phlegm)의 네 기질은 각각 낙천적이고, 우울하고, 화를 잘 내고, 냉담한 성품과 관련이 있다. 여기서 히폴리토가 자기 형에게 우울함이 많다고 하는 것은 위의 네 기질 중 검은 담즙(우울)이 많다는 말이다.

루수리오조 그 형이란 자가 딱 맞겠어.

그자를 시켜서 그 종놈을 죽이게 해야지.

그놈이 내 비장(脾臟)을 들쑤시고 붓게 해서

내가 반역을 저지르게 만들었잖아.[2)]

그놈은 내 비밀을 많이 알고 있으니 죽어야만 해.

높은 사람의 비밀을 알면서 신뢰를 잃은 자는

턱수염이 하얗게 변할 때까지 살지 못하는 법이지.

그래, 내가 히폴리토의 형한테 그놈을 죽이게 시킬 거야.

종놈들은 서로를 쳐내는 못에 불과하잖아.

그자가 시커먼 담즙이 많은 체질이라

빈곤과 불만에 가득 찼다고 하니,

출세의 희망이 그자를 벼려 날카롭게 할 거야.

〔두 귀족 등장〕

귀족 1 전하, 안녕하십니까.

루수리오조 경들도 안녕하시오.

귀족 2 그런데 혹시 공작님 못 보셨나요?

루수리오조 내 아버님이오? 궁정에서 출타하셨나요?

귀족 1 궁정에서 나가신 건 확실한데 어디로 가시고, 어떤 길로 가셨는지,

저희는 알지도 못하고 듣지도 못했습니다.

루수리오조 저기 말해 줄 수 있는 사람들이 오네요.

2) 비장은 격렬한 감정을 만들어 낸다고 여겨진 장기이다.

〔더 많은 귀족들 등장〕

여러분, 내 부친이신 공작님을 못 보셨소?

귀족 3 오전 열 시 이후에는 못 뵈었습니다, 전하.

그때 은밀히 말 타고 나가셨어요.

루수리오조 아, 말 타고 나가셨군.

귀족 1 정말 은밀히 나가셨네요.

귀족 2 궁정의 누구도 알지 못했으니까요.

루수리오조 폐하께서는 연세 드셔서 충동적이세요.

내 아버님이신 공작께서 변덕이 있거나

기분이 잘 바뀌신다고 말해도 반역은 아닙니다.

내게는 경솔하게 보일 일도 아버님한테는 미덕으로 보이니까요.

귀족 3 맞는 말씀입니다, 전하.

〔함께 퇴장〕

4막 2장

〔빈디체와 히폴리토 등장. 빈디체는 변장을 벗은 본래 모습이다〕

히폴리토 그렇게 된 거예요. 모든 게 제대로 된 거죠.
이제 형님은 본래 모습으로 오시면 돼요.
빈디체 그 대단한 악당 덕에 내가 새 계책을 세우게 됐네.
히폴리토 변장하고 있던 형님을 내친 그자가
이제 변장 벗은 형님도 마찬가지로 존중하게 해야죠.
빈디체 그래서 더 진귀한 계책이 될 거야.
그런데, 얘야, 그자가 이번엔 나한테 무슨 일을 시킬 것 같아?
히폴리토 그건 형님이 양해해 주셔야 해요. 저도 모르니까요.
그자가 형님한테 뭔가 임무를 줄 텐데,
그게 뭔지는 그자와 그 단짝인 악마만이 잘 알겠죠.
빈디체 그럼 그자가 바라는 게 어떤 색이건 간에,
내 모든 희망을 그자 가슴에 쌓아 올리기 위해
그자가 바라는 대로 말을 잘해야겠구나.
히폴리토 맞아요, 형님. 위선적인 거짓말로는 그자가 모범이니까요.
빈디체 이제 공작이 죽었으니 공작의 통치도 무덤에 들어갔어.
공작의 죽음이 아직 안 알려진 까닭에

백성들은 여전히 그의 이름으로 통치되고 있지만 말이야.
뭐, 그자의 아들인 네놈 역시 오래 살진 못할 거야.
난 네가 아비의 죽음을 즐기게 놓아 두지 않을 테니까.
널 죽이기 위해서 난 널 아주 공경할 거야.
그래야 지극한 효자인 네가 슬픔으로 죽은 것뿐이라고
모든 사람이 굳건히 믿게 될 테니까.

히폴리토 다른 얘기는 그만하시고요, 형님,
지금 당장 뭘 할지 의논해야죠.
모든 걸 다 해내려면 옷만 바꿔선 안 될 것 같고
다른 면에서 형님이 어떻게 달라져야 할까요?
형님이 한 번이라도 실수하면 우린 영원히 끝장이거든요.
극도로 조심하는 게 가장 좋은 방책이죠.
형님은 말투도 바꿔야 해요. 지난번에는 버릇없는 말투였죠.

빈디체 글쎄, 난 우울한 어조로 얘기하면서,
즐거운 소재마저 슬프게 연주하는 악기처럼
무거운 음의 현악기 소리를 내려고 해.

히폴리토 그럼 내가 애초에 의도했던 대로 되겠네요.
제가 처음에 형님을 불만 많은 사람이라고 했거든요.

빈디체 그렇게 변하면 되겠네. 그리고 —

히폴리토 젠장, 저기 그자가 와요.
어떻게 할지 생각해 봤어요?

빈디체 인사해. 내 걱정은 하지 말고.

〔루수리오조 등장〕

루수리오조 히폴리토.

히폴리토 예, 전하

루수리오조 저기 있는 사람은 누구지?

히폴리토 불만 많은 제 형, 빈디체입니다.
전하께서 분부하신 대로 궁정으로 데려왔어요.

루수리오조 자네 형이라고? 이런, 인물 좋네.
그렇게 오랫동안 궁정에서 멀리 있던 게 신기할 정도야.
이리 가까이 와 봐.

히폴리토 형님, 공작폐하의 아드님이신 루수리오조 경이세요.

루수리오조 잘 왔다. 내게 더 가까이 와 봐. 더 가까이.

〔빈디체가 모자를 휙 벗어서 루수리오조에게 몸을 굽혀 인사한다〕

빈디체 〔투박한 말투로〕 무탈하시죠? 신께서 전하에게 좋은 저녁시간을 주시길.

루수리오조 고맙네.
〔방백〕 저런 거칠고 소박한 인사가
궁정에선 얼마나 낯설게 보이는지.
거기서 우리는 불처럼 빠르고 무분별하게 인사하지.
만일 우리가 저렇게 신을 들먹이며 인사한다면
아무도 그걸 참아 주지 않을 거야.
〔빈디체에게〕 이런! 말해 봐. 자네는 어째서 그렇게 우울해진 거지?

빈디체 그거야 법을 공부해서 그렇죠.

루수리오조 아니, 그럼 사람이 우울해지나?

빈디체 그럼요. 잉크와 검은색 가방을 오래 보다 보면 그렇게 돼요. 〔라틴어로〕 저는 재위 42년째에 법에 입문해서, 재위 63년째에 간신히 빠져나왔답니다.

루수리오조 아니, 법에 23년이나 있었단 건가?[1)]

빈디체 전 55년이나 있었던 사람들도 아는데요. 그것도 전부 다 돼지랑 닭에 대한 법만 공부하면서요.

루수리오조 그런 인간들이 법정 개정기간에 떠들면서
그렇게 성가시게 굴어도 되는 거야?[2)]

빈디체 그게 누군가에게는 먹잇감이 되니까요, 전하.
지금도 어떤 노인네들은 어찌나 소송을 많이 걸었는지, 법률 용어의 허세에 중독되어서 보통 때도 엉터리 라틴어만 쓴답니다. 그런 사람들은 기도도 오직 법률 용어로만 해서, 그들의 죄는 '오심영장'으로 사해지고 그들의 영혼도 '사건 이송 명령서'로 천국에 보내질 거예요.

루수리오조 나한테는 그게 아주 이상하게 보이지만
온 세상이 죄다 그렇게 돌아가는 모양이야.
마음 가는 쪽으로 혀도 동의하는 법이니까 말이야.
그런데 자네는 그렇게 공부한 걸 어떻게 쓰고 있나?

빈디체 공부한 거요? 뭐, 높으신 부자 양반이 죽어 갈 때 어떻게 가난한 구두 수선공이 그를 위해 장례 종을 울리는지, 말 못하고 누워 있는 그 부자가 자기 앞에 있는 커다란 보물 상자 때문에 어떻게 차마 이 세상을

1) 실제로는 21년인데, 루수리오조가 라틴어를 못 알아들었던지 아니면 계산을 틀리게 한 것이다. 여기서 재위란 왕이 통치한 기간으로 연도를 따지는 방식인데, 여기는 공국이므로 공작이 보위에 오른 때부터 따진 기간이다.

2) 런던의 법정은 일 년에 네 번 지정된 기간에만 열렸고 이를 개정기간(term)이라고 했다.

못 떠나는지, 그 양반이 어떻게 선뜻 모든 돈궤들을 가리키는지, 문병 온 지인들은 그 사람이 모든 기억력을 잃었다고 생각하지만 정작 그 사람은 얼마나 몰수나 약속어음 따위만 생각하고 있는지, 또 남들이 듣기에는 그 사람 목에서 그르렁거리며 가래 끓는 소리만 나지만 사실은 그게 가난한 소작인 협박하느라 바쁜 거라든지, 하는 것들을 생각하는 데 제 공부를 쓰고 있지요. 이 정도면 한 칠십 년 정도는 생각할 거리가 되거든요. 하지만 전 이런 것들 말고도 최근에 아주 재치 있는 도해 그림을 구상하고 있어요.[3] 제가 직접 그린 건데 그걸 나중에 전하께 드릴게요. 전하도 그걸 좋아할 수밖에 없을 거예요. 왜냐하면 전하는 도해 값을 안 주실 텐데, 원래 돈 낸 사람만 욕할 자격이 있는 법이거든요.

루수리오조 아니, 그렇다면 자네는 나에 대해 잘못 알고 있어.
난 아주 관대하다고 소문난 사람이거든.
자네 재주를 내게 보여 줘 봐.

빈디체 그림으로요, 전하?

루수리오조 그래, 그림으로.

빈디체 바로 이거예요.

〔지옥의 불 속에서 고통받는 고리대금업자 아버지 위에서 상속자 아들이 창녀와 춤추고 있는 그림을 보여 준다〕

히폴리토 〔방백〕 형님이 저자의 제일 아픈 곳을 찔렀군.

루수리오조 과연 재주가 좋기는 한데

3) 도해(圖解) 그림은 여러 상징을 사용하여 의미나 교훈을 전달하는 그림을 말한다.

내 생각에는 사람들이 좋아하지는 않을 것 같군.

빈디체 그래요? 하지만 사람들이 창녀는 충분히 좋아할 것 같은데요.

히폴리토 〔방백〕 그렇지. 창녀가 그림 밖으로 나온다면 저놈부터 그 창녀를 좋아할 거니까.

빈디체 그리고 그 상속자 아들로 말할 것 같으면, 젊은 난봉꾼들한테 그다지 눈에 거슬리진 않을 거예요. 전 그자가 황금색 반바지 입고 있는 걸로 그릴 거거든요.

루수리오조 자네는 내 의중을 주머니에 넣어 버린 채,
그걸 제대로 못 꺼내 보고 있어!
내 생각은 바로 이거였다고.
고리대금업자 아버지가 지옥 불에 있는 그림을 보면
부자들이 절대 좋아하지 않을 거란 거지.

빈디체 아, 맞아요. 죄송해요, 전하. 이제 이유를 알겠어요. 어떤 부자들은 그림에서 지옥에 떨어진 걸 보느니, 차라리 자기네가 진짜 지옥 가는 게 낫다는 거죠.

루수리오조 〔방백〕 똑똑해서 위험한 우울증이야!
저자는 누구라도 살인할 수 있을 만한 머리가 있네.
그렇다면 내가 그 수단을 줘야겠어.
〔빈디체에게〕 자네는 돈이 부족해 보이는군.

빈디체 돈이오? 하, 하, 하!
너무 오랫동안 돈이 없어서 이젠 조롱할 지경이 됐어요.
심지어 은화가 무슨 색인지도 잊어버렸거든요.

루수리오조 〔방백〕 내가 원하던 대로 반응하는군.

빈디체 전 제 성질을 무서워하는 사람들한테 좋은 옷을 얻고,

절 떼어 내지 못하는 사람들 밥상에서 밥을 얻어먹어요.
루수리오조 자네가 우선 자리 잡는 데 쓸 돈이야.

〔빈디체에게 돈을 준다〕

빈디체 오, 내 눈!
루수리오조 이봐, 왜 그래?
빈디체 눈이 거의 먼 것 같아요.
흔히 볼 수 없는 이 빛나는 광채가 제게는 너무 강렬해서,
태양이 구름에 들어갈 때까지 전 감히 못 쳐다보겠어요.
루수리오조 〔방백〕 저자의 우울함이 내 마음에 드는걸.
〔빈디체에게〕 네 눈은 좀 어때?
빈디체 전하께서 물어봐 주시니 좀 나아진 것 같아요.
루수리오조 자네가 내 뜻에 제대로 집중한다면 더 나아질 거야.
이제 자네들 둘 다 여기 있으니, 난 남들이 모르는
비밀스런 악당을 자네들 복수의 칼 앞에 드러내려 하네.
자네들은 그 비슷한 놈에 대해서도 못 들어 봤겠지만,
사실 그자는 자네들 명예를 더럽히고 내게도 손해를 입혔어.
히폴리토 저희 명예를 더럽혔다고요, 전하?
루수리오조 그래, 히폴리토.
내가 지금까지 그걸 여기 내 머릿속에만 감춰 둔 건,
자네 둘의 분노가 한꺼번에 그자와 맞닥뜨리게 하기 위해서야.
빈디체 전 그 악당이 누구인지 알고 싶어 미칠 것 같아요.
루수리오조 자네도 그자를 알아. 뚜쟁이 종놈 피아토지.

내가 지난번에 쇠사슬로 묶어 영원히 가두겠다고 위협한 놈 말이야.

빈디체 〔방백〕 그게 바로 나지.

히폴리토 그게 그자라고요, 전하?

루수리오조 제대로 말하자면

자네가 처음에 그자를 나한테 추천했잖아.

빈디체 네가 그랬어?

히폴리토 네, 그랬어요.

루수리오조 그런데도 배은망덕한 악당은 그 친절에 대한 보답으로

자네들의 숫처녀 여동생을 보석으로 유혹하라고 날 설득했어.

자네들도 알다시피 난 쾌락에 약한 남자니까 말이야.

히폴리토 오, 천하의 악당!

빈디체 그런 짓을 한 놈은 반드시 죽여야 돼요.

루수리오조 하지만 난 어떤 처녀도 해치고 싶지 않았고,

특히 우리 몸에서 절대 건드려선 안 되는 부분인

우리 눈만큼 그녀가 순결하다는 걸 잘 알고 있어서,

난 그자의 말을 용납하려 하지 않았어.

빈디체 용납하려 하지 않았다고요, 전하?

그건 정말 놀라울 만큼 명예로운 행동인걸요.

루수리오조 오히려 화를 내며 그자를 내쫓았지.

빈디체 〔방백〕 꺼져, 이 종놈!

루수리오조 그랬더니 그 일에 앙심 품은 그놈이

제멋대로 자네 여동생의 정절을 공략하러 가지 않았겠나.

그 순결함에 대한 존중으로 내가 영혼을 다해

지켜 주려던 사람을 말이야. 물론 그건 말도 안 되게

어리석은 시도라서 당연히 거기서는 성공할 수 없었지.
그러자 그자는 순전히 악의로 그 어머니를 공략했어.
기왕 간 김에 그렇게 해 보자는 거였겠지만,
자네들 어머니의 정조관념은 겁쟁이였는지
거의 힘을 쓰지 않았는데도 바로 항복한 것 같아.

빈디체 겁쟁이 맞네요.

루수리오조 그자는 제 딴에 공을 세웠다고 우쭐해서는
신나서 그 소식을 내게 전하러 왔어.
하지만 난 — 하늘이시여, 그렇게 한 저를 용서하세요 —

빈디체 전하께서 어떻게 하셨는데요?

루수리오조 격분한 나머지 그자를 내게서 밀쳐 내고,
그 목을 발로 짓이기고 걷어차서 멍들게 했어.
사실 내가 너무 심하게 하긴 했어.

히폴리토 아주 고귀하게 행동하신 겁니다.

빈디체 [방백] 하늘엔 귀가 없나? 다 써 버려서 번개조차 안 남은 거야?

루수리오조 간접적으로만 관계된 내가 그렇게 이성을 잃을진대,
자네들은 어떻겠나?

빈디체 완전히 미쳐 버리겠지요.
그놈은 살아서 달이 바뀌는 걸 보지 못할 겁니다.

루수리오조 그자는 궁정 주위에 있네.
히폴리토, 그자를 이쪽으로 유인해서
자네 형이 제대로 볼 수 있게 해 주게.

히폴리토 그럴 필요도 없습니다, 전하.
제가 형님을 그리로 직접 데려갈 테니까요.

루수리오조 하지만 나도 그자를 증오하고 있으니,

날 위해 그자를 이쪽으로 끌어들이게.

그자가 피 흘리는 걸 내 눈으로 직접 보고 싶으니까.

히폴리토 〔빈디체에게〕 이제 어쩌죠, 형님?

빈디체 〔히폴리토에게〕 너 하고 싶은 대로 해.

너한테 시킨 일이잖아, 아우야.

히폴리토 〔빈디체에게〕 하지만 이미 와 있는 사람을 다시 데려오라니,

그건 불가능한 일이잖아요.

〔히폴리토 퇴장〕

루수리오조 내가 잠시 잊었는데 자네 이름이 뭐라고 했지.

빈디체 빈디체입니다, 전하.

루수리오조 좋은 이름이군.

빈디체 예, 복수하는 자란 뜻입니다.

루수리오조 용기를 예고해 주는 이름이야.

자네는 용감한 사람이어서 원수를 죽이겠군.

빈디체 저도 그러길 바라는 바입니다, 전하.

루수리오조 이 종놈이 바로 자네의 원수야.

빈디체 제가 그자를 처단할게요.

루수리오조 그렇게 되면 내가 자네를 칭찬해 줌세.

자네가 날 최대한 잘 모시면 나도 자네를 최대한 출세시켜 줄게.

〔히폴리토 등장〕

빈디체 감사합니다, 전하.

루수리오조 그래, 히폴리토, 그 종놈 뚜쟁이는 어디 있나?

히폴리토 전하처럼 존귀하신 분이 그자를 지금 보시는 건
혐오스러울 겁니다. 아주 역겨울 거예요.
그자는 지금 누구한테 보여 줄 만한 형편이 아니에요.
일곱 가지 대죄(大罪) 중 최악을 지금 보이고 있거든요.
거지 같은 타락이죠. 술 취해서 인사불성이에요.

루수리오조 그렇다면 그자는 이중으로 종놈이군.

빈디체 〔방백〕 갑자기 생각해 낸 것 치고는
잘 만들어 냈네.

루수리오조 자, 이제 두 사람 다 확실히 결심이 선 거지?
난 그자가 죽는 걸 직접 봐야겠어.

빈디체 아니라면 저희 둘 다 살아남아서는 안 되죠.

루수리오조 자네는 형을 데려가서 그자를 보게 해 줘.

히폴리토 알겠습니다.

루수리오조 이 일만 잘 해내면 자네들은 출세할 거고,
그럼 다시는 추락하지 않게 될 거야.

빈디체 저희는 전하의 충직한 심복입니다.

루수리오조 〔방백〕 이 일은 현명하게 처리됐어.
내 깊은 간계가 저런 놈들을 바보로 만드는 거지.
너무 많은 걸 아는 종놈은 반드시 죽어야만 하거든.

〔루수리오조 퇴장〕

빈디체 오, 그대 강력한 인내심이여!

저렇게 뻔뻔하고 악독한 놈이

서 있는 채로 반으로 쪼개지거나

은밀한 바람으로 터지지 않는 게 놀라울 뿐이야!

이제 천둥이 더는 안 남아 있는 건가?

아니면 더 무거운 복수를 위해 여분을 남겨 놓은 거야?

좋아, 어떻게 할지 정했어!

히폴리토 형님, 우리가 주도권을 잃고 있어요.

빈디체 하지만 내가 방법을 찾아냈다고.

그 계획이 통할 거야. 틀림없어.

내가 지금까지 고안해 낸 계획 중에

이걸 끼워 넣어 준 정령한테 고마워해야겠어.

히폴리토 그게 뭔데요?

빈디체 아주 그럴 듯하고 좋은 계획인데 너도 같이 해야 해.

날 죽이도록 고용된 사람이 바로 나잖아.

히폴리토 그렇죠.

빈디체 잘 들어 봐.

늙은 공작은 죽었지만 아직 시체를 처리하지 않았어.

그런데 사람들이 벌써 그를 찾고 있잖아.

게다가 살인은 반드시 드러나게 되어 있다는 말도 있고.

히폴리토 맞아요.

빈디체 그러니 이 계획에 대해 어떻게 생각해?

우리가 공작의 시체에 옷을 입히는 거야.

히폴리토 형님이 변장했던 옷으로요?

빈디체 과연 눈치 빠르네. 맞아.

히폴리토 아주 마음에 들어요.

빈디체 네가 이미 얘기했듯이 변장한 나는 술에 취해 있으니까
마치 잠이 든 것처럼 공작의 시체를 팔꿈치로 받쳐 놓자고.
술 취해서 몸이 굼떠진 사람들이 보통 잘 그러잖아.

히폴리토 그건 좋아요. 하지만 여전히 문제가 있어요.
공작 아들은 우리가 그 뚜쟁이를 죽였다고 생각할 테니,
그 시체가 사실은 공작이라는 게 드러나면
공작을 죽인 게 우리라고 의심받게 될 거잖아요.

빈디체 그렇지 않아. 그 점에서도 계획에는 아무 문제가 없어.
내가 입었던 변장을 공작이 입고 있을 테니까,
공작 아들이 뚜쟁이라고 부르는 내가 공작을 죽이고 ,
그 대신 공작 옷을 입고 도망갔다고 의심받을 거야.
빠른 추격을 피하기 위해 그렇게 공작을 변장시켰다는 거지.

히폴리토 계획이 점점 더 견고해지는군요.

빈디체 아니, 아주 확실한 계획이니 의심하지 마.
속임수가 제대로 먹힐 거니까.

히폴리토 그럼 시작해 보죠.

빈디체 하지만 아우야, 지금 생각난 건데, 그 과정에서
우리 어머니한테서 그 비천한 악마도 몰아내자꾸나.

〔함께 퇴장〕

4막 3장

〔공작부인이 사생아 스푸리오와 팔짱 끼고 등장하면서 그를 음탕하게 바라본다. 두 사람 뒤로 수퍼바쿠오가 검을 뽑아 든 채 달려오고, 그의 형인 암비시오조가 수퍼바쿠오를 막는다〕

스푸리오 마마, 팔짱을 푸시죠.
남들이 마마가 팔짱 낀 걸 보면 의심할 거예요.
공작부인 내가 팔짱을 끼건 다른 짓을 하건
감히 누가 의심을 하겠어요?
내가 마음 가는 대로 총애해도 되는 거 아닌가?
스푸리오 그러셔도 되지요.

〔공작부인과 스푸리오 퇴장〕

암비시오조 젠장, 아우야. 그러지 마.
수퍼바쿠오 저 사생아 놈이 우리를 망신시키는 걸 그냥 둬요?
암비시오조 얘야, 참아. 참으라고.
지금보다 더 적당한 때가 올 거야.
수퍼바쿠오 그게 언제인데요?

암비시오조 어차피 너무 많이 드러났잖아.

수퍼바쿠오 드러나고 알려졌지요.

어머니 신분이 높아지면 질수록 어머니가 더 천박해지네요.

암비시오조 부드러운 잠자리를 탐하는 상류층 여자들이 으레 그렇듯이

어머니 역시 음탕한 성향을 갖게 됐다 하더라도,

어머니는 하필 저렇게 천한 죄인을 골라서

사태를 더 악화시켰어야 했을까?

아, 그 생각만 하면 죽을 것 같아!

수퍼바쿠오 사생아라니. 그것도 공작의 사생아라니요!

수치심 위에 수치심이 겹겹이 쌓이네요.

암비시오조 오, 이건 우리한테 치욕이야!

온 세상 대부분의 여자들이 허리는 가늘면서도

욕정만큼은 수천 마일만큼 넓다니까.

수퍼바쿠오 자, 여기 이러고 있지 말고 따라가서 막읍시다.

그렇게 하지 않으면 저들이 죄짓는 게

우리가 후회하는 것보다 훨씬 더 빠를 거예요.

〔함께 퇴장〕

4막 4장

〔빈디체와 히폴리토가 단검을 뽑아 든 채 그들의 어머니 그라티아나 어깨를 각각 한쪽씩 붙잡아 끌며 등장한다〕

빈디체 오, 어머니 당신한텐 어떤 욕도 충분하지 않아요!

그라티아나 내 아들들이 왜 이러는 거지?

뭐야, 날 죽이겠다는 거냐?

빈디체 부모가 돼서 이렇게 사악하고 천륜에 어긋나다니!

히폴리토 여자들 중의 악마!

그라티아나 오, 내 아들들이 괴물로 변한 거야? 도와주세요!

빈디체 그래 봤자 소용없어요.

그라티아나 너희를 젖 먹여 키운 가슴에

쇠로 된 젖꼭지를 박아 넣을 만큼 너희가 잔인해진 거냐?

빈디체 그 가슴은 이미 젖이 상해서 독약으로 변해 버렸어요.

그라티아나 살인으로 너희 수명을 단축하지 마라.

내가 너희 어미 아니냐?[1)]

1) 『출애굽기』 20:12, "네 부모를 공경하라. 그리하면 네 하나님 여호와가 네게 준 땅에서 네 생명이 길리라."

빈디체 어머니가 기만(欺瞞)으로 그 호칭을 찬탈했잖아요.

어머니라는 저 껍데기 안에서 뚜쟁이를 키웠으니까요.

그라티아나 뚜쟁이? 오, 지옥보다 더 끔찍한 이름이로구나.

히폴리토 어머니가 부모의 도리를 안다면 정말 그랬어야죠.

그라티아나 나도 뚜쟁이를 증오한다니까.

빈디체 아니, 어떻게 그럴 수 있어요? 오직 어머니만요?

높이 계신 신들이여, 여자들은 죽는 순간까지도 거짓말을 하는군요!

그라티아나 거짓말이라고?

빈디체 공작 아들이 이리로 속물 같은 놈을 하나 보내서

어머니 안에 있는 모든 선한 부분을 타락시켰잖아요?

어머니가 사악하게 모성의 본분을 잊고

우리 여동생이 그자의 욕정에 따르도록 설득했잖아요?

그라티아나 누가, 내가? 그랬다면 소름끼칠 일이지!

내게 그런 의도가 있었다고 의심하는 사람이 있다면,

그게 누구건 간에 내가 다 부인할 거야.

아무리 순결하게 사는 사람도 중상모략에 더럽혀지는구나.

— 착한 아들아, 그런 말은 절대 믿지 마라.

빈디체 오, 내가 나 자신인지 아닌지조차 의심스럽구나.

잠깐만, 그 얼굴을 한 번 더 보게 해 줘요.

어머니들마저 천륜을 안 지킨다면 대체 누가 구원받을까요?

히폴리토 그게 사람을 반쯤 미치게 만드는 거예요.

빈디체 내가 바로 그놈이었다고요.

이제 내 말을 부인해 보세요!

내가 봐 줄 테니 제대로 정숙한 척해 보라고요.

그라티아나 오, 내 영혼이 지옥이 됐어.
빈디체 그렇게 변장한 나를 공작 아들이 이리 보냈죠.
어느 악당이라도 그렇게 할 수 있었겠지만,
난 어머니를 떠보고 어머니가 천한 금속이란 걸 알아냈어요.
그라티아나 오, 아니야.
네가 아니었다면 난 누구 말에도 그렇게 현혹되지 않았을 거다.
빈디체 오, 타락도 잽싸게 하더니 대응마저 재빠르시네.
악마라도 그렇게 빨리 불붙을 수는 없을 거예요.
나한테 말로 논박하려 들다니요.
그라티아나 오, 아들들아.
날 용서해 다오. 앞으로 나 스스로에게 더 진실되게 살게.
너희의 존경을 받아야 하는 나지만 너희에게 이렇게 무릎까지 꿇으마.

〔그라티아나가 무릎 꿇고 눈물 흘리며 운다〕

빈디체 어머니란 사람이 자기 딸을 과녁 삼게 해 주다니요.
히폴리토 맞아요, 형님. 그러는 어미들이 많다고는 하지만,
그거야말로 한참 천륜에 어긋나는 거죠.
빈디체 〔들고 있던 단검을 향해〕 이제 눈물을 끌어냈으니
넌 네 잠자리로 가라.
눈물은 철의 얼굴을 붉혀서 녹슬게 하니까.
아우야, 눈물 비로 네 단검도 망가지겠어. 집어넣어라.
히폴리토 알았어요.
빈디체 사실 그건 달콤한 비예요. 많은 유익을 가져다주죠.

어머니 영혼의 비옥한 땅과 초원이 오랫동안 말라 있었잖아요.
그대 축복받은 이슬이여. 더 쏟아져 내려라.
어머니, 일어나세요. 이 눈물이 어머니를 더 높이 올려줄 거예요.

그라티아나 오, 하늘의 신들이시여,
내 영혼에서 이 감염된 얼룩을 가져가 주세요.
내가 그 얼룩을 내 눈의 눈물로 일곱 번 씻어 낼게요.
은혜의 맛이 날 만큼 내 눈물을 짜게 만들어 주세요![2]
우리 여자들한테 우는 건 태생적으로 주어진 거지만,
진정으로 우는 건 하늘에서 받은 은사지요.

빈디체 자, 이제 어머니한테 키스할게요. 너도 키스해 드려.
욕정이라고는 없는 우리 영혼과 어머니를 결혼시켜서
명예롭게 어머니를 사랑해 드리자.

히폴리토 그래요.

빈디체 세상에 정숙한 여자들이 너무나 적고 드무니
얼마 안 되는 그런 여자들은 아껴 줘야 해.
— 오, 밀랍처럼 쉽게 바뀌는 어머니,[3]
이제 질병이 어머니를 떠났으니 그냥 상상만 해 보세요.
그 일이 어머니 이마에 얼마나 문둥병처럼 달라붙어 있을지요.
그랬다면 조금이라도 은혜로운 겉모습을 한 다른 어머니들이

2) 일곱 번 씻는다는 것은 아주 깨끗하게 씻는다는 제의적인 의미이다. 『열왕기 하』 5:10, "가서 요단 강에 몸을 일곱 번 씻으라. 네 살이 회복되어 깨끗하리라 하는지라." 눈물이 짠맛 나게 한다는 것은 세례식에서 죄로부터 구원받는 것을 상징하기 위해 소금을 사용했던 것을 가리킨다.
3) 양초나 밀랍은 따뜻할 때 쉽게 모양을 만들고 바꿀 수 있다.

가면을 써서라도 어머니한테 자기들 얼굴을 감추려 했을 거예요.
심지어 이런 일이 벌어질 수도 있었어요.
초록빛의 어리고 순결한 처녀들이 어머니의 더러운 이름에
수치심으로 얼굴이 붉어졌을 거라고요.

히폴리토 그리고 천한 매춘을 한 우리 동생도
마찬가지 대접을 받았겠지요.

빈디체 그건 다시 펄펄 끓는 납(鉛) 물에 들어가는 거죠.
공작 아들의 대단하신 첩, 권세 있는 창녀,
은사(銀絲)로 짠 천을 두른 매춘부가 되어서,
질질 끌리는 치맛자락은 시녀들이 들지만
그 애의 영혼은 먼지 구덩이 속에 질질 끌릴 거예요.

히폴리토 신분은 높지만 불행하고,
부유하지만 영원히 비참한 거죠.

빈디체 오, 그건 흔한 광증이에요.
잘나가는 창녀가 제정신일 때 물어본다면,
온 세상을 다 주고라도 순결을 되찾겠다고 할걸요.
아마 어머니는 이렇게 얘기하시겠죠.
"하지만 은밀하게 공작 아들에게만 주는 거야."
하지만 한 남자한테 시작하게 되면,
나중에는 천 명한테 매춘부가 되는 거예요.
한 군데서 깨진 얼음은 다른 데서도 깨지는 법이죠.

그라티아나 확실히 맞는 속담이야.

히폴리토 오, 형님. 우리 할 일을 잊고 있었네요.

빈디체 잘 상기시켜 줬어. 기쁨은 쉽게 얻기 힘든 요정이어서

사람이 스스로를 잊었을 때가 가장 기쁜 법이지.
어머니, 안녕히 계세요.
한때 말랐었던 어머니 초원에 이제 성수(聖水)가 내렸으니
납덩이를 이고 있던 우리 마음도 깃털 같아졌어요.

그라티아나 너한테 이 얘기는 해 주마.
악마 편이건 반대편이건 간에
너보다 더 잘 설득하는 사람은 내가 알기론 없단다.

빈디체 그 말을 들으니 자부심이 생기네요.

히폴리토 우리 동생에게 모든 미덕을 빌어 안부 전해 주세요.

빈디체 그래요. 진실된 처녀인 우리 동생한테 하늘의 가호를 빌게요.

그라티아나 내가 잘 말해 주마.

빈디체 이제야 어머니답게 말씀하시네요.

〔빈디체와 히폴리토 퇴장〕

그라티아나 어떤 광기가 날 사로잡은 건지 지금은 이상하기만 해.
이제 선한 생각이 다시 내 안에 자리 잡는 게 느껴지거든.
오, 내가 내 딸의 정절을 그렇게 불경스럽게 공략했는데,
이제 와서 무슨 면목으로 그 애를 볼 수 있을까?
저기 그 애가 오네.

〔카스티자 등장〕

카스티자 어머니, 어머니가 하도 강요하시니까

어머니 성화를 잠재우기 위해서뿐 아니라

제 출세를 위해서라도 어머니 말에 따르기로 했어요.

그라티아나 뭘 따르겠단 거냐?

카스티자 어머니가 원하시는 대로 하겠다고요.

공작 아들한테 내 가슴을 팔고

돈 받는 매춘부로 나서겠다고요.

그라티아나 난 네가 안 그랬으면 좋겠다.

카스티자 내가 안 그랬으면 좋겠다고요?

그건 어머니가 전에 바라던 소망이 아닌데요.

그라티아나 그래, 하지만 지금은 그렇단다.

카스티자 스스로를 속이지 마세요.

어머니가 대리석 같았던 나한테 강요했잖아요.

이제 와서 나한테 뭘 바라시는 거예요?

아직도 나한테 만족이 안 되세요?

내 의도보다 더 음탕하게 되라고 바라시면 안 되죠.

그라티아나 날 죽이지 말아 다오.

카스티자 어머니로서의 축복을 걸면서까지

얼마나 자주 저주받은 여자가 되라고 명령하셨나요?

축복을 이용해서는 날 음란하게 만들 수 없다는 걸 알자,

어머니는 내게 저주를 퍼부으셨죠. 그게 더 효과 있었어요.

어머니의 저주는 무거운 법이니까요.

그 저주가 싸우면, 태양도 폭풍 속에 지고

딸들은 길을 밝혀 줄 빛을 잃게 되죠.

그라티아나 내 착한 딸아, 귀한 처녀야.

네 안에 신성한 영혼의 불꽃이 작은 불씨라도 남아 있다면,
내가 하는 말이 그걸 되살려서 활활 타는 불길이 되게 해 다오.
여자의 고집 센 어리석음으로 그걸 아주 꺼트리지 말아라.
너무 많은 어머니들이 걸리는 그 추악한 질병에서
이제 난 회복됐으니, 착한 내 딸아, 날 용서해 주렴.
내가 건강을 잃고 아프게 만들지 말아 다오.
내 말이 사악했을 때도 널 설득할 수 있었다면,
선하고 정당한 지금은 얼마나 더 그럴 수 있겠니!

카스티자 전 어머니 말씀이 이해가 안 돼요.
제가 무릎 꿇고 아무리 기도해도
그 감염된 설득을 이겨 내지 못하게 만들고,
세 시간이나 『성경』 읽으며 애를 쓰고서야
어머니가 내 주위에 감아 놓은 시커먼 뱀을
간신히 풀게 했던 사람이 바로 어머니 아니셨나요?[4]

그라티아나 지나간 일을 되새기는 건 소용도 없고 지겨운 일이야.
지금의 내가 네 진짜 어미란다.

카스티자 그래 봤자 이제 너무 늦었어요.

그라티아나 다시 생각해 다오.
넌 지금 네가 무슨 말을 하고 있는지 모르는 거야.

카스티자 모른다고요? 출세와 보석과 공작 아들을 거부하라고요?

그라티아나 오, 그래. 내가 그런 말들을 했었지.
이제 그 말들이 내게 독약이 되어 돌아오는구나.

4) 『성경』이나 신화에서 악마가 뱀의 모습으로 칭칭 감고 있는 것을 의미한다.

하지만 그렇게 행동하면 결국 어떻게 될까?

출세라고? 맞아. 수치심이 던질 수 있는 만큼 높이 올라가지!

보석도 마찬가지야. 창녀가 부자 되거나,

그렇게 죄지어 번 돈으로 제 사생아들 데려다 키울

병원 지었다는 거 본 사람이 있을까?[5)]

공작의 아들이라고! 오, 젊을 때 궁정에 살아본 여자는

늙어서 반드시 거지 신세가 된단다.

대부분의 창녀들이 맛보는 비참함을 네가 안다면,

네가 순결을 잃게 되었을 때,

차라리 네가 안 태어났더라면 하고 바라게 될 거야.

카스티자 오, 어머니. 제가 어머니 목에 팔을 감고,

내 영혼이 어머니 입술에서 녹을 때까지 키스하게 해 주세요.

제가 그랬던 건 단지 어머니를 시험해 보기 위해서였어요.

그라티아나 오, 사실을 말해 다오!

카스티자 정말 아니에요.

어떤 설득도 제가 순결을 포기하게 만들 힘은 없어요.

처녀들이 작정하면 남자의 말은 아무 힘을 갖지 못하죠.

처녀의 순결은 수정으로 된 탑이어서

비록 연약하지만 선한 정령들의 보호를 받는답니다.

여자가 천하게 굴복하기 전에는 어떤 악도 깃들일 수 없어요.

5) 당시 런던의 시립 병원에는 고아들을 돌보는 기능도 있었다. 당시 창녀는 직업상 많은 사생아를 낳을 수밖에 없는데, 자기 사생아들을 돌볼 병원을 지을 만큼 말년까지 부자인 창녀는 없다는 뜻이다.

그라티아나 오, 축복받은 내 자식! 신념과 네 태생이 날 구했구나.

세상의 수천 명의 딸들 중에 가장 축복받은 내 딸아,

넌 처녀들의 거울이 되어라. 난 어머니들의 거울이 될게.

〔함께 퇴장〕

5막 1장

〔빈디체와 히폴리토가 피아토 옷으로 갈아입힌 공작 시체를 들고 등장한다. 그들은 시체를 내려놓고, 기대어 앉아 있는 자세로 만든다〕

빈디체 그래, 그렇게. 제대로 잘 기댔네. 깨우지 않도록 조심해, 얘야.

히폴리토 걱정 마요, 형님. 형님 목숨에 내 목숨을 걸고 안 그럴게요.

빈디체 이건 멋진 방책이야. 내가 날 죽여야 하니까. 얘야, 나 대신 앉아 있는 게 바로 나잖아. 그거 알겠어? 게다가 저기 있는 나를 죽이기 위해 내가 여기서 대기하고 있는 거야. 난 살해당하기 위해 앉아 있어야 하고, 난 나 스스로를 살해하기 위해 서 있어야 하는 거라고. 난 적어도 세 번은 이 상황을 다양하게 표현할 수 있단다. 마치 성(聖)미가엘 기간에 주(州) 법관이 같은 내용으로 여덟 번 보고서 내듯이 말이야.[1)]

히폴리토 이 정도면 된 것 같아요.

빈디체 그런데 얘야, 공작 아들이 혼자 올까?

히폴리토 아니, 그게 문제인데요, 그자는 남을 믿지 않아서 혼자 오진 않을

1) 영국 법정은 일 년에 네 기간(term)으로 나뉘어 그 기간 동안에만 재판이 열렸다. 그중 성미가엘 기간(Michaelmas Term)은 10월부터 12월까지를 말하는데, 이때 주(州) 법관의 보고서가 제출되는 8일을 'eight returns'라고 불렀다. 원래는 8일의 기간을 말하지만 같은 상황을 여덟 가지로 다르게 보고한다는 의미로 쓰이기도 한다.

거예요. 그자는 항상 금파리들을 뒤에 달고 다니는데, 그놈들은 저녁밥 기다리면서 윙윙거리고 그자가 나오기를 기다리며 앵앵거리거든요.

빈디체 아, 복수의 파리채로 그놈들을 때려서 박살내야 하는데! 지금이 가장 달콤한 기회이고 가장 적당한 때란 말이야. 내가 한 복수를 그자한테 알려 주고, 그자에게 아비인 공작의 시체를 보여 주고, 공작이 비밀 많은 정치가처럼 얼마나 기묘하게 죽었는지, 그리고 아무도 그 사실을 알지 못한다는 것도 얘기해 주고, 마침내 대단원으로 그놈을 죽여서 제 아비 가슴 위에 쓰러지게 하기에는 지금이 가장 좋은 때라고. 오, 그렇게 달콤한 기회를 놓치다니 난 미칠 것 같아.

히폴리토 아니, 진정해요, 형님. 지금으로서는 어쩔 수 없잖아요. 앞으로도 지금처럼 예쁜 얼굴을 한 기회가 또 오지 않겠어요?

빈디체 그래, 다른 기회들도 화장만 잘하면 그렇겠지.

히폴리토 자, 이제 모든 의심을 피하기 위해 이 방을 나가서 공작 아들을 만나러 가요.

빈디체 좋아. 난 뭐라도 할 준비가 되어 있어. 젠장, 바짝 붙어. 저기 그자가 오고 있어.

〔루수리오조 등장〕

히폴리투 존경하는 전하!

루수리오조 오, 이런. 자네들 둘 다 왔네?

빈디체 전하께서 들어오실 때 저희도 막 도착했습니다. 이 근처에 그자가 있을 거란 얘기를 들었거든요. 하지만 이래저래 역겨운 꼴이라고 하네요.

히폴리토 전하께선 혼자 오셨나요?

루수리오조 이 일을 하려고 혼자 왔지.

몇 명이 내가 나오길 기다리고 있지만.

히폴리토 〔방백〕 그 몇 명은 죽어서 썩어 버렸으면.

루수리오조 잠깐, 저기 그 종놈이 있어.

빈디체 맙소사, 그 종놈 맞아요, 전하.

〔방백〕 효자 맞네. 제 아버지더러 종놈이라고 하다니.

루수리오조 맞아, 그 악당이야. 그 저주받을 악당이라고.

조용히, 살살 걸어.

빈디체 전하, 걱정 마세요.

우리는 숨소리도 안 낼 거예요.

루수리오조 그럼 되겠군.

천한 놈, 넌 마지막 잠을 자는 거야.

〔방백〕 저자가 자는 동안 죽이는 게 나아.

깨어나면 모든 걸 저들에게 발설할 테니까.

빈디체 하지만 전하!

루수리오조 아니, 왜?

빈디체 술 취해 있는데 죽여야 할까요?

루수리오조 그럼. 그게 가장 좋지.

빈디체 아니, 그럼 술 깰 때까지 살지 못할 거 아니에요.

루수리오조 상관없어. 비틀거리면서 지옥으로 가라고 해.

빈디체 하지만 그렇게 술로 가득 차 있으면

지옥의 모든 불길을 다 끌까 봐 걱정돼요.

루수리오조 자네는 웃기는 짐승이로군.

빈디체 〔방백〕 전하 당신 손을 덥혀 줄 불길마저 안 남을까 봐 그러는 거야.

술 취해서 죽는 사람은 지옥 불에 물 한 양동이 붓는 거나 마찬가지거
든. 쉬익 하고 다 꺼 버리는 거지.

루수리오조 자, 준비해. 너희가 당한 일을 생각하고 너희 칼을 꺼내 들라고.
저 종놈이 너희에게 해를 끼쳤잖아.

빈디체 맞아요, 정말 그랬죠. 〔방백〕 그래서 저자는 대가를 잘 치렀지.

루수리오조 이제 저자를 처치해.

빈디체 전하, 저희 뒤를 받쳐 주시겠어요?

루수리오조 칫, 내가 괜히 상전인 줄 알아?
당장 하라고.

빈디체 〔시체에 칼을 휘두른다〕 자, 자, 자! 저자가 쓰러졌어요.

루수리오조 날쌔게 잘 처리했어.
아니! 오, 악당들, 살인자들, 이건 내 아버님이신 노 공작이시잖아.

빈디체 〔방백〕 그게 재미있는 점이지.

루수리오조 뭐야, 벌써 차갑게 굳으셨네?
오, 자네들한테 잘못 욕한 걸 용서해 주게.
그건 자네들이 한 짓이 아니야.
자네들이 방금 죽였다고 생각했던 악당 피아토가
아버님을 죽이고 저렇게 변장시켜 놓은 거야.

히폴리토 그런 것 같아요.

빈디체 오, 천하의 나쁜 놈! 공작님께 저렇게 기름때 묻은
윗옷을 입히다니 부끄럽지도 않나?

루수리오조 아버님은 이미 식어서 경직되셨으니
얼마나 오래 되었는지 누가 알겠어?

빈디체 〔방백〕 물론 난 알고 있지.

루수리오조 의도가 담긴 어떤 얘기도 발설하지 말아 주게.
빈디체 오, 전하.
히폴리토 저희가 떠들어 댈 이유가 없다는 걸 알아 주셨으면 합니다.
루수리오조 그래, 자네 말이 맞아.
난 궁정에 사람을 보내 귀족들 전부와
사생아, 공작부인, 그 밖의 모든 사람들을 불러와서
어떻게 기적적으로 우리가 여기서 돌아가신 아버님을 발견했는지,
그 추악한 악당이 아버님 옷을 입고 도망갔는지를 알리겠네.
빈디체 그게 우리 모두의 혐의를 벗겨 줄 가장 좋은 방식이겠네요. 우리가 무죄로 될 방법을 찾아봐야죠.
루수리오조 넨쵸, 소르디도, 전부 들어와.

〔소르디도, 넨쵸, 시종들 등장〕

소르디도 전하.
넨쵸 전하.
루수리오조 너희가 희한한 광경의 증인이 되어야겠다.
내가 조용히 의논 좀 하려고 저 슬픈 방을 골랐는데,
거기서 내 아버님 공작께서 피투성이로 굳어 계신 걸 발견했어.
소르디도 공작 폐하께서요? — 뛰어. 넨쵸. 서둘러 가.
지금 들은 얘기를 전해서 궁정을 놀라게 해.

〔넨쵸 퇴장〕

빈디체 〔히폴리토에게〕 치밀하게 복수하는 사람은 이 정도 해내는 거야.
살인자인데도 가장 무고하다고 알려지게 되었잖아.
우리는 협의에서 제일 멀리 떨어져 있으니,
구경꾼처럼 대담한 눈으로 공작의 시체나 구경하자고.

루수리오조 일국의 통치자이신 내 아버님이
악의에 찬 종놈 때문에 너무 비천하게 피 흘리셨어!

히폴리토 〔빈디체에게〕 들어 봐요. 저자가 형님을 또 종놈이라고 부르네요.

빈디체 〔히폴리토에게〕 지금은 혼이 나갔을 테니 그럴 만도 하지.

루수리오조 오, 끔찍한 광경이군! 여길 봐.
아버님 입술이 독으로 녹아 버렸어.

빈디체 아니, 입술이오? 맙소사, 그러네요.

루수리오조 오, 나쁜 놈! 오, 악당! 오, 종놈! 오, 불한당!

히폴리토 〔방백〕 오, 좋은 속임수야!
저자가 제 아비한테 들었던 욕을 그대로 돌려주네.[2)]

〔귀족들, 암비시오조, 수퍼바쿠오 등장〕

귀족 1 어디요?

귀족 2 어느 쪽이에요?

암비시오조 불길한 혜성이 어느 지붕 아래에서
무서운 불덩이를 단 채 매달려 있는 거죠?[3)]

2) 앞서 루수리오조가 오해로 공작의 침대를 급습했을 때 공작이 루수리오조에게 욕했던 것을 말한다.

루수리오조 보세요, 경들. 보라고요.
  내 아버님이신 공작께서 이 옷 주인인 악당한테 살해당하고
  여기에 그 옷이 입혀진 채 남겨지셨어요.

〔공작부인과 스푸리오 등장〕

공작부인 내 남편이신 공작님이!
귀족 2 존경하는 폐하께서요.
귀족 1 이 옷 입은 자가 종종 폐하를 모시는 걸 봤습니다.
빈디체 〔방백〕 저 귀족은 시골에서 왔나 보군. 거짓말을 안 하는 걸 보니.
수퍼바쿠오 〔암비시오조에게〕 어머니 본을 받아서 우리도 슬픈 척합시다.
  공작이 사라져서 난 좋아요. 아마 형님도 그렇겠지요.
암비시오조 〔수퍼바쿠오에게〕 그래. 내 말을 믿어도 좋아.
스푸리오 〔방백〕 늙은 아빠가 죽어 버렸다고?
  난 아버지가 내다버린 죄들 중의 하나니까
  아들로서 운명의 여신들에게 심심한 감사를 보내는 바야.
  이제 물의 흐름이 바뀌었으니
  내 힘이 다할 때까지 열심히 노 저어야겠군.
루수리오조 공작님이 은밀히 말 타고 나가셨다고
  내게 확인해 주었던 두 사람은 어디 있느냐?
귀족 1 오, 저희를 용서해 주세요, 여러분.
  만약 궁정에서 누가 찾으면 그렇게 말하라고

3) 혜성은 불길한 징조라고 생각되었다.

공작님께서 저희 목숨에 걸고 명령하셨습니다.

사실 공작님은 어디에도 말 타고 나가지 않으셨어요.

공작님과 저 옷 입은 사람만 여기 두고 저희는 나갔거든요.

빈디체 〔방백〕 맞는 말이야.

루수리오조 오, 하늘이시여. 그 거짓 명령 때문에 돌아가셨구나!

뻔뻔한 거지들! 감히 내 안전에서 그런 거짓 대답을 했다니?

저자를 끌고 가서 바로 처형하라.

귀족 1 전하!

루수리오조 더 이상 날 자극하지 말라.

이 일에서 그 거짓말은 절반의 살인이나 마찬가지니.

빈디체 〔방백〕 멋지게 선고하는군.

루수리오조 끌고 가서 처형되는 걸 확인하라.

〔귀족 1이 호위병에게 끌려 퇴장〕

빈디체 〔방백〕 당신은 침묵을 지킬 수 없었나?

고백이 어떤 결과를 가져왔는지 좀 봐!

사람들이 진실을 말했다고 교수형당하는 판에

거짓말하지 않을 사람이 누가 있겠어?

히폴리토 〔빈디체에게〕 형님, 우리 복수가 성공했어요!

빈디체 〔히폴리토에게〕 맞아. 보통 머리로는

이해할 수 없을 정도로 기가 막히게 성공했지.

루수리오조 경, 모든 곳에 역마(役馬)를 보내서

이 악당을 잡아들이세요.[4]

빈디체 〔방백〕 역마라니, 하하하!

귀족 2 전하, 감히 저희의 도리를 다하겠나이다.

전하의 아버님께서 갑자기 승하하셨으니

아버님의 모든 직함이 이제 전하께 계승되었습니다.

루수리오조 계승되었다고? 난 그럴 여유가 없소, 경.

처리해야 할 슬픈 일들이 산적해 있어요.

〔방백〕 환영한다, 달콤한 직함들이여!

— 경들은 내게 얘기를 하려거든

무덤이나 거기 묻힌 막강한 황제들의 뼈에 대해서만 하시오.

지금 내겐 오직 그런 생각들뿐이니까.

빈디체 〔방백〕 이걸 보면 세상이 어떻게 돌아가는지 알 수 있어.

궁정인들의 신발은 9호지만 혀는 12호라서 혀가 발보다 더 길지.

그들은 공작에게 아첨하고 공작은 스스로에게 아첨해.

귀족 2 전하, 전하의 빛만이 우리에게 위안이 됩니다.

루수리오조 아아, 난 4월의 태양처럼 눈물 속에 빛나고 있어요.

소르디도 전하께서 이제 공작 폐하가 되셨습니다.

루수리오조 공작 폐하라고? 경들이 그렇게 만들려는 거군.

소르디도 그건 마땅히 전하가 받으셔야 합니다.

루수리오조 그렇다면 하늘이 날 보우하사 그렇게 되기를.

빈디체 〔방백〕 저놈은 스스로를 위해서는 잘도 기도하는군.

귀족 3 〔공작부인에게〕 마마,

4) 역마(post-horse)는 곳곳에 설치된 역(post)에서 전령이 새 말을 바꿔 타고 소식을 전하는 체제로서, 당시 소식이나 명령을 가장 빠르게 전달하는 방식이었다.

모든 슬픔이 한 바퀴 다 돌아야 기쁨으로 가는 법입니다.
틀림없이 시간 지나면 살인자가 제 발로 나타날 것입니다.
빈디체 〔방백〕 그렇게 되면 그놈이 바보인 거지.
귀족 2 그동안 우리는 공작님의 차가워진 옥체를 예우할 만한
가장 최신의 장례식 절차에 대해 생각합시다.
그리고 그와 더불어 공작님의 아드님 안에서 펼쳐질
우리의 새로운 행복을 기념합시다.
여러 경들, 신사들, 연회를 준비하세요.
빈디체 〔방백〕 연회라니!
귀족 3 시간은 다양한 전환을 가져다주죠.
슬픔은 기쁨을 일으켜 세우고, 잔치는 장례식을 누르니까요.
루수리오조 경들, 그렇다면 여러분 모두에게 내 총애를 드리겠소.
〔방백〕 공작부인은 음탕하게 처신했다는 혐의가 있으니
내 통치는 그녀를 추방하는 것에서 시작될 거야!

〔루수리오조, 소르디도, 귀족들, 공작부인 퇴장〕

히폴리토 〔빈디체에게〕 연회라니요!
빈디체 〔히폴리토에게〕 그래, 그렇게 말했어. 하지만 우린 아직 안전해.
한 번만 너 성공하면 우리 책략이 완성되는 거야.

〔빈디체와 히폴리토 퇴장〕

스푸리오 〔방백〕 가장 잘 보이는 과녁부터 맞혀라!

— 날 잉태시킬 때 공작이 한 말이지.
그러니 내가 새 공작의 심장이나 그 근처를 못 맞힌다면
누구라도 맞힐 거야. 사생아는 제외되는 걸 싫어하거든.

〔스프리오 퇴장〕

수퍼바쿠오 스프리오를 눈 여겨 봤어요, 형님?

암비시오조 그래, 우리를 망신시킨 놈이니 주목해서 봤지.

수퍼바쿠오 그자를 살려 둬서는 안 돼요. 그놈 머리카락이 자라도록 둬서는 안 돼요. 이렇게 연회가 벌어질 때가 계략을 꾸미기 좋을 때예요. 저기 초승달이 보이죠? 저 달이 새 공작보다 훨씬 오래 살 거예요. 내가 이 손으로 그자의 상속을 저지할 테니까요. 그럼 우리가 권력을 갖게 되는 거죠.
가면극은 반역의 허가증이에요. 그걸 발판 삼아 일을 꾸미는 거죠.
가면을 썼을 때 살인은 가장 멋진 얼굴을 갖는 거니까요.[5]

〔수퍼바쿠오 퇴장〕

암비시오조 그렇단 말이지? 아주 잘됐군.
그럼 네가 공작이 될 것 같니, 친절한 아우야?

5) 가면극(masque)은 궁정이나 귀족 저택에서 연회나 축제 때 공연되었으며, 주로 노래나 춤으로 이루어졌다. 등장인물들은 모두 가면을 착용했는데 종종 귀족이나 왕족이 직접 배역을 맡아 참여하기도 했다.

난 공정한 게임을 볼 거야.
하나를 떨어뜨려도 거기 다른 하나가 남아 있으니까.

〔퇴장〕

5막 2장

〔빈디체와 히폴리토가 피에로를 비롯한 다른 귀족들과 함께 등장〕

빈디체 여러분, 모두 다 같은 음악을 연주합시다.
오래된 슬픔은 다른 나라로 추방시키세요.
거기선 우유가 너무 많이 흐르고, 간 작은 남자들만 있어서
불만이 있어도 감히 제대로 칼을 찌르지도 못해요.[1]
우리는 숨기고 있던 불길을 번개나 불처럼 터뜨려서
죄로 고통받는 이 사악한 공작 통치를 폭파해 버립시다.
여러분의 영혼을 이제 다시 최고치로 끌어올려 주세요.

피에로 어떻게요?

귀족 1 어떤 쪽으로요?

귀족 2 어느 쪽이든 상관없어요.
우리가 받은 고통이 너무 커서
어떤 복수를 한다 해도 정당한 일이 될 거예요.

빈디체 여러분 모두 충분히 복수하게 될 거예요.
곧 연회가 다가오니, 오랫동안 여러분을 억압해 온

1) '우유'는 비겁하고 온화한 성품을 의미한다.

몇몇 귀족들은 가면극 준비하느라 바쁠 거고

유쾌한 줄거리 만드느라 노심초사하고 있을 거예요.

가면극 복장도 지금 제작 중이죠.

바로 그 점이 우리 모두를 즐겁게 할 부분인데,

우리가 그 복장들을 똑같이 모방할 거예요.

색깔, 장식, 모양, 심지어 구분하기 힘든 사소한 부분까지요.

그러고는 출연자들이 원래 등장할 순서에서

우리가 대신 먼저 입장하고, 음악 한두 곡 끝나기 전에

틈을 봐서 우리 칼을 티 안 나게 살짝 꺼내 드는 거예요.

그리고 그들이 달콤하고 즐거운 오락이라고 생각할 때,

그들의 흥이 오른 가운데 피 흘리게 만드는 거죠.

피에로 제대로 효과적으로 해야 해요.

귀족 3 다른 가면극 출연자들이 등장하기 전에 —

빈디체 모든 걸 끝내고 우린 사라지는 거죠.

피에로 그런데 공작의 호위병은 어떻게 하죠?

빈디체 그건 맡겨 주세요.

그자들도 하나둘씩 술에 취해 힘 빠지게 될 테니까요.

히폴리토 오백 명의 신사들도 합류할 거예요.

그분들도 뛰어들 거고 한가하게 구경만 하진 않을 테니까요.

피에로 오, 두 분을 가슴으로 안아 드리고 싶네요.

빈디체 자, 여러분, 행동할 준비를 하세요.

이야기는 다른 때 하도록 하고요.

〔모두 퇴장〕

5막 3장

〔장중한 음악과 더불어 귀족들이 지켜보는 가운데 젊은 공작 루수리오조의 대관식이 무언극으로 진행된다. 잔칫상이 들어오고 공작과 귀족들이 연회장으로 들어온다. 이때 불타는 혜성이 나타난다〕

귀족 1 많은 평화로운 시간들과 최고의 즐거움이
  전하의 재위 기간을 가득 채우길 빕니다.
루수리오조 여러분, 과인은 여러분에게 감사하는 바이오.
  물론 그런 소망이 경들의 의무라는 걸 잘 알지만 말이오.
귀족 폐하의 미소만으로도 저희 모두는 행복해집니다.
귀족 3 〔자기들끼리〕 폐하께서 얼굴을 찌푸리시는데요.
귀족 2 〔자기들끼리〕 그래도 폐하가 미소 지으신다고 말해야 해요.
귀족 1 〔자기들끼리〕 맞아요. 그래야 해요.
루수리오조 〔방백〕 그 추악하고 음탕한 공작부인을 과인이 추방했으니
  이제 사생아 놈도 죽여 버려야만 해.
  이 연회가 끝나면 난 희한한 연회를 시작할 거야.
  첫 순서로 그자와 의붓아들들이 목숨을 내놓아야 해.
  과인이 자주 화내면 안 되기에 망정이지,
  아니었으면 그놈들을 지금 당장 처형했을 거야.

귀족 1 존경하는 폐하, 유흥을 즐길 준비를 하시지요.

가면극이 곧 시작됩니다.

루수리오조 과인은 준비가 되어 있소.

〔이제야 혜성을 보고 방백〕 저런 망할, 대체 넌 누구냐?

날 놀라게 하다니! 넌 반역을 저지른 거야![1]

〔큰소리로〕 혜성이야!

귀족 1 혜성이오? 오, 어디요, 폐하?

루수리오조 찾아보시오.

귀족 2 보세요, 경들. 보세요. 놀랍고 끔찍한 혜성이네요.

루수리오조 나는 저 헝클어진 불덩이,

퍼져 나가면서 불타오르는 별이 마음에 들지 않소.

하지만 내가 공작 아니오?

혜성 따위가 지금 날 떨게 만들어선 안 되지.

대관식 전에 저게 나타났다면 당연히 내가 두려워했을 수도 있지.

하지만 학문과 기예가 결합된 사람들이 말하길,

별들이 머리타래를 가지면 고위층의 머리가 위험하다잖소.[2]

정말 그런가? 경들도 학식이 높으니 얘기해 보시오.

귀족 1 폐하, 감히 말씀 드리자면,

저 혜성이 큰 분노를 보이고 있기는 합니다.

루수리오조 그건 이 폐하가 원하는 대답이 아니오.

1) 전통적으로 혜성은 왕의 죽음을 예고한다고 되어 있다. 이를 아는 루수리오조가 혜성에게 반역자라고 하는 것이다.

2) 혜성의 불붙은 꼬리를 머리타래라고 지칭하는 것이다.

귀족 2 하지만 안심이 되는 점도 있습니다, 폐하.

혜성이 가장 무서워 보일 때가 가장 멀리서 위협하는 거니까요.

루수리오조 그래, 나도 그렇게 생각하오.

귀족 1 게다가 폐하, 폐하께서는 모든 백성의 존경을 받으며

평화롭게 옥좌에 오르셨습니다.

그리고 폐하의 자연적인 승하는

앞으로 육십 년 후에나 오게 될 것입니다.

루수리오조 맞아. 그런데 고작 육십 년이라고?

귀족 1 전 팔십 년이길 바랍니다, 폐하.

귀족 2 그럼 전 백 년으로 하겠습니다.

귀족 3 하지만 폐하, 전 폐하가 아예 돌아가시지 않기를 바랍니다.

루수리오조 경은 내 손을 잡으시오. 나머지는 내 눈 밖에 난 줄 아시오.

그런 소망을 가진 사람만이 공작에게 필요한 사람이니

경은 내 옆에 앉도록 하시오. 자, 모두 자리에 앉으세요.

과인은 이제 여흥을 즐길 준비가 되어 있으니 시작하라고 하세요.

혜성, 너 따위는 짐이 바로 잊어 줄 것이다!

귀족 3 배우들이 들어오는 소리가 들립니다, 폐하.

〔빈디체와 히폴리토, 그리고 두 명의 귀족으로 이루어진 복수자들이 가면극 출연자처럼 등장한다〕

루수리오조 〔방백〕 좋아, 잘됐어.

의붓형제들과 사생아, 너희는 다음엔 지옥에서 춤추게 될 거야.

〔복수자들이 춤을 춘다. 이들 네 명은 음악이 끝날 때쯤 슬그머니 칼을 꺼내 상석에 앉아 있는 네 사람을 죽인다. 천둥소리가 난다〕

빈디체 〔작은 소리로〕 들어 봐요, 천둥이에요!
큰 목소리로 소리 지르는 그대여, 네 신호인 줄 너도 안 거냐?
천둥에게는 공작들이 신음하는 소리가 암호인 거지.
히폴리토 〔작은 소리로〕 자, 여러분. 이 정도면 충분해요.
빈디체 〔작은 소리로〕 어서 갑시다. 머뭇거리면 안 돼요.
히폴리토 〔작은 소리로〕 따라가요. 가세요!

〔빈디체만 남고 가면극 출연자들 모두 퇴장〕

빈디체 음란한 놈들이 죽으면 신들도 화내지 않아.
천둥이 치는 건 하늘도 그 비극을 좋아한다는 뜻이지.

〔빈디체 퇴장〕

루수리오조 오! 오!

〔살인을 하고사 하는 또 다른 가면극 배우들이 등장한다. 공작의 의붓아들인 암비시오조와 수퍼바쿠오, 사생아 스푸리오, 그리고 네 번째 남자인데 이들은 춤추면서 등장한다. 루수리오조가 목소리를 조금 낼 수 있게 되어, 신음소리 내며, "호위병! 반역이야!"라고 말한다. 그 소리에 네 사람 모두 놀라 추던 춤을 멈추고 상석을 향해 돌아서고, 그제야 이들은 상석에 앉아 있던 네 사람이 모두 살해당

했음을 발견한다〕

스푸리오 누가 신음소리를 낸 거지?

루수리오조 반역이야! 호위병!

암비시오조 어떻게 된 거지? 전부 살해됐잖아.

수퍼바쿠오 살해되다니!

귀족 4 게다가 공작의 귀족들까지!

암비시오조 〔방백〕 내가 할 수고를 덜어줬군.
내가 죽이려고 했었는데. — 젠장, 이게 어떻게 된 거지?

수퍼바쿠오 그럼 내가 스스로 선포해야겠군. 이제 내가 공작이다.

암비시오조 네가 공작이라고? 네 이놈, 거짓말이야.

〔암비시오조가 수퍼바쿠오를 칼로 찌른다〕

스푸리오 종놈, 너도 거짓말하는 거야.

〔스푸리오가 암비시오조를 찌른다〕

귀족 4 비천한 종놈, 네놈이 내 주군을 죽여?

〔귀족 4가 스푸리오를 찌른다〕

〔빈디체, 히폴리토, 두 명의 귀족 등 첫 번째 가면극 배우들이 다시 등장〕

빈디체 권총을 가져와! 반역이야! 살인이 벌어졌어! 도와줘!

우리 공작 폐하를 지켜야 해!

〔안토니오가 호위병과 함께 등장〕

히폴리토 이 반역자를 붙잡아.

〔호위병이 귀족 4를 체포한다〕

루수리오조 오!
빈디체 저런, 공작님이 살해당하셨어요.
히폴리토 그리고 귀족들도요.
빈디체 의사, 의사를 불러요! 〔방백〕 젠장, 저렇게 오래 살아 있다니!
안토니오 노인의 눈마저 핏발 서게 할 정도로
비참한 비극이네요.
루수리오조 오!
빈디체 제 주군이신 공작님을 돌봐 주세요.
〔방백〕 복수가 저자를 목 졸라 죽여야 하는데!
— 자백해, 사악한 살인자야.
네놈이 이분들을 모두 죽인 거냐?
귀족 4 전 사생아만 죽였습니다.
빈디체 그럼 공작님은 어떻게 살해된 거지?
귀족 4 우리가 발견했을 때 이미 그런 상태였어요.
루수리오조 오, 악당!
빈디체 들어 봐!

루수리오조 가면극에 나온 놈들이 짐을 시해했어.

빈디체 아니, 이럴 수가.

오, 대리석처럼 뻔뻔하군! 이젠 자백할 테냐?

귀족 4 빌어먹을, 다 거짓말이오.

안토니오 신성한 공작님의 피로 흠뻑 젖은

저 끔찍한 괴물을 끌고 나가라.

귀족 4 아니, 그건 거짓말이오!

안토니오 저놈을 고통스럽게 처형하라.

〔귀족 4가 호위병에게 끌려 퇴장〕

빈디체 〔방백〕 복수의 새로운 먹이이군! 아니, 표현을 못 하겠어.

〔큰소리로〕 우리 공작 폐하께선 어떠신가요?

루수리오조 모두에게 작별인사 하겠소.

가장 높이 올라가는 사람은 가장 크게 추락하는 법이지.

이제 내 혀도 말을 듣지 않네.

빈디체 여러분, 공기를 쐬게 해 드리세요. 공기를!

〔루수리오조에게 속삭인다〕 이제 네놈은 이 얘기를 지껄이지 못할 테니

널 죽인 게 빈디체라는 걸 알려 주마.

루수리오조 오!

빈디체 그자가 네 아비도 죽였지.

루수리오조 오!

〔루수리오조가 죽는다〕

빈디체 그리고 내가 빈디체야.

아무한테도 말하면 안 돼.

— 저런, 저런, 공작폐하가 돌아가셨어요.

안토니오 공작님께 부상을 입힌 건 치명적인 손이었소.

공작님이 돌아가신 후, 나머지 분들은

누가 권력을 휘두르며 통치할지

욕심 부리다가 서로 해치운 거예요.

빈디체 공작님은 통치자로 적합하지 않았습니다.

히폴리토 이제 이태리의 희망은 경륜 있고 존경스러운 경께 달려 있습니다.

빈디체 경의 흰머리가 다시 백은(白銀)시대를 가져올 겁니다.[3)]

그때는 더 적은 수지만 더 정직한 사람들이 살았지요.

안토니오 그 책임은 너무 막중해서 내 노년을 내리누를 것이오.

부디 내가 잘 통치해서 하늘이 왕관을 보호해 주시길.

빈디체 경의 정숙한 부인이 겁탈당한 일이

죽음에서 죽음으로 이어지며 복수되었네요.

안토니오 하늘의 법은 공정한 것이오!

하지만 모든 일 중에서도 내가 가장 궁금한 건

어떻게 노 공작이 살해당했는지에 대한 것이오.

빈디체 오, 폐하.

안토니오 그건 너무 기이하게 실행돼서 그 비슷한 예조차 들어 본 적이 없거든요.

3) 백은시대(Silver Age)는 황금시대(Golden Age)만은 못하지만 단순하고 정직해서 평화롭던 시대를 말한다.

히폴리토 다 최선의 결과를 위한 거였어요, 폐하.

빈디체 모두 폐하를 위한 일이었어요. 이젠 대담하게 말해도 괜찮겠죠. 이렇게 말해도 된다면, 정말 영리하게 실행되었답니다. 노 공작을 살해한 건 바로 우리 둘이었거든요.

안토니오 당신들 둘이라고?

빈디체 다른 사람이 아닌, 바로 우리였어요. 정말 잘 처리했죠.

안토니오 이 악당들을 체포하라.

〔빈디체와 히폴리토가 체포된다〕

빈디체 아니? 우리를요?

안토니오 저자들을 끌고 가서 바로 처형하라.

빈디체 아니, 그건 폐하를 위한 거였잖아요?

안토니오 날 위한 거였다고?

저자들을 끌고 가라! 나도 그분처럼 늙었으니

그분을 시해한 네놈들이 나도 죽일 것 아니냐.

빈디체 결국 이렇게 되는 거였어?

히폴리토 빌어먹을, 형님. 형님이 시작한 일이잖아요.

빈디체 공작 아들도 죽은 마당에 우리도 좀 죽어도 되잖아?

넌 양심이 없구나. 우리가 다 복수한 게 맞잖아?

저들 중에 살아남은 우리 원수가 하나라도 있어?

우리가 스스로의 적이 됐을 때는 죽을 때가 된 거야.

은밀하게 일을 끝낸 살인자들은 이 저주로 운명이 결정되지.

아무도 못 밝히는 자신들의 정체를 직접 나서서 밝히는 저주 말이야.

우리가 아니었다면, 이 살인은 말 못하는 황동(黃銅) 상자 안에서
그대로 잠들었을 거야.[4] 그럼 이 세상은 바보인 채로 죽겠지.
그러고 보니 기억이 나네. 피아토가 악당다운 말을 한 적 있었지.
그자가 말하길, 시간이 흐르면 반드시 살인자가
스스로를 드러내게 되어 있다고 했어.
마녀처럼 예언을 할 줄 알았으니 그자가 죽은 건 다행이야.
그러니 폐하, 기왕 우리는 사형선고 받았으니,
이 일은 우리가 한 걸로 하렵니다.
그러지 않았으면 일이 제대로 되지 않았을 거예요.
우리가 원한다면 우리는 공모한 귀족들을 처형시키거나
거지만도 못하게 만들 수도 있었어요.
하지만 우리는 비겁하게 피 흘리고 싶진 않아요.
우린 사실 충분히 복수했으니까요.
우린 괜찮아요. 우리 어머니는 개심시켰고,
우리 여동생도 순결을 지켰으니까요.
게다가 공작들 한 떼거리 먼저 죽이고 죽는 거니까요.
우리는 갑니다. 잘 있어요.

〔빈디체와 히폴리토가 호위병에게 끌려 퇴장〕

안토니오 그 살인은 정말 교묘하게 은폐되었군!
저 비극적인 시체들을 들어 올리시오.

4) 살해당한 희생자들을 기리는 황동 명패를 말한다.

지금은 무거운 시간이오.
하늘의 가호로 저들의 피가 모든 반역을 씻어 내 주기를!

〔모두 퇴장〕

여자는 여자를 조심해야

등장인물

공작 피렌체의 공작
추기경 공작의 동생
다른 추기경 두 명
귀족
파브리티오 이자벨라의 아버지
히폴리토 파브리티오의 남동생
구아디아노 멍청한 상속자의 숙부
상속자 부유한 젊은 상속인
리안티오 어느 상인의 집사, 비앙카 남편
소르디도 상속자의 하인

리비아 파브리티오의 여동생
이자벨라 리비아의 조카, 파브리티오의 딸
비앙카 리안티오의 아내*
과부 리안티오의 어머니

피렌체 의원들, 시민들, 견습공, 소년들, 전령, 하인들, 귀족들, 귀족부인들, 기사들, 님프들, 결혼의 신 하이멘, 개니메이드, 헤베, 종자들, 호위병, 수행원들

장소 피렌체**

---

* 실존인물인 비앙카 카펠로(Bianca Capello)에서 따온 이름이다. 16세기 베니스에서 태어나 피렌체 남성과 사랑의 도피를 했던 비앙카는 피렌체를 다스리던 메디치 가문의 2대 공작 프란체스코 드 메디치(Francesco di Medici)의 정부가 되었고, 그의 아내가 죽은 후 공작부인이 되었다. 이 극은 상당 부분 이 실화에 근거를 두고 있다.

** 배경이 이태리 피렌체이므로 장소와 등장인물들의 이름도 이태리식으로 음역했다.

1막 1장

〔리안티오, 어머니, 비앙카 등장〕

어머니 오늘 널 보니 유독 더 기쁘구나.
  이렇게 좋은 날, 천륜에서 나오는
  어미의 애정으로 널 환영한다.
  산고의 고통을 겪은 어미에게
  자식이 태어나는 건 최고의 기쁨이지만,
  지금보다 네가 내 마음에 소중한 적은 없었단다.
  환영한다, 내 아들아.
리안티오 〔방백〕 저런, 안쓰럽고 다정한 어머니,
  저리도 좋아하시는 걸 보니 내 마음이 찔리네.
  불효자들이 헌신적인 어머니를 가지는
  행운을 차지하는 건 흔히 있는 일이지.
어머니 그런데 이 규수는 누구니?
리안티오 오, 남자가 젊을 때 경험해 본 것 중에
  가장 귀중한 구매품을 지적하셨네요.
  내가 저 보물을 바라볼 때마다,
  그리고 저 보물이 내 거란 걸 확인할 때마다,

— 그게 정말 축복인데요 —

내가 이 세상에 태어난 것과
사람들 사이에 살 운명인 게 다행이다 싶어요.
가만히 생각해 보면 사람 인생이라는 게
두려운 삶이고 가난에 찌든 거잖아요.
팔십 년간 일하면서 고생스럽게 살다가
결국 매듭 두 개에 묶인 수의에 싸이는 거죠.[1]
그런 생각은 간음하는 사람들한테는 지진 같을 거예요.
그들이 그 안에 들어가서 죄를 범했던 침대보가
자기도 모르게 지상에서의 마지막 옷이 될지 모르니까요.
그럼 여자들한테도 좋은 본보기가 되겠죠!
하지만 내 경우에는 엄청난 미인의 영역 안에 있어요.
세상을 다 정복하고도 만족 못했던
알렉산더 대왕마저 흡족하게 만들 미인이죠.[2]
그래서 난 이 남자의 여동생이나 저 남자의 아내에게
불결한 욕망이 전혀 들지 않아요.
그 여자들 역시 사랑이란 이름으로 정절 지키고
자기 남편한테 꼭 붙어 있으라고 하세요.
그게 아내 된 사람의 마땅한 도리니까요.
교회에 갈 때도 난 진심으로 기도할 수 있어요.
여자 얼굴이나 보러 교회 가는 한량들과는 다르다고요.

1) 당시 사람이 죽으면 흰 천으로 싸서 머리와 발에 매듭을 지었다.
2) 알렉산더 대왕이 더 이상 정복할 영토가 없어서 울었다는 일화를 언급하고 있다.

그건 욕정이 일요일마다 장보러 가는 것과 마찬가지거든요.
고백하건대 내게도 한 가지 죄가 있긴 해요, 어머니.
태어날 때부터 갖고 나온 원죄 말고 다른 죄요.
하지만 난 그 죄가 자랑스러워요.
그건 도둑질이 맞긴 하지만 사람들을
출세하게 만드는 다른 도둑질만큼 고귀한 거예요.

어머니 무슨 뜻이냐?

리안티오 후회하지 않을 거라고요, 어머니.
설사 그 죄의 대가가 죽음이라 해도요.
오히려 그 죄를 안 지었더라면 전 죽었을 거예요.
여기 내가 훔친 걸작이 있어요. 그녀를 보세요!
그녀를 잘 봐요. 그녀는 내 거예요.
그녀를 더 찬찬히 보세요. 그리고 말씀해 주세요.
세상에서 일어났던 모든 도둑질 중에
그녀야말로 최고의 걸작이 아닌가요.
게다가 난 내 도둑질에 면죄부도 얻었다고요.
결혼으로 하늘의 허락을 받았거든요.

어머니 결혼이라니!

리안티오 하지만 비밀 지켜 주셔야 해요, 어머니.
아니면 전 끝장이에요.
만약 알려지게 되면 전 그녀를 잃을 거예요.
그녀를 잃는다는 게 어떤 걸지 생각만 해도
사는 게 단지 부질없게 느껴질 정도예요.
베니스에서 전 그녀의 동의하에 그녀를 빼내 왔어요.[3)]

그녀의 부유한 부모는 지금 몹시 격노하고 있지요.
하지만 폭풍우한테 마음대로 분노를 퍼부으라고 해요.
이제 우리는 조용하고 순결한 사랑을 위한
피난처를 얻었으니 상관하지 않아요.
그녀는 내게 돈은 거의 못 가져왔어요.
하지만 그녀의 얼굴만 보셔도
거기 모든 지참금이 있단 걸 아실 거예요.
장롱 속 깊이 숨겨 놓은 보석들처럼
그녀의 숨겨진 미덕 속에 잠가 놓은 건 제외하고도요.

어머니 그렇게 완벽한 사람에게 해를 끼치다니 네가 잘못했구나.
어미로서 하는 따끔한 충고를 네가 들어준다면 말이다.

리안티오 무슨 말씀이세요?

어머니 그런 사람을 자기 복에서 끌어내렸으니 말이야.
때가 무르익으면 부유하고 고귀한 삶을 살았을 텐데.
넌 네가 무슨 짓을 했는지 모르는 모양이구나.
난 살아 있는 동안 네게 도움 줄 게 별로 없고
죽은 후에도 네가 기대할 건 더욱 없어.
게다가 지금까지 네 벌이로는 너 혼자 간신히 살 정도지.
사실은 그것도 부족한 형편이지만 말이다.
그러니 그녀의 출신과 덕목에 걸맞은 대우를

3) 당시에 베니스는 성적 문란의 온상으로 인식되었다. 비앙카가 베니스 출신이란 것이 그녀의 나중 행적과 연관이 있다. 극 중 인물 비앙카의 실제 모델인 비앙카 카펠로 역시 베니스 출신이다.

그녀에게 해 줄 능력이 너한테 뭐가 있겠니?
하지만 모든 여자들은 틀림없이 그런 대접을 바라고
대부분 그 이상을 바라기도 하잖니.
자기의 조건, 덕목, 혈통, 계급은 생각지도 않고
주제넘게 갖은 욕망, 변덕, 기질에 휘둘려서 말이야.

리안티오 목소리 낮추세요, 어머니.
어머니 말을 들은 여자들은 죄다 버릇 나빠지겠어요.
어머니가 모든 걸 망치려는 건 아닌지 의심스러울 정도예요.
제발 그녀에게 반항하는 법을 가르치지 마세요.
지금 한참 순종하는 길에 들어섰다고요.
그녀도 다른 여자들처럼 남편한테 난리쳐서
일 년에 드레스 여섯 벌씩 사 내라고 하면서
자기들 주장을 관철하고, 일단 우위를 점하면
돈 많이 드는 다른 일에서도 기어코
원하는 걸 얻어 내려고 하면 안 되잖아요.
그런 여자들은 모두 일종의 악마 같아요.
불러오는 건 쉽지만 물리치는 건 어렵거든요.[4]
예를 들어 여자들 배는 순식간에 불러 오지만
다시 꺼질 때까지는 돈이 한없이 들지요.[5]
여자들의 말이나 행동방식도 다 마찬가지에요.

4) 악마를 주술로 불러내어 궁금한 걸 묻거나 비밀을 말하게 한 후, 지옥으로 다시 돌려보내는 것을 말한다.
5) 임신과 출산에 드는 경비를 말한다.

하지만 난 자존심 센 남자고 그런 건 들어주지 않아요.
그녀의 행동거지도 지금은 조용하고
너무 다행스럽게도 깊이 잠들어 있어요.
그러니 어머니 얘기로 그것들을 깨우지 마세요.
어머니만 가만히 계시면 그녀 역시
내 능력으로 해 주는 모든 조건에 만족할 거예요.
남편 사랑하는 아내답게 조용히 숨어 살고,
내 능력의 수준에 맞춰 살 거라고요.
그녀의 예전 학교 동창들 몇몇이 그렇듯이
버릇없게 자기 고집만 피우지도 않을 거예요.
그녀는 정숙한 사랑의 틀에 맞춰서
새 옷본으로 여러 벌의 옷을 만들 작정이에요.[6]
그런 부부는 궁핍하더라도 의식하지 않고
오히려 가난을 경멸해서 많은 아이를 낳죠.
부자들은 그걸 보고 신의 섭리를 원망해요.
아기들을 먹여 살리시는 신께서
그들에겐 먹일 아기를 안 주시고,
그들의 방 안엔 돈 가방을 채워 주시지만
그들 침대엔 아이 못 낳는 자궁만 주시니까요.[7]
사랑하는 어머니, 너무 솔직하게 구셔서

6) 옷본과 똑같은 모양의 옷을 재단하듯이, 부모 닮은 자식을 낳는 것을 말한다.
7) 가난한 사람들은 자식을 많이 낳는데, 부자들은 자식이 없어서 고생한다는 모티프가 당시 문학에 많이 나왔다. 그 한 예가 『칩사이드의 처녀』에 나오는 터치우드 시니어 부부와 올리버 경 부부이다.

사태를 지금보다 더 나쁘게 만들지 말아 주세요.
제발 그걸 조심해 주세요.
그리고 질투 많은 노인들처럼 굴지도 마세요.
그분들은 이제 자기네가 유혹에 안 흔들리니까
젊은이들의 신나는 흥마저 깨려고 들잖아요.
난 어머니가 젊은이들을 좀 더 동정해 주시면 좋겠어요.
특히 어머니 본인의 자식을요.
난 맹세컨대 최고의 남편이 될 거예요.
가족을 먹여 살리고, 내 일도 열심히 하고,
40주가 지나면 어머니를 할머니로 만들어 드릴게요.
부탁이니 가서 그녀에게 인사하세요.
저 사람을 따뜻하게 환영해 주세요.

어머니 아가, 이 정도는 당연한 예의란다.
[비앙카에게 키스하면서] 세련된 사람들이 좋은 자리에서 만나면
모르는 사이라도 서로 이 정도는 해 주는 법이지.
하물며 내가 아가씨와 가까운 사이란 걸 알았으니
한 번 이상은 키스해 줘야겠지.

[다시 키스한다]

내가 다시 대담하게 온 건 널
며느리란 이름으로 인사하기 위해서란다.
그렇다면 보통의 안부인사보다 더 해야 하겠지.

〔다시 키스한다〕

리안티오 〔방백〕 이건 참 잘하시네.

육십 먹은 어느 어머니도 이보다 더 잘할 순 없을 거라고.

어머니 내가 네게 줄 수 있는 건 얼마 없지만

그래도 전부 네 거라고 생각해 주렴.

우린 없는 살림이라 귀한 사람을 맞기엔 부족하단다.

리안티오 〔방백〕 이건 안 좋은걸.

어머니가 이빨 빠진 노인네처럼 말하고 있잖아.

저런 노인네들은 스스로 결점밖에 없으니까

자꾸 나쁜 점만 말하려 든단 말이야.

비앙카 친절하신 어머님, 원하던 걸 다 가진 여자에겐

어떤 것도 결핍이 될 수 없어요.

하늘이 이 남자의 사랑으로 조용한 안식을 보내 줬으니,

미덕이 그 자체로 보상이 되듯이 저도 이미 부자예요.

미덕은 가난하지만 마음의 기준으로는 충분히 부자여서

만족의 사원을 거기에 지을 수 있을 정도거든요.

저는 친구들, 재산, 그리고 고향까지 버렸지만

매 시간마다 제 선택에 만족하고 있어요.

여기도 친구들이 있고 그 수가 적어도 괜찮아요.

어머님 운이 남 보기에 어떻든 상관없이

전 그걸 전부 제 복으로 삼을래요.

좋은 운이건 나쁜 운이건 전 환영할 거예요.

다양한 종류의 술 거래 하는 상인들이 그렇듯이

많은 손님을 초대하는 사람도 별별 사람을 다 만나잖아요.
그래도 모든 손님을 환영하고 잘 대해야 하는 것과 같은 이치죠.
전 이제 이 집을 제가 태어난 집이라고 부를래요.
그게 당연하지요. 내가 사랑하는 사람이 여기서 태어났고,
그 날이 여자의 기쁨이 태어난 날이기도 하니까요.
〔리안티오에게〕 그런데 당신은 내가 왔는데도 환영인사를 안 하네요.

리안티오 분명히 했는데요.

비앙카 확실히 아니에요. 어떻게 된 거죠?
난 기억에 없어요.

리안티오 이렇게 했잖아요.

〔리안티오가 비앙카에게 키스한다〕

비앙카 아, 맞아요. 이제 생각나네요.
내가 당신에게 잘못한 거니까 다시 받아 가세요.

〔비앙카가 리안티오에게 키스한다〕

리안티오 이런 잘못이라면 한 시간 동안 몇 번이라도 괜찮아요.
그리고 당신이 두 배 더 잘못할 수 있도록
모래시계를 다시 거꾸로 돌릴 수도 있어요!

어머니 아가, 안으로 들어가겠니?

비앙카 네, 어머니. 저를 낳아 주신 친어머니 목소리도
어머님보다 상냥하시진 않을 거예요.

〔어머니와 비앙카 퇴장〕

리안티오 부자인 주인어른의 신뢰와 내 출세를 위해
난 집사로서 내 본분에 집중해야겠지만,
오늘 하룻밤낮은 오로지 아내와
아내를 환영해 주는 데에만 바칠 거야.
내일은 생각하기만 해도 비통해져.
주말에 대한 달콤한 희망만 가진 채
난 내일 아내를 떠나야 하거든.
토요일 되기 전에는 절대 돈 주지 않는
부자 주인들의 통상적인 관행처럼
즐거움은 그렇게 억제하고 눌러야만 하나 봐!
뭐, 그때라도 정확한 액수가 한꺼번에 들어오니
그게 더 좋다고 말할 수도 있겠지.
오, 아름다운 눈을 가진 피렌체여!
지금 네가 얼마나 귀한 보석을 가진
여주인인지 알기만 한다면, 자부심이 널 사로잡아
네 젊은 아들들 모두의 혈관에
파멸의 욕망을 불붙일 수 있을 텐데.
하지만 귀중한 보물일수록 제일 으슥한 데
감추는 게 현명한 방책이지.
도둑들한테 우리 보물을 보여 주면
그들이 더 대담해질 수도 있으니까.
유혹은 성자(聖子)에게도 거침없이 달라붙는 악마야.

그렇게 되지 않도록 조심해야지.
보석도 아무도 보지 못하게 상자에 넣어 놓잖아.
그렇게 엄청난 가치의 보석이 이 평범한 지붕 밑에
감춰져 있다고 누가 상상이나 하겠어?
그런데 내가 없을 땐 어떻게 하지?
그때도 이렇게 숨겨 놓으란 보장이 없잖아?
그래, 그래, 어머니에게 부탁하면 돼.
늙은 어머니들은 세상물정을 잘 알아서,
아들들이 상자 잠글 때엔
이런 어머니들한테 열쇠 맡기면 돼.

〔퇴장〕

1막 2장

〔구아디아노, 파브리티오, 리비아, 하인들 등장〕

구아디아노 뭐라고요, 댁의 딸이 벌써 그 아이를 봤다고요?
당신도 그걸 알고 있었고요?
파브리티오 상관없어요. 그래도 딸애가 그를 사랑하게 만들 거니까.
구아디아노 아니요, 그래도 공평하게 해야죠.
난 그 애한테 십오 년간 후견인이었으니
이제 그에게 아내를 구해 줄 생각이에요.[1]
이제 그럴 때가 되기도 했고,
관행이나 도덕적 책임 때문에라도 그래야죠.

1) 당시 부모가 없는 귀족 자제는 자동으로 왕의 피후견인이 되었고, 이 권리는 흔히 다른 사람에게 돈을 받고 다시 넘어갔다. 그런데 후견인들은 피후견인이 21세가 되는 날까지 피후견인의 재산을 마음대로 관리할 수 있었고, 심지어 피후견인의 결혼까지 좌지우지하는 막강한 권한을 가져서 그로 인한 폐해가 매우 많았다. 예컨대 후견인이 주선한 결혼을 피후견인이 거부할 경우, 후견인은 피후견인에게 벌금을 강제 징수할 수 있었지만, 예비신부가 그 결혼을 거부할 경우에는 벌금을 징수할 수 없었다. 여기서 구아디아노가 정식 청혼을 하기 전에 신부의 의사를 먼저 묻겠다고 하는 것도, 정식 청혼 이후 신부가 거절하면 자신이 금전적 이득을 취할 수 없기 때문이다. 이처럼 당시 피후견인의 결혼은 당사자들의 의사나 감정이 고려되지 못하고 후견인의 경제적 이해관계에 따라 정해지는 경우가 많았다.

그러니 선생, 난 따님을 그 애 배필로 삼고 싶어요.
이 제안이 댁한테도 공평하다는 건 잘 아실 거예요.
선생 표현대로, 그렇게 구해 놓은 댁의 따님이
그 아이를 거부하기라도 하면,
난 퍽이나 좋은 선물을 받는 셈이죠.[2)]
〔방백〕 난 이렇게 교묘한 말주변으로
저 멍청한 노인네 머리를 헷갈리게 만드는 거야.
〔파브리티오에게〕 어떻게 생각하세요, 선생?

파브리티오 내 대답은 같아요. 딸애한테 그를 사랑하라고 시킬 거예요.

구아디아노 〔방백〕 또 같은 답이야?
〔파브리티오에게〕 그럼 그녀도 아무 이유 없이 그렇게 할까요?

파브리티오 아니, 여자가 사랑하는 데 이유가 있어야 하나요?

구아디아노 〔방백〕 바보가 항상 바보는 아니군.
현명한 사람이 항상 현명한 게 아니듯이 말이야.

파브리티오 나도 아내가 있었어요.
그녀는 나한테 미쳐 있었지요.
내가 아는 한, 딱히 이유도 없었는데요.
〔리비아에게〕 얘야, 넌 어떻게 생각하니?

구아디아노 〔방백〕 그건 나름대로 잘 맞는 결혼이었네.
둘 다 정신 나간 사람들이었으니까!
〔파브리티오에게〕 아내분이 댁을 많이 사랑했나 봐요.

---

2) 아이러니컬한 표현이다. 앞의 주석 1)번 참조. 정식청혼 후 신붓감이 거절하면 후견인이 피후견인에게 벌금을 받아 낼 수 없었으므로 물욕 많은 구아디아노는 이를 걱정하고 있다.

가능한 한 댁과 비슷해지려고 애쓰셨으니 말이에요.

파브리티오 그녀의 딸인데도 그 애가 사랑에 안 미친다면,

걘는 아내도 안 닮고 나도 안 닮은 거예요.

내 뜻보다 자기 이유를 더 앞세운다면 말이죠.

〔리비아에게〕 얘야, 넌 경험 많은 과부잖니,

네 의견을 우리한테 얘기해 주렴.

리비아 그럼 오라버니가 화내실 텐데요.

제가 진실을 말해도 된다면, 전 조카 편을 들고,

본 적도 없는 사람을 사랑하라고 강요하는 건

부당한 처사라고 말할 거니까요.

처녀애들은 상대를 만나 보고 좋아해야 해요.

두 가지 다 아무리 많이 해도 지나치지 않죠.

그 후에 둘이 진짜 사랑하게 된다면 잘된 거고요.

여자가 한 남자와 죽을 때까지 살 시간을 생각해 보면,

그건 힘든 일이거든요. 내 생각은 그래요.

결혼한 지 3년 지난 젊은 아내들한테

게임이 어떻게 되고 있는지 물어보면 알 수 있죠.

파브리티오 얘야, 하지만 남자도 같은 규칙에 매인 거 아니니?

남자도 한 여자하고만 살잖아.

리비아 남자야 그렇게 해도 충분하죠.

게다가 남자들은 다양한 요리를 맛보잖아요.

우리 불쌍한 여자들은 입도 못 대 보는 요리를요.[3)]

3) 남자의 외도를 의미한다.

순종이니 복종이니 의무니 그런 근사한 것들은
전부 여자가 만든 거지만 사실 남자만 좋은 일이에요.
그러니 우리가 가끔 손가락으로 음식을 찍어 먹더라도
우릴 탓하면 안 돼요. 최고의 요리사들도 늘 그러는걸요.[4)]

파브리티오 동생아, 넌 정말 멋진 여자야. 재치도 있고 —

리비아 재치라니요! 그건 열여섯 살 난 여자애한테나
어울릴 새싹 같은 칭찬이네요.
난 이미 다 피었다고요, 이 양반아.
내 나이에는 현명해지는 것도 당연하지요.
예컨대 난 남편을 둘이나 예우 갖춰서 땅에 묻었으니
다시는 결혼할 생각이 없답니다.

구아디아노 없다고요? 왜 그렇죠, 부인?

리비아 왜냐하면 세 번째 남편도 날 묻어 줄 만큼
오래 살지 못할 테니까요.
그러니 난 재치 있는 것 이상이라고요.
안 그래요, 오라버니?

파브리티오 난 종종 변호사한테 사례비를 줬는데
그자들 머리가 너보다 더 나쁜 것 같아.

리비아 바보는 돈 잃게 마련이란 말도 있잖아요.

구아디아노 〔파브리티오에게〕 사돈, 따님을 오라고 하세요.

리비아 내 조카는 어디 있죠? 지금 바로 사람을 보내서 데려오세요.

4) 성적인 의미이다.

〔하인 퇴장〕

오라버니가 이 혼사를 성사시키고 싶다면,
조카가 그 사람을 한 번 보고
신중히 생각할 수 있도록 해 주는 게 맞아요.
신대륙에 데려갈 신붓감 고르듯이
그렇게 서둘러 맺어 줄 일이 아니라고요.[5]

파브리티오 그 애 숙부만 조심하면 그 애를 단속할 수 있어.
그 둘은 결코 떨어지는 법이 없거든.
그들에겐 달빛 비치는 밤이 대낮이나 마찬가지여서
한밤중에도 토론하는 게 들릴 정도야.
잠잘 시간인데도 산책을 해서
한밤중의 몽유병 환자처럼 보인다니까.
나한테는 그 두 사람이 그렇게 보였다고.
그 둘을 잘 봐. 내 말이 사실이니까.
그 둘은 마치 하나의 쇠사슬 같아서
한쪽을 끌면 나머지도 따라오게 되어 있어.

〔히폴리토와 그의 조카 이자벨라 등장〕

구아디아노 오, 친척 관계란 정말 놀라운 작품이야!

5) 당시 신대륙(지금의 미국)으로 이주하던 이민자들은 신부를 데려가기 위해 신중히 따지지 않고 서둘러 아내감을 골랐다.

그건 장인의 솜씨로 잘 만든 걸작이지.

그건 너무나 깔끔하게 만들어진 작품이어서

그 안에 욕정은 전혀 없고 사랑만 있잖아.

그것도 아주 많이 말이야. 반면에 친척이 아닌 사이에선

사랑이라곤 없고 오직 욕정이 가져온 것만 있지.

파브리티오 〔이자벨라에게〕 어서 가면을 써.

지금은 널 보여 주는 게 아니라 네가 봐야 하니까.

빨리 써. 시간을 잘 활용하란 말이야.

네가 좋아해야 하는 남자를 잘 봐야 해.

아니, 이건 명령인데, 네가 본 사람을 좋아하도록 해.

내 말 들었니? 장난으로 해선 안 돼.

그 신사는 거의 스무 살이 되었으니

이제 합법적인 상속자들을 낳을 때가 됐어.[6]

네가 그 아이들을 낳아 줘야지.

이자벨라 아버지, 제발요!

파브리티오 소문이나 풍문 따위는 나한테 말하지도 마라.

그 신사가 좀 단순하다고 넌 말하고 싶겠지만,

남편감으론 그게 더 나아. 네가 현명하다면 말이다.

바보와 결혼하는 여자들은 귀족부인처럼 사는 법이야.

어서 가면을 써. 난 더 이상 듣지 않겠다. 부자면 됐시.

돈 더미 밑에선 바보라도 감춰지게 마련이야.

리비아 〔무대로 삐죽 나온 상속자의 엉덩이를 가리키며〕

6) 21세가 되면 법적으로 성년이 되어 부모가 물려준 유산을 상속자 마음대로 쓸 수 있었다.

그렇게 쉽게 감춰지진 않겠는데요.
여기 커다랗고 추한 일부가 있잖아요.
그러니 몸이 다 나오면 대체 뭐가 되겠어요?

〔곤봉 든 상속자가 하인 소르디도와 등장〕

상속자 그놈을 이겼냐고?
경기장에서 내가 그놈 곤봉으로 그놈을 패 줬어.
내가 먼저 공격했다고.[7]

소르디도 오, 희한하네요!

상속자 응, 내가 그랬어.
그랬더니 그놈이 나쁜 놈들을 나한테 붙이더라고.

소르디도 누구요, 재단사를요?[8]

상속자 응. 그래서 내가 그놈도 패 줬지.

소르디도 아, 그거야 놀라울 것도 없죠.
재단사들은 원래 맞는 데 익숙하거든요.

7) 과거에 영국 시골에서 많이 하던 "고양이 게임(cat game)"을 언급하고 있다. 땅에 놓인 길쭉한 막대기를 때려 공중에 올린 후, 이것을 다시 곤봉으로 쳐서 멀리 보내는 게임이었는데, 이때 공 역할을 하는 막대기를 고양이(cat)라고 불러서 이 경기가 "고양이 게임"이다. 상속자는 이 고양이 게임에서 자신이 이겼다고 허풍을 떠는 것이고, 원문의 "때리다(beat)"는 경기에서 이긴다는 뜻을 함께 가지고 있어서 이 두 의미로 말장난이 이어진다.

8) 원문에서 상속자가 말한 "나쁜 놈"은 jack인데, 이는 재단사를 통칭하는 Jacque과 발음이 같다. 허풍떠는 상속자의 말을 소르디도가 일부러 잘못 알아들은 척하면서 놀리는 것인데, 이는 재단사가 가진 여성적인 이미지 때문이다. 여성적인 재단사는 싸움을 못해서 상속자 같은 바보에게도 얻어맞았다고 비꼬는 것인데, 이 조롱을 못 알아들은 상속자가 한 술 더 떠서 "나쁜 놈(Jack)" 외에 "재단사(Jacque)"까지 때렸다고 또 허세를 부린다.

상속자 아니야. 내가 칠 차례가 됐을 때 내가 간지럼 태운 거야.[9]

소르디도 지금 나리 말씀 듣고 생각났는데요, 어젯밤 닭 장사 여편네가 나리의 후견인께 불평을 해 댔어요. 나리가 자기 애 머리에 계란만한 혹을 만들어 놨다고요.[10]

상속자 그럼 그 계란이 언젠가 닭으로 자랄 거 아냐. 그럼 닭 장수 마누라도 수지맞는 거지. 내가 경기할 때면 원래 좀 사나워지잖아. 경기 중에 내 어머니 눈이 방해가 된다 해도 난 그 경기에서 이기려고 들 거라고. 그럼, 당연하지. 우리 어머니가 살아 계시고 그 얼굴에 이빨이 하나밖에 안 남아 있더라도, 난 그 이빨을 빼서라도 이기려고 할 거야. 난 경기할 때 어느 누구도 생각 안 하거든. 난 그 정도로 진지하다고. 이런, 젠장. 내 후견인이다! 내 고양이랑 곤봉을 감춰.

소르디도 어디에요, 나리? 굴뚝 구석에요?[11]

상속자 굴뚝 구석이라니!

소르디도 맞아요, 나리. 나리의 고양이들은

굴뚝 구석에선 항상 안전하잖아요.[12]

거기서 털만 타지 않는다면요.

9) 이 시기 드라마에서 바보의 특징 중 하나가 단어를 잘못 사용하는 것이다. 예컨대 문맥상 "때려 줬다"고 말해야 하는데 여기서처럼 "간지럼 태웠다(tickled)"고 말하는 식이다.

10) 아마도 고양이 게임의 '고양이'가 아이 근처에 있었는데, 멍청하고 조심성 없는 상속자가 그 '고양이'를 쳐서 아이 머리를 때린 듯하다.

11) 굴뚝 구석은 실제 굴뚝이란 뜻과 함께 매음굴이란 뜻도 있었다. 굴뚝이 여성의 성기를 의미하기 때문인데, 이 장면에서 소르디도의 대사는 대부분 음담패설이다.

12) 앞의 음담패설이 계속된다. 여기 나오는 고양이는 고양이 게임의 공이란 뜻과 함께 남성의 성기, 혹은 창녀란 뜻도 있다. 바로 아래 행의 "털이 탄다"는 뜻도 성병으로 인한 고통을 의미하기도 한다.

상속자 그래, 나도 그럴까 봐 걱정이야.

소르디도 그럼 나리의 고양이를 지붕 위에 놓을게요.

거기라면 고양이가 안전할 거예요.

상속자 내가 앞으로 독립해서 가정을 꾸리면

널 출세한 뚱뚱보로 만들어 줄게.

고기랑 술로 그렇게 만들 수 있다면 말이야.

난 신사답게 몸을 숙이고, 원할 때 잘 칠 수도 있어.

난 구멍에서 하는 게임에서 선수거든.[13)]

그런데도 숙부님은 내 신붓감을 안 찾아 주잖아.

계속 안 찾아 주면 난 하녀들하고 한판 해 버릴 거야.

아니면 한밤중에 과일 요리랑 백포도주를 증인 삼아서

식품창고 하녀랑 혼전계약이라도 하든가.[14)]

구아디아노 얘야.

상속자 운동하고 나면 항상 그 생각이 간절해진다니까.

기운이 너무 뻗쳐서 올라타러 가야겠어.

당장 목마라도 타야겠다고.[15)]

구아디아노 얘야, 내가 부르잖니!

상속자 달밤에 계란 먹는 건 삼가야겠어.

계란 한 개만 먹어도 24시간이 지나면

반드시 수탉으로 변해 버리거든.

13) 앞에서 말한 고양이 게임 얘기를 계속하는 거지만, 동시에 음담패설이기도 하다.

14) 증인이 있는 혼전계약은 법적인 효력이 있었다. 그런데 멍청한 상속자는 증인으로 음식과 술 종류를 들고 있다.

15) 원문의 "목마(cockhorse)"에는 창녀란 뜻도 있다.

내 뜨거운 피를 제때 잠재우지 못하면

큰소리로 닭 울음소리라도 낼 것 같다고.[16)]

구아디아노 내 말 안 들리니? 따라와라. 널 다시 교육시켜야겠어.

상속자 교육시킨다고요? 지금은 그런 건 우습죠.

난 이제 교육받을 나이가 지났다고요.

읽기와 쓰기를 배울 만큼 그렇게 비천하진 않아요.

난 요람에서부터 그보다 나은 운을 타고났다고요.[17)]

〔상속자, 구아디아노, 소르디도 퇴장〕

파브리티오 얘야, 저 사람을 어떻게 생각하니?

네 남편 될 사람이다. 네 마음에 들건 안 들건,

넌 저 사람과 결혼해야 하고 그를 사랑해야 해.

리비아 아니, 오라버니, 진정하세요!

아무리 오라버니가 치안판사라 해도

오라버니의 자유구역 밖에서까지 그 영장이 효력 있진 않아요.[18)]

오라버니는 아버지라는 권한으로 처녀애 몸에

가혹하기만 한 일들을 강요할지 모르지만,

16) 음담패설이 계속된다. 원문의 "수탉(cock)"에는 남성의 성기란 뜻이 있고, 당시 달걀은 성욕을 촉진한다는 속설이 있기도 했다. 상속자가 자신의 성욕에 대해 계속 얘기하면서 그 해소를 위해 결혼해야 한다고 주장하는 맥락이다.

17) 장자가 모든 것을 상속받는 장자상속제의 영국에서 작은아들들은 생계를 위해 공부해야 했지만, 이 극의 상속자 같은 맏아들들은 굳이 열심히 공부하지 않아도 됐던 현실을 반영하는 대사이다.

18) 런던시 외곽의 일부를 '자유구역(liberty)'이라고 불렀다.

사랑에 관한 문제에선 토양부터 달라지는 법이에요.
거기는 완전히 다른 나라라고요.
로마에서 신전 앞의 거위 소리가 무시당하는 것처럼
오빠의 법은 거기서는 아무 효력이 없어요.[19]

파브리티오 그럼 먼저 결혼부터 하고
사랑은 나중에 하라고 해.

〔파브리티오 퇴장〕

리비아 이제야 오라버니가 지팡이 짚고
땅 위를 걷는 정직한 인간처럼 말씀하시네.
전엔 구름 위에 사는 양반처럼 말하더니만.
오라버니도 참, 사랑을 명령으로 시키려 하다니.
하긴 사랑 없이 사는 대부분의 노인들이 다 그렇지.
〔히폴리토에게〕 내가 제일 사랑하는 멋진 내 동생,
난 아예 여기 자리 잡고 네 얼굴만 보고 싶구나.
이목구비가 이토록 잘 표현된 사람은
이 세상에 너 외엔 없을 거야.

히폴리토 누님 때문에 얼굴 빨개지겠어요.

리비아 내 칭찬은 연회 전의 식전 기도나 마찬가지야.

19) 고대 로마인들은 카피톨 신전 앞에서 신성한 거위들을 키웠다. 그 거위들이 늘 꽥꽥거렸으므로 거기 익숙해진 로마 시민들은 그 소리에 신경 쓰지 않았다. 리비아가 여기에 빗대 사랑의 문제에서는 파브리티오의 말에 권위가 없음을 지적하는 것이다.

그래야 오히려 마땅한 거지. 네가 바로 엄청난 성찬(盛饌)인걸.
그러니 널 갖는 여자는 연회에 초대된 행복한 손님인 거란다.
자, 저기 있는 조카한테 가서 네 특별한 충고로 위로해 주렴.

〔리비아 퇴장〕

히폴리토 〔방백〕 저 애한테 내가 하고 싶은 말을 하는 게
적절하기만 하다면 얼마나 좋을까.
하지만 그건 용납될 수 없고 하늘도 금지하셨어.
그러니 신성한 율법을 조금이라도 더럽히느니
차라리 내가 죽는 게 훨씬 나아.
내 슬픔아, 안으로 내 속을 파먹고,
아무 소리 없이 조용히 날 소멸시켜 다오.
내가 병들었단 걸 세상이 다 알기 전에
차라리 날 완전히 죽게 해 줘.
너희 슬픔은 내가 정직하게 참아 온 걸 다 봤으니,
날 불쌍히 여겨서 제발 그렇게 해 다오.
이자벨라 〔방백〕 바보와 결혼하라니!
날마다 남편을 위해서 정절 지키고
평생 다른 남자는 쳐다보지도 않으려는 여자한테
이보다 더 큰 불행이 있을 수 있을까?
정숙하려면 그래야 하는 거잖아!
하지만 내가 저런 남자를 존중하고 순종한다면
그거야말로 우상숭배인 거잖아?

바보는 겉모습만 남자인 우상에 불과하거든.
그것도 아주 형편없이 만든 우상 말이야.
아, 불쌍한 처녀들한테 사랑을 강요할 때,
그 가슴은 산산조각 나는 법이야!
가장 좋은 조건의 결혼조차도 여자한텐 나쁜 거거든.
여자가 신랑감을 선택할 수 있을 때에도
그건 자기가 사서 하는 종살이일 뿐이고,
큰 지참금을 가져간다고 해도
결국은 남편한테 종속되기 위한 거지.
마치 겁에 질린 죄수가 잘 좀 봐 달라고
간수에게 뇌물을 주지만, 그는 계속 감방에 갇힌 채로
간수가 좀 잘해 주거나 가끔 좋은 안색이라도 보여 주면
그것만으로도 감지덕지하는 것과 같은 거라고.
그러니 세상에서 여자처럼 불쌍한 건 없어.
남자는 노예를 사지만 여자는 주인을 산단 말이야.
하지만 정숙하게 살면서 남편을 사랑할 수만 있다면
이 모든 걸 다 행복하게 받아들일 수 있고
천사 다음으로 축복받은 상태로 만들 수도 있어.
신의 섭리는 어떤 독이라도 어딘가 쓸모 있게 만드시고
서로 싸우는 4대 원소도 사람 안에서 조화롭게 하시니까,[20]
인간의 이성으로 볼 때는 가장 이해할 수 없는 일에서도

20) 당시 모든 물질은 네 개의 기본 원소로 이루어졌다고 생각했다. 흙, 공기, 불, 물이 그것인데 사람의 몸도 이 네 가지 원소가 조화를 이루며 만들어 낸 것이다.

신의 섭리는 조화를 만들어 내실 수 있다고.

오, 하지만 이 결혼은 다르단 말이야!

〔히폴리토에게〕 저런, 숙부님도 우울하신 거예요?

그럼 온 집안 식구의 기분이 다 무거운 거네요!

내 제일 친한 친구마저 괴로워하고 있다면,

난 지금 어디 가서 위안을 찾아야 하죠?

숙부님을 괴롭히는 일이 대체 뭐예요?

히폴리토 나한테서 떠나려 들지 않는 단 하나의 슬픔이란다.

그런데 지금은 그 슬픔이 오히려 반갑구나.

누구에게나 자기 삶을 끝내고 싶은 어떤 이유가 있는 법이지.

여기에 너에 대한 네 아버지의 잔인함까지 더해지니

이 정도면 그게 더 많이 진행될 것 같구나.

이자벨라 오, 기운 내세요, 숙부님!

이렇게 된 지 얼마나 됐어요?

그걸 알아채지 못하다니 난 정말 눈이 나쁜가 봐요.

얼마나 오래 된 거예요, 숙부님?

히폴리토 내가 널 처음 본 날, 그래서 볼로냐를 떠난 날부터야.[21]

이자벨라 그런데도 그렇게 오랫동안 숨겨서 내 동정을 거부하다니,

숙부님이 내 진정을 너무 몰라 주신 거 아니에요?

이제부터 어떻게 내가 숙부님 애정을 믿을 수 있겠어요?

그동안 우리가 그렇게 많은 토론을 해 왔는데도

그걸 빼먹다니 정작 제일 필요한 토론을 뺀 거네요?

21) 이 극의 원전에 따르면 히폴리토의 출신지가 볼로냐이다.

함께 산책하며 토론하느라 밤을 꼴딱 새웠는데도
제일 중요한 안건은 잊은 거 아니냐고요?
우리 둘 다 잘못한 거예요. 이건 일부러 완강하게
모른 척한 거니까 우리 둘 다 잘못한 거라고요.
그러니 이제부터라도 시간낭비하지 말아요.
숙부님, 지금 그 고통을 느끼고 있는 사람은
숙부님이니까 먼저 시작해 보세요. 대체 뭐예요?

히폴리토 얘야, 이건 누구보다도 네가 들으면 안 되는 거야.
그건 절대로 네가 알아서는 안 되는 일이란다.

이자벨라 난 안 된다니요! 그 말이 내 모든 기쁨을 잘라 버리네요.
숙부님이 날 제일 사랑한다고 말씀한 적도 있잖아요.
그건 다 말뿐이었군요!

히폴리토 아니, 난 널 진심으로 사랑한단다.
그래서 그 때문에 비난받을까 봐 두려운 거야.
그렇다면 최악을 들을 준비를 해라.
난 숙부로서 허락된 것보다 훨씬 더 널 사랑해.

이자벨라 늘 그렇게 말씀하셨잖아요. 저도 그렇게 믿었고요.

히폴리토 〔방백〕 그녀의 사고방식은 너무 착하고 단순해서
죄인과 다를 바 없는 사람의 부정한 언어를 이해하지 못해.
내 얼굴이 붉어지더라도 더 분명히 얘기해 줘야겠어.
〔이자벨라에게〕 난 남편이 아내를 사랑하듯이 널 사랑하고 있어.

이자벨라 그게 무슨 뜻이에요?
안 좋은 소식이 날 향해 온다는 걸 나도 알고 있었어요.
그런 얘기는 듣고 나서 지나치게 예민해지느니,

듣기 전에 미리 직감으로 알아채는 법이죠.
그로 인해 내 기쁨이 사라지는 한이 있더라도
내가 미리 막겠어요. 오히려 내가 힘든 걸 환영하고
다시는 이 얘기에 내 귀를 가까이하지 않겠어요.
모든 친밀한 위안과 토론도 이제 작별이에요.
이제 난 숙부님 없이 사는 법을 배울 거예요.
숙부님의 위험이 숙부님이 주는 위안보다 크니까요.
우리가 숙부님 같은 사람도 못 믿는다면
사랑의 진정성은 어떻게 되는 건가요?
사랑이어야 하는 친족관계가 욕정과 섞여 버리면요?

〔이자벨라 퇴장〕

히폴리토 최악이래야 고작 죽는 것뿐이니 이제 죽으면 되지.
기쁨 없이 사는 사람에게 하루하루는 사형선고일 뿐이야.

〔퇴장〕

1막 3장

〔리안티오 혼자 등장〕

리안티오 지금 출발해야 하는데 난 지금 아주 멍해.
흥청망청 놀고 난 다음날의 한량들처럼 말이야.
그런 한량들을 잘 관찰해 보면
나와 비슷해 보인단 걸 알 수 있을 거야.
남자가 일단 쾌락을 맛보고 나면
그 쾌락과 헤어지는 건 또 다른 지옥과도 같아.
휴일이 연이어 있으면 휴일이 끝난 후 한동안은
기능공들 머리가 제대로 안 돌아가고
손끝도 무디어져서 일이 손에 안 잡히는 법이지.
신혼부부의 놀이도 한동안은 마찬가지야.
그건 모든 근검절약을 망쳐 버리고,
더 큰 쾌락을 위해 온갖 새로운 방식을 짜내면서
침대에서 꼼짝도 안 하게 만들지.

〔비앙카와 어머니가 상부 무대에 등장〕

봐, 내가 가는 걸 배웅하려고
그녀가 일부러 창가에 선 거 아니냐고!
날 교수형 시킨다 해도 난 이제 못 가.
모든 업무와도 이제 작별이야.
난 저기 보이는 사람 외엔 아무것도 안 원해.
부두에 도착한 상품들도 알아서 있으라고 해.
왜 내가 뼈 빠지게 일하면서 내 청춘을 보내야 해?
2, 3년 더 빨리 거지가 되겠지만
그 대신 그녀와 영원히 함께 있을 수 있잖아.
그럼 그렇게 하는 거다?
이런, 대체 내가 무슨 사교(邪教)에 빠진 거지?
부끄러운 줄 알고 거기서 빨리 나오라고!
남자는 가장 신중할 때 가장 멋진 사랑을 하는 거야.
그게 사랑에 대한 그의 열정을 보여 주는 거거든.
어리석은 탐닉은 사랑을 흉내 낸 모방일 뿐이야.
돈 많은 장사꾼 마누라들과 실없이 희롱하는 거라고.
금고에 돈이 넘쳐 나고, 긴 창고에 더 이상
물건 넣을 자리가 없을 때나 그런 장난을 하는 거지.
지금은 우리가 좀 더 현명하게 굴 때야.
우리한테는 지금이 하루 중 이른 시간이라고.
우리 같은 사람이 아침에 일을 제대로 못 보면
하루 중 가장 좋은 시간을 허비하는 거잖아.
하지만 가진 게 충분히 많은 부자들한테는
지금이 해가 진 저녁인 거지.

그들은 쉬어도 되고 편안하게 살찌우면서
잔치 벌이고, 장난치고, 놀면 되는 거야.
나 같은 사람은 한낮의 열기로 들어갈 때지만 말이야.
그리고 난 즐거운 마음으로 들어갈 거야.

비앙카 아직 안 가셨네요, 여보.
그럼 당신이 안 가고 집에 있으면 좋겠어요.

리안티오 그럴 수는 없어요. 가야 해요.

비앙카 아니요, 제발 들어오세요.
내일 가도 당신이 조금 더 노력하면
모든 일을 다 잘 처리할 수 있을 거예요.
내 말 믿어요, 여보. 그럴 거예요.

리안티오 나도 당신이 있으란 곳에 있고 싶어요.
하지만 하고 싶은 대로 다 하는 사랑은
신중한 사랑의 통제를 받아야 해요.
안 그러면 모든 게 망쳐지죠.
왕국처럼 사랑도 잘 다스리는 게 중요해요.
온통 욕정밖에 없는 사랑은 백성의 반란과도 같아서
제멋대로 일어나서는 모든 이성과 싸움을 벌여요.
하지만 미래의 번창에 신경 쓰는 사랑은
모든 걸 평화롭게 잘 유지하는 어진 왕과 같답니다.
그러니 다시 한 번 작별인사 할게요.

비앙카 제발 오늘 밤만 있다 가세요.

리안티오 아아, 그러면 스무 밤 더 있게 될 거예요.
그리고 나면 다시 마흔 밤 있게 될 거고요.

난 항상 육체로 하는 건 운이 좋았거든요.

그래서 말을 사면 항상 두 배로 탈 수 있었죠.[1)]

그러니 더 머문다면 난 영원한 방탕아가 될 거예요.

당신도 풍족한 생활을 누리고 싶다면

다시는 날 불러들이지 말아요. 또 그러면,

무슨 일이 일어나든 나도 상관 안 할 테니까.

그럼 갈게요. 다시 작별이에요.

〔리안티오 퇴장〕

비앙카 어쩔 수 없으니 나도 작별인사 해야겠네요.

어머니 얘야, 이건 네가 잘못한 거야.

저 애를 나쁜 남편으로 만들려 하잖니. 정말 그랬단다.

하지만 쾌락만 좇으려 드는 그 병은 전염력이 강해서

혈기왕성한 젊은 남자일수록 더 쉽게 걸린단다.

다른 누가 부추기지 않아도 말이다.

아니, 이런. 얘야. 왜 우는 거니?

하긴 60년 산 나도 아직도 울 이유가 있으니,

잘 생각해 보면 너한테도 당연히 이유가 있겠지.

하여간 네가 잘못한 거는 맞아.

네 남편은 기껏해야 닷새 정도 집 비우는 거잖니.

1) 자신의 성적 능력을 자랑하는 것이지만, 후에 이 극에서 벌어질 일을 미리 암시하는 것이기도 하다. 비앙카가 말(馬)이라면 두 명의 기수(騎手)를 갖게 된단 뜻이다.

그런데 뭘 그렇게 눈물까지 흘리고 난리야?
좋은 얼굴로 사랑을 표현할 수도 있는데,
꼭 눈물바람 하는 얼굴을 보여야겠어?
접시 물을 거울 삼아 머리 단장하는 시골처녀처럼 보이잖아.
자, 자, 사랑 때문에 우는 건 낡은 관습이란다.

〔소년 두세 명과 시민 한두 명, 그리고 견습공 등장〕

소년들 저기 그분들이 와요. 그분들이 오신다고요!
소년 2 공작님이세요!
소년 3 높으신 분들 행차예요!
시민 얼마나 가까이 오셨니, 얘야?
소년 1 바로 옆 거리요. 아주 가까이 오셨어요.
시민 이놈아, 네 주인마님 대신 얼른 가서 자리 맡아야지.
이 도시에서 제일 좋은 자리로 말이야.
견습공 이미 맡아 놨어요, 나리.
주인마님을 위해서 밤새 맡아 놓은 자리예요.
마님 편하실 때 오시면 돼요.
시민 그럼 어서 네 마님을 모셔와. 어서!

〔견습공 퇴장〕

비앙카 왜들 이렇게 서두르는 거죠?
어머니는 이유를 아세요?

어머니 아이고, 내 정신 좀 봐라.

이걸 보니 나도 이젠 늙었나 보다.

해마다 4월 15일이면 공작님과 높으신 양반들이

경건한 연례행사로 성 마가 성당까지 행진하신단다.

내 멍청한 머리가 그걸 잊고 있었구나!

네가 제때 물어봐 준 게 다행이야.

네가 그러지 않았더라면 난 아래층에 내려가서

거기 밥벌레처럼 앉아 있느라 그 생각을 못했을 거야.[2)]

내가 10년 더 젊어질 기회를 잃는 한이 있더라도,

네가 그 광경을 놓치게 할 수는 없지.

이제 넌 우리 공작님을 보게 될 거야.

연세에 비해 아주 멋진 신사시지.

비앙카 그럼 연세가 많으신가 봐요?

어머니 쉰다섯 정도 되셨지.

비앙카 남자한테는 그리 많은 나이도 아니죠.

그 나이면 지혜나 판단력에서 최고일 테니까요.

어머니 공작님의 고귀한 동생이신 추기경님도 계실 거다.

참 점잖은 신사시고, 서열은 아니어도

신앙심에서는 더 훌륭하신 분이지.

비앙카 그럼 그분도 구경할 만하겠네요.

어머니 넌 우리 피렌체의 높은 양반들을 다 보게 될 거야.

2) 비앙카와 어머니는 무대 위 발코니라고 불리는 상부 무대에 서 있으므로 어머니가 자기 방에 들어가는 걸 "내려간다"고 표현한 것이다.

이 장엄한 날에 딱 맞춰서 네가 운 좋게 온 거란다.

비앙카 그런 운이 항상 있어야 할 텐데요.

〔음악이 연주된다〕

어머니 그분들이 가까이 오셨나 보다. 지금 서 있는 거 편하니?

비앙카 네, 아주 편해요, 어머님.

어머니 이 동글 의자에 앉으렴.

비앙카 전 괜찮아요. 감사합니다.

어머니 그럼 마음대로 하렴.

〔여섯 명의 기사가 모자 벗은 채 들어오고, 추기경과 다른 두 명의 추기경들이 차례로 들어온다. 공작이 이들 뒤에 위엄 갖추어 등장하고, 공작 뒤로 피렌체의 귀족들이 둘씩 나란히 음악에 맞춰 등장한다. 이 행렬은 무대를 가로질러서 퇴장한다〕

어머니 어떻게 생각하니, 얘야?

비앙카 정말 멋진 행진이에요.

저렇게 장엄하고 훌륭한 행사라니

제 영혼이 계속 숭배할 수 있을 것 같아요.

그런데 공작님이 올려다보지 않았어요?

제 생각엔 우릴 보는 것 같았거든요.

어머니 공작님을 본 모든 사람이 그렇게 생각하지.

그분이 눈길을 고정할 때, 사람을 정면으로 보시거든.

신중하신 양반이라 누굴 특별히 안 볼 때도 말이다.

하지만 공작님 눈길이야 공작님 마음이겠지.

그리고 그 목적은 항상 백성을 위한 걸 거야.

비앙카 아마 그렇겠지요.

어머니 자, 자, 이 얘기는 밑에 가서 마저 하자.

〔함께 퇴장〕

2막 1장

〔히폴리토와 과부 리비아 등장〕

리비아 아우야, 생각할수록 정말 기이한 사랑이구나!

네가 어쩌다 그리 된 건지 난 모르겠다.

히폴리토 그냥 쉽게 그렇게 되어 버렸어요.

가슴 속에 죽음을 품고 다니는 사람한테는

죽음이 쉽게 찾아오는 것처럼요.

리비아 세상은 여자로 가득 차 있고,

넘치도록 아름답고 다양한 여자들도 많이 있잖니?

그런데도 네 사랑의 나침반은 꼭 네 혈육을 향해야 했어?

그건 너무나 천륜에 어긋나는 거잖아.

네 눈은 의당 찾을 곳에서는 찾지 않더니,

하필 네 친족의 아름다움에 사악하게 머물러야겠어?

네 눈은 지금 원래 준비되어 있던 것보다

더 좁은 감옥 안에 갇혀 있는 거야.

가족만 아니라면 허용될 수도 있는 일이지.

높은 사람들은 잘 베풀 때 명예 얻고,

아껴 쓰면 오히려 나쁜 인색한이 되잖아.

하인들도 그런 주인을 고마워하지 않지.
그러니 자유롭게 골라도 되는 여자들을 마다하고
그 대신 제 혈육만 고집하려 드는 남자는
하늘이 준 관대한 선물을 멸시하고 조롱하는 셈이라고.[1)]

히폴리토 남자가 얼마나 불행한지 생각한다면,
이 고통을 그렇게 쉽게 매듭지을 수는 없어요.

리비아 아니, 난 널 너무나 사랑해.
난 이 슬픔이 네게 미칠 결과가 너무 두려워서,
네 변화를 막기 위해 무슨 짓이라도 할 거야.
사실 네가 내 비난에 기죽는 걸 보니
내 마음도 아파서 죽을 것만 같아.
그러니 널 비난하는 건 그만둘게.
그게 널 위한 최선이란 것도 알지만 말이야.
사랑하는 내 동생아, 제발 고통 때문에
지금 한창 때인 네 인생과 네 운을 낭비하진 마.
나는 네 삶을 내 목숨만큼 소중하게 여기니까
넌 네 삶이란 보석을 잘 지켜야만 해.
내가 했던 말들은 모두 진실과 열정에서 나온 거야.
네가 그 말이 너무 가혹하다고 생각한다면,
그건 내 신심과 미덕을 무시하는 거란다.

1) 이 시기에는 귀족이나 부자들이 자기 재산을 관대하게 베풀어 쓰는 것이 미덕이었다. 리비아는 여기에 빗대어 히폴리토가 근친상간의 금지된 사랑으로 다른 여성과의 결혼을 거부하는 것을 비난한다.

게다가 난 관능이 넘쳐나는 욕망으로 갈구하는
쾌락의 열매를 너한테 갖다 줄 수도 있는 사람이야.
그걸 내가 해 줄 수 있다니까.
히폴리토 어떤 것도 내 소망을 이루어 줄 수는 없어요!
리비아 너의 그 사랑이란 걸 판돈 삼아 내기라도 걸고 싶구나.
그럼 내가 이기는 것만큼 쉽게 그 판돈을 잃게 할 텐데.
얘야, 난 피렌체에서 말깨나 한다는 어느 여자보다도
더 능숙하게 순결을 공략할 수 있단다.
내 강력한 언변으로도 끝까지 못 쓰러트리는 여자라면
반드시 숙련된 기수(騎手)여서 말 위에 꼭 붙어 있는 거야.
그러니 얘야, 제발 기운을 내렴.
다른 남자라면 포기하라고 충고하겠지만,
난 네 고통이 가여우니까 과감히 시도해 볼게.
내가 뭘 할 건지는 말하지 않으마. 점잖은 일이 아니니까.
내가 결과로 보여 주게 되면, 그때는 날 칭찬해도 좋아.
히폴리토 그렇다면 누님을 쉽게 칭찬 못할 것 같아 걱정이네요.
리비아 이걸 위안으로 삼으렴. 네게는 금지된 일로 보이겠지만,
사실 이보다 더 금지된 일을 시도했던 사람이
너 말고도 많이 있었단다, 아우야.
이제 난 너한테 온갖 강장제를 다 지어 먹여야겠어.
네 기운을 북돋아 줘야 하니까.
히폴리토 난 가망이 없어요.
리비아 얘야. 그럼 내가 신기한 치료법 쓰는 걸 보여 줄게.
치명적이고도 수치스러운 질병에 쓰이는

모든 치료법 중에서 가장 신묘한 걸로 말이다.
넌 조카를 언제 만나기로 했니?

히폴리토 위로가 되는 만남은 이제 없어요.

리비아 넌 게다가 참을성까지 없구나.

히폴리토 믿어지세요? 젠장, 그 애는 날 다시 안 보겠다고 맹세했고,
얼굴까지 붉히면서 그 맹세를 봉인했다고요.

리비아 그렇다면 이제 모든 건 내 손에 달려 있구나.
좋아. 일이 잘되면 내 공이 더 커지는 거네.

〔하인 등장〕

무슨 일이냐?

하인 마님, 조카이신 정숙한 이자벨라 아가씨께서
마님을 뵈러 지금 막 마차에서 내리셨어요.

리비아 〔히폴리토에게〕 운이 좋네.
얘야, 네 별들이 널 축복하나 보다.
〔하인에게〕 이봐, 어서 아가씨를 뫼시고 들어와.

〔하인 퇴장〕

히폴리토 이게 나하고 무슨 상관이죠?

리비아 넌 자리를 비워 줘라, 착한 아우야.
널 위해서 내가 머리를 써야 하거든.

히폴리토 그래요, 퍽이나 대단한 결과가 나오겠네요.

〔히폴리토 퇴장〕

리비아 한심한 놈, 내가 널 덜 사랑했어야 하는데!
난 그냥 지금 자러 가고, 이 일은 안 한 채 그냥 둘 테야.
난 일단 정 주기 시작하면 너무 어리석어진단 말이야.
그 사람들 건강과 마음 상태를 신경 쓰느라
정작 내 건강은 잘 챙기지도 못한다고.
지금 난 동생을 동정하는 쪽으로 경로를 정해서
여자로서의 내 미덕이나 나 자신에게는 신경도 못 써.
너무 퍼주다 보면 결국 이렇게 돼 버린다니까.
나만큼 남동생의 안위를 자기 자신의 미덕보다
더 사랑하는 누이는 세상에 별로 없을 거야.
하지만 누가 그런 내 애정에 대해 묻는다면,
그게 바로 내 결점이란 걸 알게 될 거야.

〔이자벨라 등장〕

사랑하는 조카야, 어서 오렴.
저런, 어째서 그렇게 뺨이 창백해진 거냐?
강제로 하는 결혼이 가까워져서 그러니?
이자벨라 예, 고모님, 그것도 여러 걱정 중의 하나예요.
하지만 제 걱정거리는 얌전한 침묵 속에 가둬 둘래요.
그걸 입 밖에 내면 생각만 하고 있을 때보다
저를 더 수치스럽게 만드는 슬픔이니까요.

리비아 그래. 상속자가 단순하긴 하지.

이자벨라 단순하다고요! 그러면 다행이게요.

단순한 남편이라면 부인이 어떻게 해 볼 수라도 있죠.

하지만 그자는 타고난 바보예요.

그 상태로 완전히 멈춰 있다니까요.

리비아 그걸 안다면, 그자를 택할지 거부할지도

네가 선택할 수 있으면 좋겠구나, 얘야.

이자벨라 그럴 수 없다는 걸 아시잖아요.

아름다움이 그 끔찍한 이웃인 늙음이나 죽음을

싫어하는 것보다 전 그 인간이 더 싫지만요.

리비아 그럼 그걸 드러내.

이자벨라 아버지 뜻에 따라야 한다는 순종을 갖고

태어난 제가 어떻게 그럴 수 있어요?

아버지가 명령하시면 전 반드시 따라야 하잖아요.

리비아 아이고, 가엾은 것!

네가 내 조카라는 명목을 잠시 제쳐 두고

내가 남처럼 널 동정하더라도 마음 상하지 마라.

내 마음속의 동정심은 이 결혼을 막고 싶구나.

이자벨라 막는다고요, 고모님?

리비아 그래, 그리고 네가 아직 이해할 수 있는 것보다

더 많은 자유를 너한테 주고 싶단다.

이자벨라 친절하신 고모님, 제 목숨을 살릴 수 있는 일이라면

제발 제게 숨기지 말아 주세요.

리비아 아니, 아니, 난 숨겨야만 해.

내가 평판이라는 걸 생각하고,
사랑하는 내 올케, 죽은 네 어머니에게 했던
엄숙한 맹세를 생각한다면 난 그래야만 해.
그녀에 대한 기억이 내 눈 안에 남아 있는 한,
넌 지금 내게 동정을 기대해선 안 돼.

이자벨라 친절하고 자애로우신, 소중한 고모님!

리비아 안 돼. 그건 네 어머니가 임종하며 내게 했던 말이고,
내가 특별히 조심스럽게 지켜 온 비밀이야.
벌써 9년이 흘렀지만 아직은 그 비밀을 누설할 수 없어.
지금이 가장 적절한 때고 정당한 명분도 있지만 말이다.

이자벨라 고모님이 처녀의 찬사를 받고 싶으시다면 —

리비아 정말 슬프구나!
비밀이나 평판을 해치는 것만 아니라면,
난 네게 어떤 친절이라도 베풀 텐데.

이자벨라 제게 좋은 결과가 올 수만 있다면
그 두 가지를 해쳐도 전 탓하지 않을게요.

리비아 아니야. 혹시 그 지경까지 가게 된다면,
어느 누구보다도 네가 해를 입게 될 거다.

이자벨라 그렇다면 고모님을 설득하기 위해
더 좋은 수단을 찾을 필요도 없네요.

리비아 이것만 알아 둬. 넌 너한테 유리한 쪽으로
이 바보를 거절하거나 아니면 받아들이면 돼.
아무리 똑똑한 사람들이라도 그렇게 할 거야.
넌 충분히 자유롭게 네 의지대로 결정할 수 있어.

누구도 너한테 강요할 수는 없다는 거야.
저기 꽃이 자라고 있고 네가 그걸 꺾을 수만 있다면,
네 인생 전체가 너한테 달콤하게 될 거야.
네가 네 아버지의 명령이라고 부르는 건 아무것도 아니야.
그러니 네 순종이란 것도 당연히 별게 아니겠지.
네가 행복을 맛보기 위해 여기서 잘 처신하거나
네 마음에 드는 걸 선택한다면, 너한텐 아주 좋은 거지.
하지만 네 밥은 네가 찾아 먹는 거야.
내가 밥상까지 차려 줄 수는 없단다.

이자벨라 하지만 지금까지 말씀해 주신 좋은 일로는
제가 굶주릴 수밖에 없겠는데요.
친절하신 고모님, 좀 더 쉽게 말씀해 주세요.

리비아 만약 네가 비밀을 지키겠다는 맹세를 하고,
난 또 그걸 믿고 널 놀라게 할 비밀을 말해 준다 치자.
그런데 네가 비밀 지킬 거라고 내가 어떻게 확신하지?

이자벨라 그 점에서 고모님이 제게 갖게 되실 확신을
저 역시 고모님의 자비심에 대해 갖고 싶거든요.

리비아 그래. 그거면 됐다.
그렇다면 너도 이제 알아야만 해.
비록 평판을 위해서 너와 내가
관습상 고모와 조카란 호칭을 갖고 있지만,
사실 우린 아무 사이도 아니란다.

이자벨라 무슨 말씀이세요?

리비아 널 놀라게 할 얘기라고 내가 말했잖니.

우리한테 생판 남인 아이나
남편이 로마 간 동안 나폴리에서 잉태된 아이가
우리 가족과 아무 관계가 없는 것처럼,
너 역시 우리 가족 누구와도 관계없는 아이란다.
단지 네 어머니에 대한 기억과
네 성(姓)에 대한 배려로 그렇게 해 둔 것뿐이지.
우리 사이에는 다른 점이 너무 많잖니.
기왕에 너도 더 알고 싶어 하고
네가 침묵 지키겠다는 약속도 했으니,
내가 더 많이 얘기해 줄 수밖에 없겠구나.
네가 이해력이 생길 만큼 철들고 난 후,
그 유명한 스페인인, 꼬리아 후작 얘기에
놀라고 신기해한 적 없니?

이자벨라 네, 있어요. 그런데 그 사람이 왜요?
우리가 나폴리 살 때 그분의 명예로운 행동에 대해
사람들이 말하는 걸 자주 들었어요.

리비아 그럼 넌 네 아버지에 대한 칭찬을 들은 거야.

이자벨라 내 아버지라고요?

리비아 그분이 바로 네 아버지란다.
하지만 모든 게 너무나 신중하고 은밀하게 처리돼서
그분의 명성엔 조금의 흠집이나 오점도 남지 않았지.
네 어머니 역시 죽을 때까지 조심스럽게 처신해서,
그녀의 양심과 그 연인을 제외하고는
누구도 그 사실을 알지 못했단다.

그녀의 임종 전 참회의 고백으로 내가 알게 되었고,
지금 널 가엾게 여긴 나머지 다시 너한테 알려 주는 거란다.
그렇지 않았더라면 비밀이 더 길게 갔을 거야.
너 역시 네가 맹세했듯이 애정 어린 신중함으로
이제 와서 그분 명성을 더럽히지 않았으면 좋겠다.
그러니 지금 네가 아버지라고 부르는 사람의 명령이
너한테 얼마나 힘이 없는 건지 알겠니?
그의 강요나 네 순종 역시 얼마나 헛된 것인지도?
그리고 받아들이건 거절하건, 아니면 둘 다 하건,
전부 다 네 의지와 자유에 달렸단 것도 알겠어?
원래 현명한 남자의 자식을 대신 키워 줄 아비로는
바보가 가장 쓸모 있는 법이야.
이 모든 걸 천천히 시간 갖고 잘 생각해 봐.
오, 얘야. 부주의야말로 우리 여자를 몰락시키는 주범이란다.
그것만 아니라면 우리 여자들도 연약한 족속 치고는
하늘 아래 누구보다도 잘살 수 있어.
그러니 날 계속 고모라고 부르는 것만 잊지 마.
그걸 조심해야 해. 안 그러면 언젠가 의심받을 테니까.
그리고 네 생각은 너만 알고 있어야 해.
가족, 친한 친구, 온 세상으로부터도 숨겨야 한다고.
특히 네가 숙부라고 불러 왔던 사람은 더구나 몰라야 해.
너도 그를 애틋하게 사랑하고, 그 역시 다른 여자들한테
그 정도 사랑은 충분히 받을 자격이 있는 남자지만,
그가 이 사실을 알아서는 안 돼. 절대로 그건 안 돼.

혹시라도 네가 다시 동정이 필요할 때
내 동정을 받기 원한다면, 그에겐 절대 말해선 안 된다.

이자벨라 제 맹세를 믿으세요. 안 그럴게요.

리비아 그래. 잘했다.
〔방백〕 처녀성 빼앗기 위해 더 좋은 계략이 있다면,
그걸 가진 여자한테 내 역할을 내주어도 좋아.

〔히폴리토 등장〕

〔히폴리토에게만 작은 소리로〕 이제 저 애는 네 거야. 알아서 해.

〔리비아 퇴장〕

히폴리토 〔방백〕 아아, 번드르르한 아첨으로는 내 슬픔을 치유 못 해!

이자벨라 〔방백〕 난 그렇게 오랜 세월을 무지 속에 보내고,
나 자신을 알 수 있는 기회마저 없었던 거야?
이 축복받은 시간이 올 때까지?
고모님의 너그러운 동정심 덕분에
이제야 내 출생의 비밀이 빛을 본 거네.
하루만 먼저 그걸 알았더라면!
가엾은 분, 그랬으면 험한 말 대신에
나 역시 호의를 되갚아 줬을 텐데.
그런 말을 듣다니 그분의 마땅한 자격에 비해
너무 사소하고 가혹한 보상이잖아.

히폴리토 〔방백〕 지난번보다 더 큰 분노와 심란함이
지금 저 애 표정에 보이는 것 같아.
그냥 가야겠어. 난 두 번째 폭풍우는 못 견뎌.
첫 번째 폭풍우의 기억도 아직 안 없어졌는걸.
이자벨라 돌아오신 건가요, 내 삶의 위안 되시는 분?
여기 이 사람 앞으로요? 난 이제 당신한테 매달려서,
당신으로 인한 내 멋진 기쁨들과 헤어지느니
차라리 이 세상과 영원히 헤어지겠어요.
제발 절 용서해 주세요. 난 그냥 장난으로 화낸 거예요.
최고의 연인들도 가끔 장난으로 그러잖아요.
그래야 사랑이 날카롭게 벼려지니까요.
우리가 제일 친한 친구들을 연회에 초대할 때도
그들 앞에 온통 달콤한 음식만 내놓지는 않지요.
사람들 식욕 돋게 하고 포도주 맛도 더 잘 알라고,
짜거나 날카로운 맛도 같이 곁들여 내놓잖아요.
그래서 저 역시 우호적이고, 날카로우며,
입맛 돋게 하는 질타 뒤에는 키스 맛 역시
놀랍게 멋지고 포도 향 가득할 거라고 생각했답니다.

〔히폴리토에게 키스한다〕

그런 것 같지 않아요? 어때요?
히폴리토 너무 훌륭한 맛이어서 어떻게 칭찬해야 할지,
또 거기에 뭐라고 말해야 할지 난 모르겠어.

이자벨라 난 이 결혼을 그냥 진행하겠어요.

히폴리토 상속자하고?

너 진심이니?

이자벨라 그렇게 하지 않으면 우리한테 안 좋을 거예요.

히폴리토 〔방백〕 우리라니? 무슨 뜻이지?

이자벨라 〔방백〕 이 한 시간 동안 난 너무 기분이 좋아져서,

사람 마음 상하게 만드는 이 결혼에도 불구하고

지금은 어떤 일에도 우울해지지 않을 정도야.

아버지가 더 심한 바보를 데려온다 해도,

— 물론 그런 사람을 구하기도 어렵겠지만 —

난 그 남자와도 결혼할 거야.

바보면 바보일수록 나한테는 더 좋아.

머리만 충분히 나쁘다면 누구라도 상관없다고.

저런 신중함에다가 자질과 판단력까지 갖춘 분이

날 사랑해 준다면 난 그걸로 충분히 만족해.

〔히폴리토에게〕 여자가 일단 자기 살림 하게 되면

날마다 잘 먹을 거라 기대해선 안 돼요.

그건 귀족 마님 시중드는 젊은 아가씨와 마찬가지죠.

그런 아가씨는 주인마님하고 똑같이 먹잖아요.

마님이 뭘 드실 때마다 꼭 한입씩 얻어먹으니까요.

하지만 그런 아가씨라도 자기 살림을 하게 되면,

일주일에 한 번 혹은 기껏해야 두 번

맛있는 거 먹을 수 있으면 감지덕지죠.

맛만 볼 수 있어도 좋아할 거예요.

사랑 역시 감사하며 먹을 줄 알아야 해요.
그러니 당신 사랑이 남 대하듯 날 대하지만 마세요.
내가 바라는 건 그게 다예요.
〔방백〕 당신이야말로 내겐 남인데 당신은 그걸 모르죠.
그리고 난 당신이 모르게 하겠다고 맹세했고요.

〔이자벨라 퇴장〕

히폴리토 이건 내가 바라던 것 이상이야!
기쁨이 이렇게 예기치 못하게 와서
남자의 욕망을 충족시킨 적은 없었어.
대체 저 아이가 왜 저렇게 된 거지?
누님이 저 애에게 뭘 한 건지 혹시 아는 사람 있어?
이건 마법이나 약, 사랑의 미약으로도 할 수 없는 일이야.
내가 십 년간 여행하면서 온갖 경이로운 일을 다 겪어 봤지만,
그런 나에게도 이건 이름조차 알 수 없는 신기한 기술이야.
하지만 난 그 비법에 감사할 따름이지.
이제 이 결혼은 반드시 진행되어야만 해.
우리가 생각해 낼 수 있는 방책들 중에,
죄를 꿰뚫어 보는 눈으로부터 우리 행위를 가려 줄
유일한 장막이 바로 그 결혼이거든.

〔퇴장〕

2막 2장

〔구아디아노와 리비아 등장〕

리비아 댁이 행진할 때 그렇게 젊고 예쁜 규수가
과부 집 창문에서 내다봤단 거죠!

구아디아노 네, 과부 집이었어요!

리비아 우리 집에서 주일날 저녁밥 얻어먹던 그 과부요?[1)]

구아디아노 목요일 저녁도 얻어먹었죠. 그 과부 맞아요.
어떻게 그런 미인이 과부한테 왔는지 모르겠지만,
하여간 얼굴로는 피렌체 최고의 미인이에요.
물론 얼굴 외의 다른 부분들도 얼굴처럼 예쁘겠죠.[2)]
공작님도 창가에 있는 그 여자를 처음 보시고
황홀경에 빠지셨어요. 그러고는 혼자만 경탄하기엔
너무 아깝다 생각하셨는지 날 손짓으로 불러서

1) 당시 귀족들은 자기 영지의 가난한 사람들에게 자선을 베푸는 것이 의무이자 덕목이었고, 그 중 하나가 동네 사람들을 데려다 저녁을 먹이는 것이었다. 아마도 비앙카의 시어머니인 가난한 과부 역시 그런 저녁을 얻어먹으러 리비아의 집에 왔을 가능성이 있다.

2) 구아디아노가 밖에서 창문을 통해 본 건 얼굴뿐이다. 얼굴을 보고 다른 부분도 아름다울 것이라는 추측을 하고 있다.

조심스럽게 그 놀라운 미인을 가리켰어요.
마치 너무 많이 쳐다보면 그녀가
그 광채를 거둬 버릴까 걱정하는 사람처럼요.
난 공작님이 여자한테 그렇게 반하신 걸 처음 봤어요.
나 역시 공작님의 욕망을 탓하거나
하찮은 대상에 넋 잃었다고 비난할 수 없었답니다.
그녀의 미모는 높은 양반들이 중요한 국사(國事)에서 손 떼고
그녀에게 봉사하는 걸 최우선으로 두게 할 정도니까요.
그러니 우리가 어떤 방법을 써야 할까요?
공작님은 이미 두 번이나 말씀하셨다고요.

리비아 두 번이나요?

구아디아노 이해할 수 없을 정도예요.
단 한 번 본 건데도 신기할 만큼 마음을 빼앗기셨어요!
그러니 공작님 마음을 편하게 해 줄 사람에겐
부와 총애가 보장된 거나 다름없다고요.

리비아 내가 그걸 못 해낸다면, 혹은 적어도 피렌체에서
나 정도 위치의 다른 여자들보다 잘하지 못한다면,
난 깨끗이 포기하고 술수의 가게를 아예 접어 버릴 거예요.
물론 당신이 약간 수고해서 날 돕는다는 조건이지요.

구아디아노 이건 공작님을 위한 거예요.
그러니 내가 당신을 제대로 돕지 못한다면,
재물이건 출세건 앞으로 올 모든 부귀영화들이
날 빼놓고 가거나 그냥 지나가도 좋아요.

리비아 그럼 늙은 과부를 가능한 한 빨리 불러옵시다.

그때 내가 작업을 시작할게요.

구아디아노 시작은 낡은 물건과 진부하게 하지만,

결론은 멋지고 아름답게 되는 거죠.[3)]

— 거기 누구 없느냐!

〔하인 등장〕

하인 나리, 부르셨어요?

구아디아노 이리 와서 잘 들어.

〔하인에게 따로 조용히 얘기한다〕

리비아 나도 이 완벽한 미녀를 직접 보고 싶어요.

그토록 사랑의 마음을 얻어 내고 칭송받다니요.

구아디아노 〔하인에게〕 자, 어서 가. 서둘러.

리비아 내가 좀 오시라고 청한다고 해. 알아들었지?

하인 예, 마님.

〔하인 퇴장〕

리비아 이러면 과부가 빨리 올 거예요.

구아디아노 이 일이 빨리 끝났으면 좋겠어요.

3) "낡은 물건"이란 과부를 의미한다.

공작님은 좋은 시간을 기다리고 계시고,

나 역시 그 덕에 벌어질 행운을 기다리고 있거든요.

이렇게 주사위 세 개로 하는 궁정의 게임에서

지난 15년간 난 항상 운이 좋았답니다.[4]

〔파브리티오 등장〕

파브리티오 씨!

파브리티오 오, 선생. 이번엔 다른 소식을 가져왔어요.

구아디아노 〔방백〕 다른 소식이라고! 현명한 얘기가 아니어야 할 텐데.

저자가 똑똑한 말을 하려는 건 아니겠지, 안 그래?

— 좋아요! 뭐가 달라졌나요, 선생?

파브리티오 새로운 변화예요.

구아디아노 〔방백〕 또 같은 소리를 반복하는군! 이미 충분히 들었는데.

파브리티오 이젠 내 딸이 그가 좋대요.

구아디아노 아니, 그녀가 정말로요?

파브리티오 상상할 수 없을 만큼 좋아한답니다.

다른 사람도 아닌 상속자를요! 상속자 얘기만 한다니까요.

자기가 아는 모든 남자보다도 상속자를 선택할 거래요.

지금은 내 뜻보다 그 애의 동의가 더 빨리 가고 있어요.

4) 구아디아노가 말하는 게임이란 주사위 세 개 갖고 던져서 노는 도박 게임인데, 구아디아노는 이 게임을 세 사람이 관여하는 남녀의 밀회로 비유한다. 여기서 세 사람은 과부, 비앙카, 공작이다.

내 명령보다 딸애의 순종이 앞서가고 있다고요.

구아디아노 그렇다면요, 선생. 내 생각을 말해도 된다면,

혼인이 이루어질 거란 냄새가 나네요.

파브리티오 맞아요. 나한테 판단력이 있다면

아마도 멋진 젊은 한 쌍이 될 거 같아요.

구아디아노 〔방백〕 판단력은 무슨 —

내일 정오 전에 따님을 잘 꾸며서 보내 주세요.

그때쯤 그녀를 안에 들어오게 해서 조카에게 소개할게요.

파브리티오 아주 예쁘게 꾸며 보낼게요.

딸애가 모든 치장을 정리해서 준비해 놓게 할 게요.

오늘밤 미리 일부 단장해 놓도록 시킬게요.

구아디아노 그러면 되겠네요.

파브리티오 이른 시간에 결혼식 하러 오라고 하자

걔 엄마가 썼던 방식이에요.

밤에 미리 머리손질하고 목욕도 했답니다.

목은 세 번이나 비누거품으로 씻고요.

구아디아노 〔방백〕 목에 올가미 건 건 아니고?[5)]

파브리티오 아내는 진주 목걸이랑 루비 팔찌 외에

모든 다른 장신구랑 잡동사니들을 미리 준비했었죠.

구아디아노 따님도 그렇게 해야죠.

5) 원문에서 올가미는 halter인데 이는 비누거품인 lather의 철자 순서를 바꾼 말장난이다. 또한 교수형에 쓰는 올가미가 가죽으로 만드는데 leather(가죽)와 lather(거품)가 발음이 같은데서 오는 농담이기도 하다. 바보인 파브리티오와 결혼하게 돼서 속상한 부인이 목매달려 한 것 아니냐는 의미이다.

파브리티오 바로 그렇게 하도록 시킬게요.

〔파브리티오 퇴장〕

리비아 아비 노릇하겠다는 어리석은 열망으로
제 오라버니가 시간당 한 바가지씩 땀 흘리고 있네요!
누가 보면 현명하게 일 처리하느라고 힘든 줄 알겠어요.
구아디아노 저 양반 병명을 제대로 맞추셨어요, 부인.
리비아 저기 오라버니의 멋진 사윗감이 오네요.
아직 혼인 전인데도 머리로는 장인과 사위가 닮았어요.
더 가까운 사이가 되면 얼마나 더 비슷해질까요?
하지만 그 둘이 바보에서 더 갈 수는 없을 거예요.
그게 두 사람이 다다를 수 있는 세상의 끝인 셈이죠.

〔셔틀콕을 든 상속자와 라켓 든 소르디도 등장〕

구아디아노 왔구나, 상속자야!
상속자 셔틀콕 경기 다음엔 뭘 해야지?[6)]
구아디아노 내일은 네 아내가 될 규수를 만나야 한다.
상속자 한 쌍의 라켓으로 올려 보낼 게 또 있는 거네요.[7)]

6) 셔틀콕은 현대의 배드민턴과 비슷한 경기이다. 작은 코르크 조각에 깃털 단 공을 공중에 더 오래 띄우는 사람이 이기는 게임이다.
7) 음담패설이다.

내 아내라니! 아내가 뭘 할 수 있는데요?

구아디아노 애야, 그건 너희 둘만 있을 때
네가 직접 물어볼 문제지.

상속자 내가 원하는 게 그거예요.
아내한테 아무데서나 물어볼 수 있어야 한다고요.
내가 그러고 싶으면 난 교회에서라도 물어볼래요.
그래야 결혼허가증 비용을 아낄 수 있으니까요.[8)]
〔소르디도에게〕 내 후견인은 약초장사 아줌마만큼 머리가 나빠.
그 아줌마는 향기 나는 풀이랑 약초를 죄다 내다 팔아서
뜨거운 죽 식힐 때 정작 제 입에서는 고약한 냄새가 나잖아.

소르디도 나리가 좋은 자질 가진 여자를 원하신다면
나리가 여자 고를 때 옆에 있게 해 주세요.

상속자 그렇게 해, 소르디도.

소르디도 난 눈치가 빨라요. 어떤 여자인지 보는 건 나한테 맡기시라고요.
그녀를 한 번 보기만 해도, 난 모든 결점을 정확하게 가려낼 수 있어요.
그러면 그녀를 거절할 구실이 되잖아요.

상속자 네가 그렇다고! 어디 한 번 들어 보자, 소르디도.

소르디도 그럼 잘 들으세요. 그걸 전부 시로 써 뒀어요.

나리의 후견인이 구해 줄 아내는

8) 당시는 결혼식 전에 공식적인 결혼공고를 교회에서 세 번 해야 하고, 이를 못하면 특별한 결혼허가증을 돈 내고 얻어야 했다. 어리석은 상속자는 청혼을 교회에서 하고, 그 자리에서 결혼공고까지 함으로써 결혼허가증 비용을 아끼겠다는 엉뚱한 말을 하고 있다.

예쁘고, 등이 곧고, 날씬해야 해요.
머리는 짧지 않고 발도 크지 않아야죠.
손은 크면 안 되고 목소리도 너무너무 크면 안 돼요.
눈에 진주가 있으면 안 되고 코에 루비가 있어도 안 돼요.
목록에 있는 것 말고는 화상도 흉터도 안 돼요.
반드시 이가 있어야 하지만 검은 이는 안 돼요.
키스할 때면 아주 향긋한 향이 나야 해요.
피부는 하얗고 통통해야 하고,
몸은 곧아야 하고 오리궁둥이는 안 되고,
게처럼 옆으로 꿈틀대며 걸어도 안 돼요.
헤프거나 음탕해서도 안 되고,
평발이어서 치마가 이슬에 젖을 정도여도 안 돼요.
그리고 두 가지가 더 있는데 까먹고 말 안 했네요.
곱사등이어도 안 되고 배가 불러도 안 돼요.
이런 결점들이 있으면 통과시킬 수 없어요.

상속자 이런 결점들을 못 찾아낸다면 난 천하의 바보지!

소르디도 아니, 더 있어요.
나리한테는 신붓감의 벗은 몸을 볼 권리가 있어요.
오래된 법에 의하면 그래요.[9)]

상속자 벌거벗은 걸 봐야 한다고?

9) 토마스 모어(Thomas More)의 『유토피아(*Utopia*)』(1516)에 비슷한 관습을 설명하는 부분이 있지만, 이는 가상의 국가이므로 영국의 실제 현실에서 이런 선례가 있을 리는 없다. 소르디도가 무리한 주장을 하고 있는 것이다.

그거 진짜 재밌겠다. 책을 다 뒤져서 찾으라고 해야겠어.
그래서 이 관습이 정말 기록에 있으면,
그녀는 한 오라기 안 걸치고 다 벗어야 할 거야.
잠깐, 잠깐. 그런데 그 여자가 나도 그렇게 보겠다면 어떻게 해?
그럼 난 완전히 곤란해지잖아. 내 피부는 엉망이라고!

소르디도 하지만 셔츠는 깨끗하잖아요. 그거면 보상이 되죠, 나리.

상속자 그래도 나도 그러라고 할까 봐 그 여자 벗은 거 안 볼래.

〔상속자 퇴장〕

소르디도 그럼 옷 다 입은 결점투성이 여자랑 결혼하세요!
옷이랑 엉덩이 뽕 쿠션이면 많은 결점이 가려질 테니까요.
사실 부풀린 치마 입은 여자들 중에 신붓감 고르는 건,
큰 지붕 때문에 어두워진 가게에서 물건 고르는 것과 같아요.
여자의 속임수와 가게의 어두운 조명에 속아서,
— 내 말 잘 들으셔야 해요 —
남자는 침대 속엔 성병 걸린 여자를 갖고
바지 속엔 썩은 물건을 갖게 된답니다.

〔소르디도 퇴장〕

구아디아노 잘될 수도 있겠네요.

리비아 방해 될 게 별로 없잖아요.
뭐야, 벌써 돌아온 거야?

〔하인이 과부와 함께 등장〕

구아디아노 과부가 왔네요.

〔하인 퇴장〕

리비아 잘됐네요.
〔과부에게〕 이봐요, 과부. 난 당신한테 정말 따질 게 있어요.
정말 야단 좀 쳐야겠어요. 이렇게 불러야만 오다니요!
당신은 남처럼 굴고 우리한테 놀러 오지도 않잖아요.
이렇게 가까이 사는 이웃인데도 그렇게 쌀쌀맞게 굴다니!
정말 그건 당신이 잘못한 거예요. 피렌체의 어느 집도
당신을 우리보다 더 반기진 않을 텐데 말이죠.
그건 내가 장담할 수 있어요.
어머니 저야 그저 감사하며 동의할 수밖에요, 마님.
리비아 그런데도 어떻게 그렇게 남남처럼 군 거죠?
난 가끔 아무도 없이 며칠이고 여기 혼자 앉아 있다고요.
여기 이 신사가 일 때문에 집에 못 올 때면 말이에요.
그럴 때면 부인처럼 내가 좋아하는 사람과
함께 있으면 정말 좋겠다 싶어요.
댁도 집에 혼자 있잖아요. 그러니 두 가까운 이웃답게
우리가 서로의 결핍을 채워 주면 안 되는 건가요?
우린 둘 다 말주변도 있고 세상 경험도 많으니,
그 덕분에 웃으면서 시간 보내면서

노년을 기쁘게 맞이할 수도 있잖아요?

어머니 노년이라니요, 마님! 농담하시는 거죠.

저야 다 늙었지만 마님은 아직도 멀었잖아요.

리비아 맙소사, 난 꽉 찬 서른하고도 아홉이에요.

우리 기사(騎士) 부인들과 과부들끼리 합의 본 건데요,

우리는 젊은 남자 눈길이 더 이상 우리에게 안 올 때가

우리가 늙었을 때라고 간주한답니다.

그건 우리 사이에선 틀림없는 규칙이고,

내 기억으로는 딱 한 명 빼곤 누구에게나 들어맞았어요.

사실 그 여자는 마흔아홉에도 애인이 있었는데,

그녀는 그에게 충분히 대가를 지불했고

그 남자는 그 돈으로 정부를 두셋 두고 살았어요.

하지만 그들이 그녀의 은식기를 훔치고 목까지 베어 버렸죠.

어머니 그 여자는 이승에서 미리 천벌받은 거네요, 마님.

모든 다른 여자들한테도 좋은 경고가 됐을 거고요.

여자는 나이 쉰에도 정숙하게 살아야 한단 거죠.

리비아 맞아요, 아니면 아예 그렇게 살지 말든가.

어쨌든 댁이 이렇게 왔으니

난 저녁 먹을 때까진 보내지 않겠어요.

어머니 죄송하지만 가야 해요, 마님.

리비아 맹세코 당신이 저녁 먹고 가게 만들겠어요.

우리 집엔 다른 손님도 없다고요.

내 지인들과 나, 이 신사와 젊은 상속자뿐이죠.

우리 일행이야 댁이 다 아는 분들이잖아요.

어머니 다음에 폐 끼칠게요, 마님.

구아디아노 아니, 그냥 계세요, 부인.

리비아 아니, 저 양반은 못 가요.
내가 안 보내겠다는 맹세를 깰 것 같아요?

〔탁자와 체스게임을 준비한다〕

어머니 저녁 시간까진 아직 많이 남아 있어요.
마님께서 굳이 그러라고 하시니,
지금 갔다가 저녁때 다시 올게요.

리비아 저녁때라니! 이봐요, 기왕 댁이 왔으니
내가 딱 붙잡아 둘 거예요. 틀림없이 댁이 혼자
집에 있어야 할 무슨 긴한 일이라도 있나 봐.
도대체 그게 무슨 재미있는 일일지 정말 궁금하네.
나라면 하루 종일 이 집 저 집에 가 있을 거예요.
댁은 딱히 할 일이 있는 것도 아니고
집에 있건 나가건 야단칠 사람도 없으니,
누가 댁보다 더 마음 편하고 즐겁게 살겠어요?
자, 우리 술 한잔하면서 체스나 한판 해요.
저녁 먹을 때까지 시간 때울 방법이
백 가지는 되니까 걱정하지 말라고요.

어머니 집에 잠깐만 갔다가 바로 돌아올게요, 마님.

리비아 췻, 난 댁을 못 믿겠어요.
당신은 이렇게 친절한 친구들한테조차

내가 아는 누구보다 많은 핑계를 대잖아요.
문단속 잘한 것만 확실하다면
대체 댁이 집에 꼭 가야 할 일이 뭐가 있을까?
또 설사 그게 이유의 전부라고 해도,
댁이 꼼꼼하게 문단속하는 사람이란 것도 알아요.
오후 반나절만 여기서 보내자는데 그리 힘들다니!
내가 하루 이틀 밤, 혹은 한 주 내내
나랑 있자고 부탁한다고 생각해 봐요.
아니면 아예 한 달 동안 부인 집을 비우라 한다 쳐도,
오랜 이웃지간의 정으로 들어줄 만한 부탁 아닌가요?
자, 솔직히 대답해 봐요. 마음대로요.

어머니 그렇다면 제가 무례했네요, 마님.

리비아 자, 좋아요. 그럼 체스 말을 놓으세요.
한 살이라도 더 먹기 전에 밤새 즐겁게 놉시다.

어머니 〔방백〕 지금이라도 마님한테 말하는 게 좋겠어.
어차피 나중에라도 아시게 될 테니.
마님은 항상 내게 친절하셨잖아.

리비아 아니, 무슨 생각을 그렇게 하는 거예요?

어머니 사실 집 생각을 하고 있어요, 마님.
솔직히 얘기하자면 지금 집에 규수를 혼자 앉혀 놨거든요.
그건 불편한 일이죠. 젊은 사람들은 특히요.

리비아 또 핑계를 대시네!

어머니 아니에요. 내 건강을 걸고, 이건 사실이에요.
사람을 보내서 직접 알아보셔도 좋아요.

리비아 어떤 규수요? 믿을 수가 있어야지.

어머니 우리 며느리에요.

하지만 마님 외에는 아무도 몰라요.

리비아 그럼 댁이 잘못한 거네요.

여길 오면서 그녀를 안 데려오다니,

나와 며느리에게 너무한 거 아니에요?

정말 쌀쌀맞은 사람이네.

어머니 주제넘은 짓일까 봐 그랬어요.

리비아 주제넘어요? 아니, 예전 이웃지간에 있던

따스한 정은 다 어디로 간 거죠?

어머니 게다가 그 아이가 타지사람이어서요, 마님.

리비아 그럴수록 더 그녀를 환영해 줘야죠.

타지사람을 접대하는 거야말로

예의범절을 가장 잘 활용할 기회잖아요?

정말 난 댁한테 야단 좀 쳐야겠어요.

그 가엾은 규수를 집에 두고 오다니, 그것도 혼자!

그걸 바로잡게 얼른 사람을 보내 데려오세요. 어서요.

어머니 그럼 댁의 하인들 중 하나를 좀 보내 주세요, 마님.

리비아 거기 누구 없느냐?

〔하인 등장〕

하인 마님.

리비아 저기 부인께 가 봐.

어머니 내 아들은 절대 모르게 해야 해요.
안 그러면 아들이 난리칠 거예요.
〔하인에게〕 잘 들어요.

〔과부가 하인에게 따로 얘기하고, 하인이 퇴장한다〕

리비아 〔구아디아노에게〕 이제 당신이 활약할 때가 왔어요.
구아디아노 〔리비아에게〕 알아요, 부인.
내가 그 일을 제대로 못하면
공작님이 심각한 일이건 호색적인 일이건
모든 심부름에서 날 배제하셔도 좋아요.
리비아 그래서 하인은 보냈어요?
어머니 예, 마님. 지금쯤 거의 집에 갔을 거예요.
리비아 그리고 정말 부탁하는데요, 이제부턴 우리 우정에서
이런 섭섭한 잘못 따윈 다 치워 버리기로 해요.
그럼 우정의 광채가 흐려지니까요. 그리고 이렇게 생각하세요.
내게 친구들을 접대할 능력이 충분히 있는데도
그런 나한테 댁의 친구들을 안 데려온다면
그건 댁이 나한테 잘못하는 거라고요.
그거야말로 내게 더없이 큰 불명예를 안기는 거죠.
충분한 자산을 가진 사람이 남에게 베푸는 건
영광과 좋은 평판을 얻게 해 주는 일이잖아요.
지금 댁이 미안해하는 거 알아요.
그러니 앞으로는 그런 일이 없어야겠죠.

어머니 저기 며느리가 왔어요, 마님.

〔하인이 비앙카와 함께 등장〕

비앙카 〔방백〕 어머님이 왜 지금 날 오라고 하신 거지?

〔하인 퇴장〕

리비아 부인, 잘 왔어요. 진심이에요.
고귀한 부인이 와 준 것에 대해
마땅한 예의와 존중으로 환영합니다.
비앙카 감사합니다, 마님.
리비아 댁이 집에 혼자 있다고 들었어요.
비록 내가 부인을 전혀 모르고 본 적도 없지만,
사람은 남의 일을 자기 일처럼 여기는 법이니까요,
부인과 함께 있어야 할 시어머니를 내가 여기 잡아 둬서
부인 혼자 있게 한 건 내 잘못이란 생각이 들었어요.
예의가 아닐 수도 있겠지만, 댁을 여기 초대하는 게
오히려 내 잘못을 줄이는 길이라고 생각해서 오시라 한 거예요.
이 생각은 저기 계신 신사가 다행히 제안한 건데요,
부인이 저분과 인사를 나누어 줌으로써
저분의 정성과 따뜻한 마음씨에 대해
존중과 보상을 보여 주셨으면 해요.
언제나 숙녀들의 권리를 지켜 주는 신사시거든요.

그게 저분의 직업이나 다름없답니다.

비앙카 고귀한 직업이네요.

뵙게 되어서 영광이에요.

구아디아노 전 부인 같은 숙녀들께 봉사하는 걸

제 모든 목표로 삼고 있답니다.

비앙카 자격 갖추신 분이 그리 낮춰 말씀하시다니

그건 겸손인 것 같네요.

리비아 이리 오세요, 과부.

[비앙카에게 체스판을 보여 주며] 보세요, 부인.

여기 댁의 어머니하고 내가 할 일이 있어요.

우리가 시간을 잘 보낼 것 같지 않아요?

이건 흑백 말 사이에 끝나지 않을 오랜 숙원이에요.

비앙카 그러네요. 게다가 두 분 사이를 갈라줄

남자들까지 거기 충분히 있잖아요.[10]

리비아 아! 하지만 그 남자들은 우릴 싸움 붙여 놓고,

빠져나오는 건 우리더러 알아서 하라고 하지요.[11]

여자만 불쌍해요. 남자들은 그 다음부터는 신경 안 쓰거든요.

자, 앉으세요. 두 허약하고 지루한 체스 선수들을

지켜볼 인내심이 부인에게 있다면요.

구아디아노 부인, 체스게임은 저녁때까지 미루시죠.

10) 체스판의 말들을 의미한다.

11) 원문의 come off에는 최선을 다해 해낸다는 뜻 외에 성적 절정이란 뜻도 있다. 리비아가 체스판의 말들을 빌려 음담패설을 하고 있다.

그때도 시간은 충분히 있을 테니까요.
저 숙녀는 이 집에 처음 오셨으니
방과 그림 구경하는 걸 더 좋아하실 것 같아요.

리비아 아이고, 선생, 좋은 지적 하셨어요!
선생이 부인께 집 구경 좀 시켜 주세요.
그럼 시간이 잘 갈 테니 그렇게 해 주세요.
나도 댁을 위해 그 정도는 해 줄 테니까요.
자, 이 열쇠들을 가져가고 부인께 조각상도 보여 주세요.
그건 아무한테나 보여 주는 게 아니거든요.
그건 여기 계신 이분도 증언해 줄 수 있어요.

어머니 그건 정말 구경할 만하더군요, 마님.

비앙카 너무 친절하시네요.
제가 마님께 너무 폐 끼치는 건 아닌지 걱정돼요.

리비아 오, 그렇지 않아요.

비앙카 그리고 이 친절하신 신사께도 실례가 안 될지요.
모르는 사람을 맞아 주시는데도
정말 고귀하고 관대하게 가슴속 친절을 보여 주셨어요.

구아디아노 부인이 제게 봉사할 기회를 주시는 것만으로도
예법이 바랄 수 있는 가장 큰 명예와 은덕을
부인이 오히려 제게 베풀어 주시는 거랍니다.

비앙카 그것도 안 해 드린다면 제가 잘못하는 거고
예의범절에도 크게 어긋나는 거지요.
먼저 앞장서시지요.

리비아 우리 둘은 체스 한두 판만 하고 곧 따라갈게요.

구아디아노 부인, 부인과 저기 파트너께서 담화해 주는 것보다

우리의 교제에 더 도움 되는 건 없답니다.

어머니 그렇게 칭찬해 주시다니 감사 드려요.

저도 선생 말씀을 귀 기울여 듣고 있었답니다.

비록 선생이 말씀하실 때,

초라한 루크가 내 앞길을 정면으로 막아서

내 게임을 거의 망쳐 버렸지만 말이에요.[12)]

〔구아디아노와 비앙카 퇴장〕

리비아 저런, 가엾은 부인.

내가 댁한테 너무 심하게 할 것 같은데 어쩌죠.

어머니 마님, 단언컨대 게임을 정말 잘하시네요.

리비아 게임이 다 끝나기도 전에 그렇게 증명될 것 같네요.

자기 말을 잘 다룰 줄 아는 여자는 —[13)]

어머니 마님처럼 말이죠.

리비아 맞아요. 나 같은 여자는 절대로 게임에서 지는 법이 없죠.

아니, 아니, 검은 왕은 내 거예요.

어머니 저런, 죄송해요, 마님.

12) 루크(rook)는 장기의 차(車)에 해당하는 체스 말로 캐슬(castle)이라 불리기도 하고, 17세기에는 듀크(duke)로 불리기도 했다. 비앙카를 탐내는 공작(duke)과 체스 말의 듀크가 겹쳐지면서, 체스 게임과 비앙카에 대한 유혹이 동시에 진행된다.

13) 이 장면 내내 체스 게임과 리비아의 계책이 겹쳐서 묘사된다. 예컨대 이 대사는 체스 말을 잘 다룬다는 뜻이기도 하고, 남자를 잘 다룬다는 뜻이기도 하다.

리비아 그리고 이건 내 여왕이고.

어머니 이젠 제대로 알겠어요.

리비아 여기 이 듀크가 곧 게임을 확실히 끝내 줄 거예요.[14)]

댁의 졸은 뒤로 갈 수 없고요.[15)]

어머니 저도 알아요.

리비아 그런데 댁도 체스를 참 잘 두네요.

그동안 솜씨를 숨겨 왔었네!

하지만 2다카트를 걸어도 좋은데요,

댁의 백색 왕한테 내가 장군을 부르겠어요.[16)]

그건 식은 죽 먹기죠. 저기 있는

댁의 성인(聖人) 같은 왕 말이에요.

어머니 뭐, 전에도 교묘한 재주가 실패하는 걸 본 적 있으니

두고 봐야죠, 마님. 어서 두세요.

리비아 그렇죠. 하지만 단순한 사람은

한 개 얻는 대신 두 개 잃는 법이에요.

어머니 그래도 참아 내는 수밖에요!

〔구아디아노와 비앙카가 상부 무대에 등장〕

14) 체스 말 듀크(duke)는 공작(duke)과 같은 발음이어서 공작이 비앙카에 대한 유혹을 끝낼 거라는 의미와 듀크가 체스 게임을 끝내 줄 거라는 의미가 동시에 겹쳐진다.

15) 체스의 졸은 영어로 pawn인데, 이는 저당 잡힌 물건, 혹은 인질이란 뜻도 있어서 현재 공작의 작전에 볼모로 잡힌 비앙카를 암시하기도 한다. 비앙카 역시 지금 돌이킬 수 없이 유혹당하고 있다.

16) 다카트는 금화 단위이다.

비앙카 정말이에요, 저보다 아름다운 장식은 본 적 없어요.

구아디아노 맞아요. 피렌체도 베니스도 저 조각보다

더 살아 있는 것 같은 걸작을 만들지는 못했어요.

비앙카 예, 제 생각에도 그래요.

구아디아노 하지만 이 모든 것보다 더 훌륭한 걸작이

저기 들어오시네요.

〔공작이 상부 무대에 조용히 등장〕

비앙카 그건 불가능한 일이에요!

구아디아노 내 말을 믿어요.

부인도 눈으로 보면 믿게 될 거예요.

지금 뒤돌아보기만 하면 바로 보실 수 있어요.

〔구아디아노 퇴장〕

비앙카 〔이제야 공작을 보고〕 아, 공작님!

공작 아름다운 분, 그 사람은 갔어요.

그러니 그를 찾지 말아요. 그자는 태양이 등장하면

사라져 버리는 수증기에 불과하니까.[17)]

비앙카 오, 내 순결이 위협받고 있어!

공작 제발 떨지 말아요. 당신 가슴이 떠는 게 느껴지네요.

17) 흔히 태양은 왕이나 공작 같은 위정자를 상징했다.

자기를 소중히 여기는 사랑하는 손길 밑에서
숨 할딱거리는 산비둘기처럼요.
왜 그렇게 무서워하는 거지요?
난 빛나는 미인에게 관대한 사람이어서
당신에게 존경과 존중만 줄 텐데.
당신은 날 알아. 날 봤잖아요.
그리고 여기 내 심장도 나 역시
당신을 봤다고 증언할 수 있어요.

비앙카 그럴수록 전 더 위험해지는 거예요.

공작 아니, 당신이 더 행복해지는 거죠.
이런, 애쓰지 말아요, 아름다운 분!
사랑 때문이라면 지금 이런 분투가 훌륭하지만,
여기서는 헛되이 기운만 낭비하는 거예요.
난 여전히 감옥에 있는데 당신만 풀려나려 하지 말아요.
사실 내가 석방될 때까진 당신도 못 나가니까.
우리 두 사람이 함께 풀려나든지,
아니면 영원히 감금된 채 있을 거예요.
갇혀 있는 것도 너무나 즐거우니까요.

비앙카 오, 전하!

공작 난 여기 괜히 온 게 아니에요.
그 점을 잠깐이라도 생각해 본다면
부인도 곧 결심이 설 거예요.
지금 부인이 크게 소리 질러 봤자
결국 원수 좋은 일만 해 준 사람 꼴이 될 거예요.

은인 덕에 출세하고도, 일단 높이 올라간 후에는
그 은인 해치려고 온갖 술수 다 쓰는 원수 말이에요.
그러니 당신도 거기서 교훈을 얻어야 해요.
내가 보기에 당신은 섬세한 연약함과 부드러움으로
이루어진 사람이에요. 그런 연약함과 부드러움은
여신으로 묘사된 그림 속 얼굴들을 축복해 주고,
예술이 자기 작품 보며 자부심 갖게 만들죠.
그러니 난 당신에게 약간이라도 완력을 써서
당신을 거칠게 다루고 싶지 않아요.

비앙카 오, 내가 이런 지경이 되다니!
공작님, 대체 뭘 원하시나요?

공작 사랑이오.

비앙카 그건 이미 다른 사람에게 주었어요.
내겐 남편이 있다고요.

공작 그건 한 개짜리 위로군.
남편 외에 애인을 두세요.

비앙카 그건 두 개나 되는 잘못이에요.
그게 아니라면 종교도 없는 거죠.

공작 굳이 없는 두려움을 만들어 내서 떨지 말아요.

비앙카 전하, 파멸을 가져오는 행동들과 죽음을
저까지 무시하라고 하지 마세요.
전 그것들을 무서워해야만 해요.
그래야 건전한 마음을 가질 수 있다고요.
천둥이 소리치는데 아무도 신경을 안 쓴다면,

천둥은 그 이름을 잃고 조용히 있는 편이 나아요.
저는 가장 거센 폭풍우 속에서도
깊은 단잠을 잘 수 있는 사람들과 달라요.
날씨가 제일 사나울 때, 전 잠 못 들고 깨어 있으면서
내 정절을 지킬 힘을 달라고 간구하는 사람이에요.

공작 당신은 날 즐겁게 해 줄 방법을 아주 잘 아는 것 같군.
난 쉽게 굴복하는 것보단 열렬한 애원을 더 좋아하지.
하지만 날 가엾게 여기지 않는 사람을
내가 동정해 준 적은 결코 없어요.
그런 사람은 동정받을 자격도 없으니까.
물론 난 명령으로 가질 수도 있으니 그건 기억해 둬요.
하지만 사랑의 여러 가지 일들이
마음과 마음 사이에 예의바르게 이루어질 때,
내 애정이 그런 부드럽고 공손한 간청에서
얼마나 무한한 기쁨을 얻는지를 정말 당신이 안다면,
오히려 당신이 날 기쁘게 해 주려고 더 서두를 거야.

비앙카 왜 전하께서 결코 주실 수 없는 걸
굳이 빼앗아 가려 하시나요?

공작 그 대신 더 좋은 걸 줄 테니까. 부와 명예 말이오.
운 좋게 공작의 총애를 받은 여자는
모든 여자의 소원이 달린 나무에 내려앉은 셈이지.
당신이 그 나무에서 열매 따는 걸 당신 어머니가 본다면,
당신 재주를 칭찬하고 당신 낳았던 시간을 칭송할 거야.
그러니 그 영광을 어서 잡아요.

당신이 무능한 남자한테 당신 인생을 던져서,
웬만한 건강과 생활수준을 유지시켜 줄
재산조차 없다는 걸 내가 모를 것 같아?
그걸 난 너무 늦게 알았고 곧바로 연민을 느꼈다고.
신혼 시절 고작 한두 달 키스하며 보내고 나면
일평생 가난에 시달리며 울게 될 텐데,
당신은 당신 미모에 그렇게 큰 적이 돼야겠어요?
자, 현명한 여자답게 굴어서 영원히 안락하게 살아요.
폭풍우가 언제 불어 닥쳐도 당신은 보호될 거요.
어떤 의심이 생기더라도 속 썩지 말아요.
당신 마음의 평화를 위해 과인이 전부 해결해 줄 테니
내 사랑을 믿어 봐요. 우리 함께 걸으면서
우리 둘 다의 행운에 감사하는 기쁨을 보여 줍시다.

〔공작과 비앙카가 상부 무대에서 퇴장〕

리비아 내 공작이 댁을 이길 거라고 얘기했었죠?[18]
어머니 그 말 하실 때 진심으로 하시는 말씀이라 생각했어요.
리비아 내 검은 왕도 낼 수 있는 속도를 다 냈어요.
어머니 언젠가 그 왕과 만날 날이 있겠죠.
리비아 내가 두 번이나 장을 부를 기회가 있었는데 그냥 두었어요.[19]

---

18) 이 대사에서 공작은 체스 게임의 말이지만 동시에 비앙카를 유혹한 공작을 뜻하기도 한다. 이처럼 이 장면 내내 체스게임과 공작의 실제 유혹이 병치된다.

어머니 보시다시피 제가 요즘 눈이 어두워서 못 봤네요.

리비아 그런 것 같더라고요.

〔구아디아노 등장〕

구아디아노 〔방백〕 그 생각을 할 때마다 웃음이 나.
저 불쌍한 바보가 아무것도 예상 못하고
얼마나 잘 속았는지를 생각하면 말이야.
지금은 책략이 판치는 시대야.
여자들 정조를 빼앗을 덫 중에
요즘 고안되는 책략보다 더 멋진 건 없어.
사랑이라는 파리의 은색 날개를 잡기 위해서는
더 섬세한 실로 짜인 요즘 거미줄이
이 세상 어떤 거미줄보다도 좋다니까.
난 그녀의 위장이 워낙 예민하단 걸 알아서,
큐피드의 연회를 위해 그녀의 위장을 조금씩 준비시켰지.
데려가는 길에 벌거벗은 그림들을 보여 줬거든.
그녀의 욕망을 약간 일으켜 주기 위해서 말이야.
자, 출세야! 널 찾아내기 위해 난 열심히 모험했어.
네가 문장(紋章) 위에 더 멋진 직함을 달고 온다면
난 그 첫 번째 십자가를 참을성 있게 받아 두고,

19) 리비아가 체스 게임에서 장을 부를 수 있었는데 공작이 비앙카를 유혹할 시간을 벌어 주기 위해 안 불렀단 뜻이다.

그보다 더 큰 직함이 오길 기다릴 거야.[20)]

난 모든 걸 다 참아 낼 거라고.

리비아 체스 게임은 지금이 최고조예요. 댁도 아시겠죠.

모든 게 끝을 향해 가고 있단 걸요.

어머니 네, 제 인생도 그렇답니다. 마님.

리비아 가실 때 이웃도 좀 데려가셔야죠.[21)]

어머니 그럼 마님 나이의 두 배는 되어야죠.

내 나이랑 맞는 사람들로 고른다면요.

리비아 내 공작이 움직이지 않았나요?

어머니 맞아요, 마님.

이번 판에서 나한테 온갖 손해를 끼쳤지요.

리비아 공작이 자기 본성답게 행동했네요.

어머니 자기 본성이오?

정말 그렇다고 나도 맹세할 수 있어요.

리비아 그래요. 그러니 그 맹세 꼭 지키세요.

구아디아노 〔방백〕 쉿, 조용히. 누군가 내려오고 있어. 그 여자야.

〔비앙카 등장〕

비앙카 〔방백〕 제발 추문에서 날 구해 주소서!

20) "십자가를 받아들인다."는 것은 기사가 십자가 전쟁에 참가하면서 신에 대한 충성의 징표로 십자가 표식을 받던 것을 의미한다. 탐욕에 가득 찬 구아디아노는 원래 신에 대한 충성의 표시였던 십자가를 출세에 대한 충성으로 왜곡하여 제시하고 있다.

21) 리비아 본인을 의미한다.

이제 날 보는 모든 여자의 눈길에서 추문이 보여서 두려워.
전염성 강한 안개와 곰팡이가 저자의 눈에 매달려 있고,
심판의 날의 날씨가 저자와 함께 살고 있어.
그런데 내 정조가 문둥병 걸리게 된 판국에
난 왜 문둥병 불러들인 미모를 계속 유지해야 하지?
차라리 당장 독약 먹는 게 낫겠어!
〔구아디아노에게만 들리게〕 비천한 네놈 속엔
정절을 죽이는 독이 도사리고 있으니,
매끄러운 이마를 한 네놈의 기만을
영원히 저주하겠다고 내 영혼을 걸고 맹세하마.
그 이마에는 친절한 환영이란 번듯한 베일이
드리워져 있었고, 난 처음 방문한 손님이었다고.
그걸 생각해 봐. 그럴 가치가 있을 테니까.
죄지은 영혼이 자신이 저지른 살인들 때문에
마지막 죽는 순간에 짓눌리는 것보다
네놈의 양심이 이 배신에 더 무겁게 짓눌릴 거야.
첫 수확을 죄악에 바치는 일은 조심해야 해.
창녀들이 이미 타락해서 마구 내돌려진 후에도,
창녀와 간음한 자의 죄는 무거운 법이거든.
현자들 말처럼 그런 자들도 죽어 마땅하다면,
그 여자들을 처음 창녀로 만든 사람들은
얼마나 더 큰 벌을 받아야 할까?
당신이 곰곰이 생각해 보도록 그 문제는 남겨 두겠어.
난 이제 대담해졌어. 다 당신의 배신 덕분이지.

이제 죄와 나는 서로를 알게 됐다고.
그보다 더 대단한 짝패는 없을 정도지.
난 비천한 악당을 적당히 써먹을 줄 아는
대단한 악당과 같아. 이런 말도 있잖아.
"반역을 좋아하는 사람도 반역자는 증오한다."
그래서 난 널 증오해, 이 종놈.

구아디아노 뭐, 그래 봤자 공작님은 날 좋아하시니까
부인이 그런다 해도 난 별로 손해 볼 게 없어요.
어차피 근사한 연회 두 개가 하루에 같이 오진 않으니,
그런 걸 바라서는 안 되는 거죠.

비앙카 〔과부에게〕 아니, 아직도 체스하고 계세요, 어머니?

어머니 보다시피 아직도 하고 있단다. 그런데 빨리 돌아왔네?

리비아 〔방백〕 그녀가 저렇게 기분 좋고 쾌활한 걸 보니 좋은 징조네.

어머니 전부 구경하지는 않았나 봐?

비앙카 다 구경했어요, 어머니. 조각이랑 전부 다요.
여기 이 친절하고, 정직하고, 예의바른 신사 덕분이죠.
어머니는 상상도 못하실 거예요.
이분이 모든 걸 다 내게 보여 주고
구석구석까지 아주 멋지게 날 데려다줬답니다.
세상엔 이렇게 친절한 분들도 계시네요. 참 대단해요!
사실 오늘 아침 제가 일어났을 때,
내가 볼 거라곤 상상도 못했던 걸 봤답니다.

어머니 그래. 네가 보러 가기 전에 내가 말했잖니.
볼 만한 가치가 있을 거라고 말이야.

제 며느리를 대신해서 감사 드려요, 선생.

우리 애한테 베푸신 모든 친절에 대해서요.

구아디아노 오, 부인! 이 덕에 며느님께 좋은 일이 있을 겁니다.

〔방백〕 이제부터 사십 주 후에 말이지.[22)]

〔하인 등장〕

리비아 무슨 일이냐?

하인 마님, 안으로 들어오시겠어요?

저녁식사가 다 준비됐어요.

리비아 그래, 들어가마.

들어가실까요, 부인?

비앙카 감사합니다, 정숙하신 마님.

〔리비아에게만 들리게〕 당신은 저주받을 뚜쟁이야.

〔큰소리로〕 전 곧 따라갈게요. 저희 어머님을 모시고 가주세요.

〔방백〕 늙은 바보가 같이 가는 거지.

〔큰소리로〕 이 신사 분과 저는 같이 가기로 해서요.

리비아 그럼 두 분이 앞장서세요.

비앙카 〔방백〕 그 앞잡이 노릇이 바로 저자의 특기지.

리비아 부인, 제가 곧 따라갈게요.

〔모두 퇴장하고 리비아만 남는다〕

22) 공작의 아이를 임신할 수 있다는 말이다.

"저주받을 뚜쟁이"라고 했겠다!
그렇게 신랄하단 말이지?
그건 아직 익숙하지 않아서 그런 것뿐이야.
그녀의 연약한 정숙함이 지금 뱃멀미하는 거라고.
유혹에 이리저리 떠밀려서 비틀거리는 정조가
그 거센 파도에 적응하지 못해서 그러는 거야.
정절이 가책을 느끼는 것뿐이니 곧 사라질 거야.
얼마 동안은 비통하겠지만 오래가진 않는다고.
처음 맛본 죄는 쑥 즙처럼 쓰지만
다시 마셔 보면 그 후엔 쭉 감로주로 변하게 되거든.

〔퇴장〕

3막 1장

〔어머니 등장〕

어머니 우리 아들이 집을 지키든지
아니면 내가 무덤에 들어가 버리면 좋겠어!
며느리가 밖에 딱 하루 나갔을 뿐인데,
그 후 어찌나 쌀쌀맞아졌는지 말도 못 붙일 정도야.
마님 댁에서 대단한 대접을 받아 보니
우리 집 밥상이 초라해 보여서
그게 불만인 건지 어떤 건지 나도 잘 모르겠어.
하여간 애가 이상하게 변한 건 확실해.
나한테 며느리가 백 명 있다 해도
다시는 며느리와 단둘이 집에 있진 않을 거야.
며느리와 시어머니가 첫 석 달 안에 안 싸우고
오랫동안 잘 지냈다는 얘기를 내가 읽어 본 적 있던가?
아니, 가끔은 첫 주도 안 지나서 고부간에 싸움 나잖아!
그러니 우리 집에도 그런 새 전염병이 들어온 거야.
난 내 역할에 지쳤어. 도대체 며느리 비위를 맞출 수가 없다고.
최근에는 집에서 어떻게 해야 걔 마음에 드는 건지도 모르겠어.

저기 며느리가 오네.

〔비앙카 등장〕

비앙카 어떻게 된 게 이놈의 집구석은 없는 것투성이예요.
얌전한 규수가 집 안에서 자기 좋아하는 소일거리하며
시간 보낼 도리가 도무지 없잖아요.
어째서 자수 장식된 쿠션 커버 하나가 없고,
내 방엔 예쁜 레이스 자수도 안 걸려 있고,
그 옆에 은도금된 향수병 하나가 안 달려 있냐고요?
아니, 내가 어머님 형편을 봐 드려서
은제 물병이나 대야도 요구하지 않았잖아요.
나 정도 수준의 여자면 그게 당연한 건데 말이에요.
그런 여자들은 침실에 그 이하는 두지 않는다고요.
어머니 〔방백〕 저 애는 내 전 재산으로도 살 수 없는 걸 말하고 있어.
비앙카 어머니, 내 침대 위에 덮을 만한
초록색 비단 조각이불도 없는 거예요?
어머니 그래, 그것도 없고 황갈색 비단도 없다.
비앙카 젊은 여자가 아이 갖기에 참 대단한 집이네요!
어머니 그래, 네가 아무리 이 집을 초라하게 만들더라도
네가 들어온 후에도 일 년 동안 세 명이나 태어났어.[1)]
그것도 죄다 얼굴 예쁘고 사랑스러운 애들이어서

1) 집을 여러 가족이 쓰거나 아니면 과부가 과장하고 있는 것이다.

너라도 걔들 어머니가 되고 싶어질 거다.
나도 솔직히 내 속을 털어 놓으마.
아니, 금도금된 향수병 없으면 아이도 못 갖는다니?
천만에, 그것도 아주 예쁜 애들을 가질 수 있어.
우유랑 콩 꽃으로 목욕해 대는 여자 못지않게
방앗간 집 며느리도 하얗고 예쁜 아들들을 낳는단다.
"초라한 집에서도 행복해질 수 있다."란 옛말도 있잖니.
오두막집에서도 어느 공주 부럽지 않은
진정한 사랑이 이루어질 수 있단 말이다.

비앙카 어머님은 이 낡은 집을 참 잘도 변호하시네요.
이 집이 금방이라도 어머님 발밑에 엎드려서 감사 드리겠어요.
아니면 어머니가 잠자리에 드실 때
축복 비는 착한 아이처럼 구부려서 절하든가요.
내가 박복한 탓에 어머니 아들과 혼인했다고 해서
꼭 나까지 궁핍하게 살아야 해요?
아내들이 남편한테 자기를 맡길 때에는
그런 푸대접이나 받자는 게 아니었다고요.
이보다는 더 잘 대접받고, 더 소중히 여겨지고,
더 존중받고, 더 풍요롭게 살 걸 기대하는 거죠.
그건 아내가 남편에게 평생 공짜로 주는 선물에 대해
다른 방식으로 제대로 된 보상을 받는 것뿐이라고요.[2)]
제가 지금 요구하는 건, 처녀 시절

2) 부부 사이의 잠자리를 말한다.

제가 아버지 집에서 가졌던 것들에 비하면
훨씬 못한 거예요. 아내라면 마땅히 가져야 할,
아니, 당연히 가질 거라고 알았던 것에 비해서도
많이 부족하고요. 당연히 가져야죠, 어머니.
여자가 바보로 태어난 게 아니라면요.
게다가 전해들은 말로는, 제가 태어난 지
두 시간밖에 안 됐을 때도,
전 제가 원하는 걸 다 얻어 냈다고 해요.
그러니 그 보유권으로 따지자면
전 제가 원하는 걸 여전히 가져야만 하는 거죠.
제 말 알아들으셨죠, 어머니.

〔비앙카 퇴장〕

어머니 그래, 너무 분명히 알아들었다.
네가 떠들 때 내 귀가 좀 더 안 들렸더라면,
내 평안함이 덜 방해받았을 텐데.
이건 육십 평생의 머리로도 알아낼 수 없는
가장 갑작스럽고도 이상한 변화고,
가장 이해할 수도 없는 일이야. 난 그 이유를 모르겠어.
하지만 저 애가 처음 내가 봤던 규수가 아니란 건,
내가 남자랑 자 본 적 없는 처녀가 아닌 것과 마찬가지야.
물론 그런 처녀가 어디에 있건 아주 어린애겠지만 말이야.
저 애가 처음 여기 도착했을 때,

난 저 애한테 모든 게 누추할 거라고 말해 줬고,
저 애는 괜찮다고 상관없다고 했어.
난 모든 부족함을 저 애에게 다 알려 줬지만
저 애는 그래도 만족했어.
하지만 악마에 홀린 건지 어쩐 건지,
지금은 어떤 것도 며느리 성에 차질 않아.
오늘밤 우리 아들이 집에 온다고 했으니
아들애가 빨리 왔으면 좋겠어.
난 저 애를 맡는 것도 지겹고 사는 것도 지겨워.
저 애는 제 고집대로 밤낮없이 은식기로만 대접받겠대.
저 애가 백랍식기란 말에 질색하는 건,
아픈 사람이 시끄러운 소리를 싫어하거나,
성병으로 골병든 뼈가 망치에 감정이입이라도 한 것마냥,
망치질 소리에 벌벌 떠는 것보다 훨씬 더 심할 정도야.[3)]
그러니 난 어떻게 해야 하지? 난 저 애 때문에 너무 괴로워.

〔어머니 퇴장하고 바로 리안티오 등장〕

리안티오 온 세상보다도 더 큰 행복이 점점 가까워지고 있어!
이런 행복은 어디에도 다시없을 거야.

3) 백랍식기(白鑞食器)는 주석과 납을 합금해서 만든 식기로서 은식기보다 질이 떨어지는 것이었다. 또한 성병 걸린 사람의 뼈는 너무 연약해서 쉽게 부서지므로, 그런 사람은 망치질 소리만 들어도 자신의 뼈가 부서지기라도 한 듯 무서워한다는 뜻이다.

여자의 사랑 속에 잠가 놓은 남자의 은밀한 위안은
바다 속 깊이 있는 보물보다 더 귀한 법이야.
집 근처에 오기만 했는데도 난 축복의 공기를 맡을 수 있어.
결혼생활이 내뿜는 멋진 숨결은 얼마나 대단한 건지!
제비꽃 가득한 꽃밭이라도 이보다 더 달콤하진 않다고.
순결한 결혼생활은 정원 안에 세운 연회장 같아서
거기서는 봄의 정숙한 꽃들이 순결한 향을 내뿜고 있어.
반면에 천박한 욕정은 제아무리 분 바르고 화장하고 치장해도
실상은 하수도 옆에 지은 번지르르한 집일 뿐이야.
화려하지만 위험한 창녀가 아름다움과 파멸로
반짝거리는 걸 내가 볼 때마다,
— 그 두 가지 다 한순간일 뿐이지만 —
난 곧바로 그녀의 치장한 몸뚱이를
시체들이 썩어 가는 납골당 위에 세워져서
껍데기만 그럴 듯한 사원과 비교하게 돼.
그러면 난 조금씩 뒷걸음질 치게 되고
차분한 명상으로 내 욕정을 잠재울 수 있지.
그럼 평소의 나로 다시 돌아올 수 있어.
이제 모든 남자의 질투를 받을 만한 환영의 시간이야.
이제 장미에 맺혀 있는 아침이슬처럼
그렇게 달콤하고도 긴 키스가 내 입술에 매달릴 거야.
그녀는 닷새 동안 굶주렸으니 지금쯤은
욕망에 차서 나한테 매달리겠지.
다시 어떻게 그녀를 떼어 놓을지 그게 걱정이네.

자, 이제 시작이다.

〔비앙카와 어머니 등장〕

비앙카 오, 여보. 어서 오세요.
어머니 그 애가 왔어? 정말 잘됐다.
리안티오 〔방백〕 이게 다야?
왜 이거밖에 안 하는 거지?
이건 마치 어떤 부자들의 돌연사처럼 끔찍하잖아.
그들은 평생 죄지으면서 나이 들면 회개하겠노라
죄들에게 사탕발림하면서 넘어갔지만,
정작 회개도 하기 전, 중간에 죽어 버린단 말이지.
— 비앙카, 어디 아픈가 봐! 당신, 괜찮아요?
비앙카 난 지금보다 전이 더 나았어요.
리안티오 저런, 그럴 줄 알았어요.
비앙카 아니, 당신이 지금 보는 것보다
전에 훨씬 더 안 좋기도 했고요.
리안티오 당신이 나아졌다니 다행이군.
내 마음도 훨씬 나아진 것 같아.
어쩌다 아프게 된 거요?
나 없을 때, 뭔가 기분 상한 일이라도 있었어요?
비앙카 아뇨, 전혀요.
피렌체가 제공할 수 있는 최상의 만족을 누린걸요.[4)]
리안티오 그건 당신이 피렌체를 최대한 선용한 거겠지.

어머니, 말씀해 주세요. 이유가 대체 뭔가요?

저도 알아야겠어요.

어머니 나도 모른단다, 얘야.

저 애한테 직접 말하라고 하렴.

〔방백〕 루시퍼가 굴러 떨어지게 된 이유와 같은 거겠지.

루시퍼의 오만 말이야.[5)]

비앙카 이 집은 내게 아무 매력이 없어요.

난 큰길가에 쾌적한 집을 갖고 싶어요.

아니면 궁정 근처에요. 그게 훨씬 좋겠네요.

그런 집 창가에 서서 멋진 신사들이 지나가는 걸

구경하는 게 나 같은 부인들한텐 큰 낙이죠.

리안티오 난 전혀 다른 취향을 갖고 있어요.

당신과는 완전히 다른 취향이죠.

난 당신 외에 어떤 다른 여자도 보고 싶지 않거든.

비앙카 난 그런 태도는 찬성할 수 없어요.

지나치게 다정한 건 지나치게 무뚝뚝한 것만큼 보기 흉해요.

사람들 앞에서 내게 키스하려 드는 남편은

온 세상을 다 준다 해도 난 싫다고요.

게다가 한 가지만 계속 보는 건 지겨운 일이잖아요.

설사 그게 내가 사랑했던 최고의 상대라고 해도요.

물론 당신의 사랑은 내 친구들한테서

4) 공작과의 밀회를 얘기한다. 이 장면에서 비앙카의 대사들은 중의적인 의미를 갖고 있다.

5) 천사였던 루시퍼는 신에게 도전하는 오만함 때문에 벌 받아 지옥으로 떨어졌다.

날 떼어 내올 만큼의 힘을 가졌지만,
아무리 그런 당신이라 해도 내가 이렇게 서서
항상 당신만 바라봐야 하는 건 싫어요.
사실, 내가 그럴 수도 없고요, 여보.
언제나 한 가지만 계속 보는 건
눈이 멀어서 못 보는 거나 마찬가지거든요.
대상이 바뀌는 거야말로 눈이 보석인 이유잖아요?
당신은 학식이 많은 사람이니까
내 말이 틀리지 않았다는 걸 알 거예요.
여자 마음이 한 남자에게 고정된 것만큼이나
여자 눈이 여러 남자를 보는 것도 정숙한 거랍니다.

리안티오 이제야 당신답게 말하는군.
그 말을 했으니 키스해 주지.

비앙카 키스할 만한 얘기가 아니에요, 여보. 그러니 그냥 있어요.
이건 그냥 별일 아니니, 우리 신경 쓰지 말기로 해요.
우리 다른 일들을 얘기하고 이 얘긴 잊자고요.
해적 소식 없어요? 해적들이 움직인대요?
자, 얘기해 주세요.

어머니 〔방백〕 내 아들이 여기 있어서
저년의 수작을 직접 볼 수 있어서 다행이야.
내가 먼저 얘기했더라면 거짓말이라고 했을 테니.

리안티오 내 사랑, 이건 무슨 변덕이지?
당신답지 않게 이상하게 말하네? 전엔 안 그랬잖아.

비앙카 남편과 아내가 서로 닭살 돋게 굴면서

멧비둘기처럼 서로 부리를 비벼 대지 않으면,
둘 사이에 애정이 없는 건가요?
그거야말로 사람들이 만들어 낸 것 중에
가장 한심하고 어리석은 짓이에요.
그게 불쌍한 부인들 사이에서 유행된 것도 한심하고요.
일 년에 키스로 옮기는 전염병이 많이 있고,
매독으로 인한 고통 역시 키스 때문이죠.
아아, 여보, 세상 돌아가는 것과
우리가 어떻게 살아가야 할지나 생각하세요.
진중해지라고요. 우리가 결혼한 지도
꽉 찬 2주나 지났단 말이에요.

리안티오 뭐라고? 꽉 찬 2주라니!
아니, 그게 그리 긴 시간이야?

비앙카 이제 그런 희롱은 그만둘 때가 됐다는 거예요.
당신이 기억할 수 있다면, 그거야말로
당신이 내게 직접 가르쳤던 교훈인걸요.
난 그걸 따라야 하는 거고요.

어머니 〔방백〕 이거야말로 우리 아들한테 딱 맞는 벌이군!
〔리안타오에게〕 아들아, 네가 아주 제대로 걸렸구나.
다른 나라의 역병을 없애 준 사람이
정작 그 역병을 고국의 제 집으로 가져온 꼴이 됐잖니.[6]

6) 원래 베니스에서 태어난 비앙카를 베니스에서 피렌체로 데려온 것을 꼬집는 말이다.

〔문 두드리는 소리가 들린다〕

누구세요?

리안티오 누가 왔지? 들어가요, 비앙카.

당신은 다른 사람 눈에 띄면 안 되는 보석이야.

비록 당신이 지금 나한테 밉보이려 애쓰지만 말이에요.

〔비앙카 퇴장하고 뒤이어 전령 등장〕

어서 오세요. 누구에게 볼일이 있어서 오셨나요?

전령 여기 안 계신 분께 볼일이 있습니다.

리안티오 그게 누구죠?

전령 젊은 부인께 심부름 왔습니다.

리안티오 젊은 부인이오?

전령 예, 선생님. 16세 정도 된 부인이라고 하더군요.

왜 그렇게 절 사납게 보시나요?

리안티오 당신이 이상한 실수를 했으니까 그렇죠.

집을 잘못 찾으셨어요, 선생.

내가 장담하지만 여기엔 그런 사람이 없어요.

전령 저야말로 장담하지요.

절 여기에 보내신 분이 잘못 아셨을 리 없거든요.

리안티오 아니, 누가 댁을 보내셨는데요?

전령 공작님입니다.

리안티오 공작님이오?

전령 예, 공작님께서 리비아 마님 댁에서 열리는 연회에
부인이 참석해 달라고 청하셨어요.

리안티오 내가 정말로 말씀 드리는데요,
당신이 지금까지 힘들게 했던 심부름 중에
이게 가장 큰 실수인 것 같네요.
내가 조금 웃더라도 용서하세요.
이렇게 희극적인 실수를 보니 웃지 않을 수가 없네요.
하지만 제게 악의는 없답니다.
공작님께선 정말 크게 잘못 아신 거예요.
그렇게 전해 주세요. 그런데 그 부인의 이름이 뭔가요?

전령 그건 바로 얘기해 드릴 수 있어요. 비앙카 카펠라예요.

리안티오 아니, 비앙카라고요? 성이 뭐라고 하셨죠?

전령 카펠라요. 그럼, 선생은 그런 분을 모르신단 거죠?

리안티오 그분이 누구실까요? 그런 이름은 들어 본 적도 없네요.

전령 그렇다면 정말 실수가 틀림없나 보네요.

리안티오 다음 거리에 가서 물어보시는 게 어떨까요?
최근 그쪽에 들어선 새집들에서 신사들을 봤거든요.
십중팔구 거기서 그분을 찾아낼 수 있을 거예요.

전령 아니요, 그럴 일이 아니에요.
전 실수라고 들었다 말씀 드리고 더는 찾지 않겠어요.

리안티오 댁이 판단해서 하고 싶은 대로 하세요. 난 상관없으니.

〔전령 퇴장〕

지금 무슨 생각부터 해야 하는 거지?
비앙카, 어서 나와요.
아무래도 당신이 들킨 것 같아.

〔비앙카 등장〕

비앙카 들켰다고요? 무슨 일인데요, 여보?
리안티오 공작님이 당신을 안대요.
비앙카 날 안다니![7] 그걸 당신이 어떻게 알게 됐어요?
리안티오 공작님이 당신 이름을 갖게 되셨나 봐.
비앙카 〔방백〕 그래, 게다가 내 좋은 평판까지 가져갔지.
둘 중에는 그게 더 나쁜 일이야.
리안티오 어떻게 이런 일이 생기게 된 거지?
비앙카 공작님이 어떻게 날 알게 됐을까요?
어머니, 짐작 가는 거 있으세요?
어머니 내 재주로는 모르겠구나.
우리는 집에만 있었는데.
리안티오 집에만 있었다고요!
이태리에 있는 모든 자물쇠를 동원해도
당신네 여자들을 집에 가둘 수는 없어요.
둘이 분명히 싸돌아다녔을 거야.

7) 원문의 "알다(know)"에는 신원을 안다는 뜻과 성적으로 잘 안다, 즉 성적 관계를 맺었다는 뜻이 함께 있다.

황혼녘이면 저기 경기장까지 나가서
볼링 치러 오는 신사들을 만났을 거라고.[8)]
게다가 둘 다 가면도 쓰지 않고 말이야.[9)]
그게 아니라면 날 목매달아도 좋아!
비앙카, 누군가 낯선 사람이 당신을 본 거야.
절대로 변명하지 마.

비앙카 변명할 생각도 없어요.
당신은 사람들이 날 못 보게 가둬 두려고
나하고 결혼했다고 생각해요?
대체 날 뭘로 만들려는 거죠?

리안티오 좋은 아내지. 다른 건 아니에요.

비앙카 날마다 나가 다니면서 얼굴 보이는 여자들도
다 좋은 아내예요. 아니라면 지옥 갈 일이죠.

리안티오 알았어요. 그만하리다.
당신이 정숙한 아내란 건 나도 이견 없이 믿어요.
그저 운이 없어서 어디선가 당신이 목격된 거야.
거기에 모든 잘못이 있어요.
하지만 내가 모면할 방법을 찾았어요.

어머니 얘야, 언제 어디서 저 애가 목격되었는지
이제야 알 것 같구나.

리안티오 언제 어디서요?

8) 당시 볼링은 궁정과 상류층에서 인기 있는 게임이었으며 옥외경기장도 있었다.
9) 당시 여성들은 햇빛을 막고 얼굴을 노출하지 않기 위해 가면을 많이 썼다.

어머니 내가 이렇게 정신이 없단다.

네가 기억할지 모르지만 지난번에 네가 작별인사 할 때,

우리 둘 다 창가에 서 있었잖니.

리안티오 맞아요. 저도 알아요.

어머니 그 후 한 이십 분도 안 지나서

공작님이 성(聖) 마가 성당을 향해

아주 엄숙한 행진을 하며 지나가셨지.

내 생각엔 그때 우리 창문을 두 번 쳐다보셨어.

리안티오 오, 거기서 지금의 불운이 시작됐군요!

비앙카 〔방백〕 당신이 그걸 불운이라 부른다면,

지금 내 뱃속에 있을까 봐 걱정인 게 진짜 불운인 거야.[10)]

리안티오 공작님이 두 번이나 쳐다봤는데도 조심하지 않았다니!

어머니 얘야, 한 번 보나 천 번 보나 해롭기는 마찬가지란다.

아궁이 전체가 아니라도 불씨 하나로

온 집안을 태울 수 있다는 걸 너도 알잖니?

리안티오 그래서 지금 내 마음에 불이 났다고요!

하지만 현명하게 굴어서 모든 불을 다 꺼야죠.

내가 방법을 생각해 냈어요. 문은 잘 잠겼나요?

어머니 전령이 나간 후에 내가 직접 잠갔다.

리안티오 어머니도 아시죠. 컴컴한 복도 저 끝에

비밀통로로 쓰려고 만들어 둔 장소가 있는데,

아무리 수색해도 그곳을 찾아내진 못할 거예요.

10) 비앙카가 공작과의 혼외관계로 임신이 되었을까 봐 걱정하는 것이다.

아버지가 살인죄로 숨어 계실 때,
거기가 아버지의 피난처였지요.
난 거기에 내 생애 최고의 보석을 가두어 놓을 거예요.
비앙카!

비앙카 아직도 날 가두어 놓겠다고요?
당신은 양심도 없어요?
차라리 날 숨 막혀 죽게 하지 그래요!
그렇게 말도 안 되는 방식들에 집착하다니
난 당신 건강과 정신상태가 염려스러울 정도예요.
대체 왜 이러는 거예요?

리안티오 아니, 당신이 지금 그걸 묻다니
당신에게 닥친 위험을 그렇게 모른단 말이에요?
공작님이 리비아 마님 댁에, 그것도 연회에
당신을 참석시키기 위해 직접 사람을 보냈잖아.

비앙카 그분이 그랬다니, 난 이젠 당신이 넌덜머리 나!
당신은 명색이 사내대장부면서
지금까지 나한테 그 얘기는 일언반구도 안 했잖아!
당신의 정직함과 애정을 참 퍽이나 잘도 보여 줬네.
그러니 이젠 작별이에요.

리안티오 비앙카, 어딜 가는 거요?

비앙카 물론 공작님께 가는 거죠.
날 부르러 사람을 보냈다면서요.

리안티오 하지만 당신이 정말 갈 생각은 아니겠지.

비앙카 아니라고? 난 당신을 본받아서

내가 버릇없고, 무례하고, 예의 없고, 화났다는 걸
증명해 보일 거야. 자, 어머니, 저랑 같이 가세요.
저 사람 변덕에 휘둘리는 건 그만두자고요.
아니면 우리 모두 반역죄로 곧 처형되고 말 거예요.

어머니 난 아니다. 난 우선적으로 공작님께 순종할 거니까.
그리고 멋진 잔치도 맛봐야지. 나도 네 생각과 같단다.
단지, 잠깐 올라가서 손수건 두 개만 가져오마.
후식 싸 와야 하니까. 그리고 바로 따라갈게.

〔어머니 퇴장〕

비앙카 〔방백〕 아니, 고작 말린 과일절임이나 과자 나부랭이에 팔려
포주 되겠다는 노친네가 여기 있었네.

〔비앙카 퇴장〕

리안티오 오, 남자의 비참함이 무르익는 시절인 결혼이여!
결혼 후에 남자의 모든 생각은
열매가 너무 많이 달린 나무처럼
근심이나 질투 같은 열매들로 부러질 지경이야.
오, 질투야말로 결혼으로 묶이자마자
너무 빨리 영글어 버리는 열매거든.
질투는 태양이 신부에게 볕을 쬐여 주자마자
그 본색을 조금씩 드러내기 시작한다고.

축복받은 신들이시여! 그녀는 대체 왜 변한 걸까요?
그로 인한 혼란과 두려움과 의심은 끝없이 많지만
정작 난 그 원인을 알지 못해요.
결혼 안 한 남자는 얼마나 평화를 누리는지!
그 사람이 지금 자기가 누리는 혜택을 알거나,
아니면 와서 나하고 얘기해 보는 행운을 갖게 된다면,
자기가 가진 무한한 풍요로움을 깨닫게 되고,
내가 잃은 것과 비교할 때 자기가 가진 보물이
얼마나 대단한 건지 곧바로 깨달을 수 있을 텐데.
아니, 젊은 시절을 창녀 품에서 보내고
욕정 풀 때 말고는 여자한테 신경 안 쓰는 사내도
나보다 훨씬 큰 평온을 누리고 있는 거야.
그런 자는 그냥 여자한테서 훌쩍 떠나 버리고,
만약 돌아와서 여자가 죽은 걸 알게 되더라도
그의 동정심은 곧 사라져 버려.
그 사람은 한숨을 여러 조각으로 쪼개서
그중 한 조각만 여자한테 주거든!
하지만 결혼한 남자는 아내가 죽더라도,
그 모든 두려움과 수치심, 질투, 비용과 고통,
그리고 부부 사이에 끊임없이 새로 생기는 근심들까지
자식에게 계속 이어지면서 남게 된다고.

〔전령 등장〕

전령 댁이 한 주장에 대해 좋은 결론을 알려 드리러 왔습니다.

리안티오 무슨 일이오?

전령 지난번에는 제게 실수를 떠넘기셨지만

이번엔 선생 차례니 또 그러시면 안 됩니다.

공작님께서 선생을 데려오라 하십니다.

리안티오 아니, 나를요?

〔방백〕 내가 그녀를 훔쳐 온 것 때문에 그러나 봐.

우리 둘 다 들킨 거야.

뭐, 처녀를 빼돌린 게 내가 처음은 아니잖아.

우리 고향사람들도 그런 적 많다고.

〔전령에게〕 함께 가겠소.

〔함께 퇴장〕

3막 2장

〔연회가 준비되어 있고 구아디아노와 상속자가 함께 등장〕

구아디아노 그 아가씨를 특별히 주의해서 봐야 해.
그녀가 여기 온 건 목적이 있어서니까.
내가 그녀와 그 아버지, 숙부까지 연회에 초대했어.
너하고 상관 있으니 그녀의 행동을 잘 보라고.
그러면 시간과 장소가 예의바르게 허락하는 한,
그녀의 장점이 뭔지 드러나서 너도 알 수 있을 거야.
너도 알다시피 난 네 후견인이자 숙부잖니.
그러니 내 조카이자 피후견인인
너에 대한 내 보살핌도 두 배여야 하지.
내가 그걸 여기서 증명해 주마.

상속자 그녀의 특징을 아니 천 명의 여자 중에서도
내가 바로 알아볼 수 있겠네요.
작고, 예쁘고, 아담하고, 깔끔한 여자라고 했죠?

구아디아노 그래.

상속자 머리에는 화려한 꽃가지를 꽂았고요?

구아디아노 그것도 맞아.

한 가지 특징이 더 있어.
그 여자가 자기 숙부 근처에 있다면,
그 숙부의 손이 반드시 그녀 손을 잡고 있거나
아니면 그녀의 손이 그의 손을 잡고 있을 거야.
어떤 친척 간의 우애도 그 둘 사이의 우애만큼
서로 딱 붙어 있는 경우가 없을 정도지.
그녀와 결혼하는 남자는 그 숙부의 마음과도 결혼하는 거야.

〔트럼펫 소리가 들린다〕

상속자 그렇다면요, 숙부님,
교회에서 혼인 공고를 할 때도 신부 차례에서
그 둘의 이름이 한꺼번에 불리겠네요.
구아디아노 뒤로 물러서. 공작님 오신다.
상속자 공작님이 아가씨를 데려오시니
난 뒤보다는 앞으로 엎어지고 싶어요.[1)]

〔공작, 비앙카, 파브리티오, 히폴리토, 리비아, 어머니, 이자벨라, 시종들이 함께 등장〕

공작 자, 비앙카. 과인이 일부러 그대를 세상 속으로 불러낸 건
여성이 얼마나 완벽한지를 보여 주기 위해서요.

1) 뒤와 앞을 갖고 말장난하는 성적인 농담이다.

남자들이 상스럽고 무례하게 여성에 대해 가져 왔던
온갖 야만적인 의견과는 반대로,
이제부터 나는 여성에게도 영혼이 있다고 믿으려 하오.[2)]
피렌체의 영광이여, 이제 내 품으로 날아드시오!

〔리안티오 등장〕

비앙카 저기 질투에 찬 남자가 전하께 화내기 위해 오고 있어요.
지금 그의 마음에는 폭풍이 휘몰아치고 있어서
더 가까이 다가와 여기에 퍼붓고 싶어 해요.
감히 그럴 수만 있다면요. 저기선 이미 비가 쏟아지네요.
공작 저 사람이 당신 남편이라면 곧 맑은 날로 바뀌게 해 주지.
들어 봐요. 그 방법을 얘기해 줄 테니.

〔공작이 그녀에게 귓속말한다〕

리안티오 〔방백〕 둘이 키스까지 하는 거야?
나도 이젠 그게 명백한 욕정이라는 걸 알겠어.
간통이 대담해진 거지.
굶고 있는데도 저렇게 뻔뻔할 정도니,
와인과 설탕절임을 잔뜩 먹게 되면
앞으로 어떤 지경이 되겠어?

2) 17세기 영국에서는 '열등한' 존재인 여성에게 영혼이 있는지에 대해 갑론을박이 있었다.

공작 〔리안티오에게〕 과인이 그대의 좋은 자질에 대해 익히 들었으니,
이제 포옹과 사랑으로 그걸 치하하고자 하오.
— 전임자가 사망한 이후 공석이던
루안스 요새의 대장자리가 벌써 채워졌던가?
신사 아직 아닙니다, 전하.
공작 〔리안티오에게〕 그 자리를 받게. 그건 이제 자네 것이야.
자네의 충성심과 공적이 점점 커진다면,
그와 더불어 과인의 총애도 함께 커지게 될 걸세.
이제 루앙스 요새의 대장 자격으로 일어서게.
리안티오 감사하는 마음으로 목숨을 바쳐 전하를 모시겠습니다.
공작 자, 비앙카. 와서 앉아요.
리안티오 〔방백〕 그래도 이렇게 좋은 점도 있군.
내가 기대했던 것 이상이야.
간통하는 마누라 둔 남편의 성질을
억제하기에는 꽤 괜찮은 재갈이잖아.
죄와 욕정에서 싹트는 모든 출세는 빨리 솟아오르지.
정원사의 작물이 가장 썩은 땅에서 잘 자라듯이,
비천한 매춘에서 나온 모든 이득도 마찬가지라고.
똥구덩이에서 자라는 샐러드용 채소처럼 말이야.
난 절반은 즐겁고 절반은 미쳐 버려서,
지금껏 누구도 들어 본 적 없는 존재가 되어 버렸어.
멀쩡한 식욕으로 자기 밥은 다 먹어치우지만,
온 나라를 떨게 할 역병으로 고통받는 남자와 같다고.
아니면 다시 피 흘릴 때까지 계속 엉겅퀴 먹어 대는

멍청하고 고집 센 당나귀와 오히려 더 비슷하지.
지금 내 비참한 꼬락서니가 딱 그 짝이라고.

리비아 저 사람이 부인의 아들인가요?

어머니 예. 지금까지 모르셨어요?

리비아 네, 난 정말 몰랐어요.
〔방백〕 그리고 지금 그를 알게 되기 전까지
난 사랑의 힘이나 남자에 대한 동정도
진정으로 느껴 본 적이 없는 것 같아.
다행이 내겐 내 욕망을 채우는 데 쓰고도
여전히 남아 있을 재산이 있어. 그게 좋은 위안이지.
〔리안티오에게〕 이것 보세요, 선생.
가기 전에 나 좀 잠깐 보고 가세요.

리안티오 저를요, 마님? 그러세요. 분부대로 하지요.
〔방백〕 마님은 또 무슨 말을 하려는 거지?
좋은 일이 더 있으려나?

상속자 저기 그 아가씨가 보이는 것 같아.
저 사람은 너무 작아서 내가 만지지도 못하겠는걸.
저렇게 작은 인형이 시장에서 10페니에
팔리는 것도 봤어. 그녀가 웃음 짓는 것 좀 봐.
저 입안에서는 마멀레이드도 안 녹을 것 같잖아.
그녀가 친절하게 자기 접시에 있는
도금한 수소나 숫양, 염소, 혹은 다른 주전부리들을
나한테 너그럽게 양보해 줄 수도 있을 텐데.[3]
이런 여자들은 일단 달콤한 과자를 보면

친구들일랑 싹 다 잊어버리고 탐욕스러워진단 말이야.

아니 가끔 남편까지 잊어버린다고.

공작 신사 여러분, 현재 피렌체 최고의 미녀에게 건배합시다.

비앙카 그녀가 누구이건 건배도 안 하고 보낼 수는 없지요, 폐하.

공작 아니, 당신은 이 건배에서 제외되는 거예요.

비앙카 누구, 저요, 폐하?

공작 그래요. 바쿠스의 법에 따라 그래야지요.[4)]

당신의 특권을 주장하세요.[5)]

미인은 스스로에게 건배하지 않아도 괜찮답니다.

비앙카 그건 제게 술 먹지 말라는 좋은 핑계네요.

공작 아니, 내가 그렇게 비너스의 심기를 어지럽힐 수는 없지.

바쿠스는 다른 궁정에서나 존중받으라고 합시다.

비앙카, 당신 자신에게 건배하세요.

비앙카 그 이름에게 전하보다 더 환대받을 분은 없어요.

리안티오 〔방백〕 그래, 그래.

여기 그 보물을 훔쳐 온 불쌍한 도둑이 있어.

하지만 아무도 신경 써 주지 않지. 우리의 도둑은

3) 마지팬(marzipan)이라는 과자인데 각종 동물 모양으로 구워 냈다. 여기서 언급되는 수소, 숫양, 염소 등은 모두 뿔 달린 동물로서, 바람피우는 아내를 가진 남편들에게 상상의 뿔이 난다고 여겨지던 풍습과 연결되는 이미지이다. 즉 상속자의 결혼생활을 미리 예고해 주는 셈이다.

4) 바쿠스는 술의 신이다. 건배의 대상은 건배하며 술잔이 돌 때 빠져야 한다는 얘기이다.

5) 원래 '성직자의 특권(benefit of clergy)'라고 해서, 글자를 읽고 쓸 줄 알면 세속법의 처벌을 피하거나 감형할 수 있는 특권이 있는데, 여기서는 비앙카가 성직자의 특권에 준하는 미인의 특권을 써서 건배에서 빠져도 된다는 말장난이다.

이 세상에 태어난 쌍둥이 불행과 가까운 친척이야.

첫째는 양심 없는 속물이어서 재산을 쌓아 놓기만 하지.

둘째가 태어났는데 그는 그 재산을 다 탕진해 버리네.

하나는 쌓아서 천벌받고, 다른 하나는 그걸 써서 천벌받지.

오, 공평한 정의여! 그대는 내가 지은 죄에

똑같은 무게의 벌로 맞춰 주는구나.

난 지금 내가 받아서 마땅한 벌을 받는 거야.

그녀 친정식구들의 무거운 마음이 내 가슴을 짓누르잖아.

공작 신사 여러분, 눈부신 비앙카의 눈에서

성스럽게 반짝거리는 빛이 여기 없다면,

우리 사이에도 활기가 없을 것이오.

그 찬란한 빛이 없다면 우리 모두 암흑 속에 앉아 있겠지.

그런데 최근 짐에게 혼사 얘기를 꺼낸 사람이 누구였나?

결혼 계약 말이오.

구아디아노 접니다, 전하.

공작 그래, 그대였지. 신부는 어디 있소?

구아디아노 여기 이 규수입니다.

파브리티오 전하, 제 딸입니다.

공작 벌써 흥미진진해지는군.

파브리티오 이 아이는 제 귀한 딸입니다.

공작 그대 딸이라고 했으니 그건 당연한 거 아니오.

파브리티오 아니, 그 뜻이 아닙니다, 전하.

제 말은 제 지갑에 귀한 값을 치르게 했단 거예요.

제게도 개인적으로 귀한 아이지만 사실 그 생각은 안 했어요.

저 애는 규수가 갖춰야 할 모든 자질을 다 갖췄답니다.

전 저 애가 여자로서 돋보이고 남편 흥분시킬 수 있도록

음악, 춤, 기타 등등을 잘할 수 있게 교육시켰거든요.

공작 그럼 신랑은 누구요?

구아디아노 여기 젊은 상속자입니다, 전하.

공작 그럼 그 상속자는 어떤 교육을 받았소?

히폴리토 〔방백〕 기껏해야 고양이 게임이나 배웠겠지.[6]

구아디아노 전하, 이 아이는 훌륭한 피후견인입니다.

부유하지만 단순하거든요.

그의 장점은 넓은 토지에 있습니다.

공작 오, 토지가 현명하다는 거군!

구아디아노 한마디로 잘 정리해 주셨습니다, 전하.

비앙카 저런, 가엾은 아가씨네요.

그녀가 더 현명하게 처신해서 젊을 때 더 대비해 놔야지,

안 그러면 딱한 처지에 놓이게 될 거예요.

바보들은 여름엔 쏘다니느라 집 못 지키거든요.[7]

리안티오 〔방백〕 맞아. 하지만 겨울이라 해도

그런 아내들이 창녀 되는 걸 막을 수는 없어.

공작 그럼 목소리도 예쁜가?

파브리티오 그럼요, 아주 예쁜 목소리를 갖고 있지요.

6) 1막 2장에서 상속자가 자랑하던 고양이 게임을 말한다.

7) 바보 같은 남편이 집 비웠을 때를 이용해 바람피우란 얘기로서 이자벨라 들으라고 하는 말일 수 있다.

아니라면 전 바보같이 돈 낭비만 한 거예요.
딸애는 어떤 여자애보다도 먼저 악보 읽을 줄 알았답니다.
굳이 말씀 드리자면 아주 드문 아이죠.
하지만 전 고것이 이런 얘기를 절대 못 듣게 할 거예요.
들으면 딸애가 바로 의기양양해져서 부풀어 오를 텐데
어떤 처녀애라도 그렇게 부풀면 안 되는 거잖아요.[8)]

공작 그렇다면 이 연회를 더 멋지게 만들어 봅시다.
음악이야말로 사람의 영혼을 연회에 초대해 주니까,
그럼 훌륭한 비앙카를 위해서도 고귀한 접대가 될 것이오.
〔비앙카에게〕 아름다운 사람, 당신도 우리 피렌체 아가씨들이
쓸모없이 키워진 게 아니란 걸 알게 될 거에요.

비앙카 전하, 아마 그들은 천성적으로 더 현명해서,
선의가 선물을 제공하면 곧바로 받아들일 거예요.

〔음악이 연주된다〕

리안티오 〔방백〕 맞아. 너 역시 타락에서 그 지혜를 배워서
그런 선물을 덥석 받았잖아.
오, 저 음악이 날 조롱하는구나!

리비아 〔방백〕 난 지금 말하는 법을 못 배운 사람처럼
사랑의 언어 외에는 어떤 언어도 말할 수 없어.
내가 저 사람 안중에 없을 만큼 늙은 것도 아니잖아.

8) 자만심이 생긴다는 의미와 임신한다는 의미가 함께 있다.

내 잘못은, 내가 너무 오랫동안 게을렀다는 거야.

하지만 이번 주부터 시작해야지. 당장 내일부터 화장할 거야.

그렇게 날마다 계속 진정으로 노력해야지.

내가 노력할 때마다 난 가장 잘 성공해 왔거든.

이자벨라 〔노래한다〕 여자한테 이보다 너 나쁜 운이 있을까요?

한 남자한테만 붙어살도록 태어났지만,

자신의 시간, 젊음, 아름다움, 봉사, 정절, 그리고 의무를

아무짝에도 쓸모없는 남자한테 바쳐야 하다니요.

그런 남자의 밤일 실력은 여자의 화장실 볼일에 도움 되거나

늙은 여자 얼굴 상기시킬 정도밖에 안 된답니다.[9]

아비 닮은 바보들을 줄줄이 낳아야 할 여자라면

내 말에 공감할 거예요.

상속자 〔이자벨라가 노래하는 동안 동시에 말한다〕 이것도 노래라고! 칫, 난 콧소리로 부르는 발라드나 듣고 싶어. 살찐 양과 수소들을 슬프게도 물에 빠뜨려 죽이는 노래 말이야. 고양이 창자로 연주하고 작은 새끼 고양이들이 불러 대는 이 어쭙잖은 곡조보단 차라리 그게 낫겠어.

파브리티오 전하, 그녀의 가슴을 어떻게 생각하세요?

비앙카 〔공작에게만〕 가슴이라니요?[10]

저자는 마치 자기 딸이 혼인도 하기 전에

먼저 아이 젖이라도 먹인 것처럼 말하네요.

9) 변비를 치료하는 약이 효과가 있으려면 약간의 자극을 주어야 하는데, 성적으로 무능한 남자는 그 정도의 흥분밖에 못 일으킨단 의미이다.

10) 당시 "가슴(breast)"에는 목소리란 의미도 있었고 파브리티오는 그 의미로 얘기한 건데, 비앙카는 이 "가슴"을 문자 그대로 해석해서 여성의 가슴으로 이해한다.

물론 그녀보다 나은 여자들도 그러긴 했지만요.

저러다 다음에는 틀림없이 자기 딸 젖꼭지를 칭찬하겠어요.

공작 〔비앙카에게만〕 저런 남편에게 저런 목소리 가진 아내라니,

바보 귀에 값비싼 보석 걸어 놓은 거나 마찬가지군.

파브리티오 전하께서 허락하신다면

저 애에게 다른 재주도 보여 드리라고 할까요?

공작 아, 당신이 원하는 대로 많이 보여 줘도 괜찮아요.

더 보여 준다면 더 환영이오.

리안티오 〔방백〕 하지만 재주가 없을수록 더 연마하는 법이지.

미덕을 칭찬할 수 없는 영혼은 정말 시커매.

하지만 미덕을 실천하는 사람이 또 누가 있겠어?

돈 빼앗는 놈들도 병든 거지한테

"하늘이 네게 위안을 주시길."이라고 말은 하지만,

정작 제 놈은 거지에게 위안을 주지 않지.

이런 종류의 위선은 흔하게 볼 수 있는 거라고.

파브리티오 선생, 선생의 피후견인에게 내 딸 손을 잡고

전하 앞에서 춤추라고 말해 주시겠어요?[11)]

구아디아노 그렇게 할게요. 그럴 필요가 있겠네요.

조카야, 할 얘기가 있다.

〔구아디아노가 상속자와 따로 얘기한다〕

11) 르네상스 이태리에서 귀족 결혼식의 풍습 중 하나가 공작 앞에서 신랑 신부가 춤추는 것이었다.

파브리티오 이봐요, 젊은 상속자. 사기나 속임수 없이

그대의 돈 덕분에 뭘 얻게 되었는지 잘 봐요.

상속자 그녀와 춤을 추라니!

난 싫어요, 숙부님. 내 마음에 강요하지 마세요.

그건 완전히 내 욕망에 반대되는 거예요.

모르는 사람과 춤을 추라니요!

누구든지 추고 싶은 사람이나 추라고 해요.

난 그녀와 제일 먼저 춤추지 않을 테니까요.

히폴리토 〔방백〕 그 걱정은 안 해도 돼, 바보야.

그녀는 더 멋진 남자와 벌써 춤췄으니까.[12]

구아디아노 아니, 그럼 누가 그녀와 춤춰야 하겠니?

상속자 누구 다른 신사가 하겠죠.

보세요. 저기 그녀의 숙부가 있잖아요.

허우대도 멀쩡한 남자네요.

아마 그녀가 춤추는 방식도 잘 알 거예요.[13]

내 앞에서 둘이 먼저 추라고 하겠어요, 숙부님.

맹세컨대 그래야 내가 더 잘 배울 수 있잖아요.

구아디아노 넌 여전히 바보같이 구는구나.

상속자 숙부님, 아무리 그러셔도 내 결심을 바꿀 수는 없어요.

쳇, 난 그보다는 줏대가 있다고요.

12) "춤추다(dance)"에는 성관계를 갖는다는 뜻도 있다. 히폴리토가 춤 걱정을 하는 상속자에게 이자벨라가 이미 자신과 성관계를 맺었다고 혼잣말하는 것이다.

13) 상속자가 의도하지 않은 중의적 표현으로 이자벨라가 히폴리토와 이미 은밀한 관계를 맺고 있다는 것을 의미한다. 이 대사 전체가 성적인 의미를 갖고 있다.

구아디아노 선생, 댁의 조카딸과 춤춰 달라고 부탁해야겠네요.
제 상속자가 좀 고집이 센지라,
선생이 먼저 방법을 알려 주셔야 한다는군요.

히폴리토 저요?
그런 부탁은 언제든지 해도 좋다고 조카에게 전해 주세요.

구아디아노 제 조카는 그리 영리하지 못하니 제가 대신 감사 드릴게요.

히폴리토 〔이자벨라에게만 들리게〕 내 삶의 안식을 주는 사람,
난 지금 희한한 임무를 제안받았어.
어떤 남자는 운이 좋아서 자기가 좋아하는 기쁨들을
자기 혼자만 즐기게 숨겨 놓을 수 있지만,
내 팔자는 기구해서 다른 남자가 보고 좋아하도록
오히려 그것들을 진열해야 하잖아.
이건 가난한 사내의 끔찍한 비참함과 같은 거야.
멋진 자기 말은 잔뜩 칭찬까지 덧붙여서 팔아넘기고,
정작 자기는 걸어서 가야 하는 처지거든.
하지만 무슨 일이건 피할 수 없다면 따를 수밖에.
그게 남자와 여자를 망가뜨리는 한이 있더라도.

〔음악이 나온다. 히폴리토와 이자벨라는 음악이 시작될 때와 끝날 때, 공작에게 절하고 서로에게도 예의를 갖추어 인사한다〕

공작 파브리티오 씨, 당신은 행복한 아버지군요.
당신이 수고하고 보살핀 보람이 있어서
그동안 쓴 비용에 고귀한 결실이 맺어졌으니까요.

히폴리토, 수고했소.

파브리티오 그간 제가 쓴 모든 비용에 보람이 있긴 합니다.

저 애는 가는 데마다 칭찬받고 간택도 되니까요.[14)]

공작 비앙카, 어땠어요?

비앙카 전하, 모든 게 다 좋아요.

하지만 이 가여운 아가씨의 불운은 최악이네요.

공작 비앙카, 틀림없이 그녀는 그 불운을 복으로 바꿀

여지가 있을 거예요. 저자는 부자에다가 단순하잖소.

비앙카 맞아요. 그녀가 우위에 설 가능성이 더 크긴 하죠.

그거야말로 모든 여자들이 바라는 거잖아요.

구아디아노 〔상속자에게〕 얘야, 내가 춤추라고 할 때 춰.

상속자 난 차라리 그녀의 후견인과 혼파이프 춤을 추거나

아니면 뭐 그 비슷한 유부남의 춤을 추겠어요.[15)]

구아디아노 어쨌든 뭐라도 해 보렴, 얘야.

상속자 난 내가 추려는 춤에 대해 시를 썼어요.

구아디아노 〔방백〕 물론 내용은 형편없겠지.

상속자 평범한 사람들은 느린 춤을, 발랄한 사람들은 빠른 춤을 춰요.

바람난 부인을 둔 남편은 혼파이프 무곡(舞曲)을,

14) 원문의 "간택 받다(prick)"에는 남성의 성적 흥분이란 중의적인 의미가 있다. 파브리티오가 자기도 모르게 딸을 두고 음담패설을 하는 것이다.

15) 원문의 "혼파이프(hornpipe)"는 혼자 추는 독주의 일종인데, horn이라는 말이 부인이 바람피운 남편의 이마에 난 뿔을 가리키기도 하므로 유부남의 춤이라고 부를 수도 있다. 이 장면에서 상속자가 하는 말이 대부분 그렇듯이 이 대사 역시 독무(獨舞)라는 일차적인 뜻과, 미래의 아내가 바람피울 거라는 이차적인 뜻을 함께 갖고 있다.

농부들은 구불구불 동그라미 그리는 춤을 춰요.

군인들은 둥글게 둥글게 원 그리며 춤추고,

아가씨들은 둥글게 배가 부풀어 오르죠.

술꾼들은 카나리 댄스를 추고,

창녀랑 뚜쟁이들은 지그 춤곡을 춰요.[16)]

이렇게 여덟 종류의 춤꾼들이 있으니

아홉 번째 춤꾼을 찾아내는 사람이

악사한테 사례해야 하는 거예요.

공작 오, 여기 드디어 신랑이 나타났군!

난 또 그가 결혼도 대리인 내세워서 하고,

신부와의 잠자리도 대리인 시킬 줄 알았지.

비앙카 아니에요, 공작님. 아무리 바보라도

그 역할까지 내어 주는 남자는 없답니다.

리안티오 〔방백〕 신랄한 조롱이군! 그런데 난 그렇단 거잖아.

잔인한 오만함으로 자기 죄는 자랑하면서

내 지독한 고통은 외면하는군!

16) 여기서 나열되는 여덟 가지 춤 종류는 그 추는 사람에 맞는 이름을 갖고 있다. 느린 춤(measure)/빠른 춤(cinquepace)은 각각 느린 박자와 빠른 박자를 가진 춤으로서 그 춤을 추는 사람들의 성질을 반영한 것이며, 혼파이프(hornpipe)는 부인이 바람피우고 있는 남편의 이마에 돋아난 상상의 뿔(horn)과 연계된다. 농부들이 추는 동그라미 춤(hay)은 수확(hay)과 동음이의어여서 농부와 연계된다. 군인들이 추는, 원 그리며 추는 춤은 군인들의 순찰과 연계되고, 그 군인들이 임신시키는 아가씨들과 연계된다. 마지막으로 술꾼들이 추는 카나리 춤은 카나리 제도(諸島)가 포도주로 유명한 것에 연계되고, 창녀나 뚜쟁이들의 지그 춤곡은 이 춤이 갖는 선정적인 몸짓과 연계된다.

〔음악이 연주되고 상속자와 이자벨라가 춤을 춘다. 상속자는 우스꽝스럽게 히폴리토가 춤추던 흉내를 낸다〕

공작 여러분, 내가 보기에는 저 물건이 남편 되기 위해
무던히도 애쓸 것 같군요. 비앙카, 어떻게 생각해요?
비앙카 제 생각엔 그 노력 자체가 참 불쾌할 것 같아요, 전하.
저자가 결혼 후에 아주 위험하고도 긴 항해를 떠나서
9년에 한 번도 얼굴 제대로 보기 어려워야만,
그 아내가 남편한테 만족하도록 노력할 것 같은데요.
공작 키스해 주오!

〔비앙카에게 키스한다〕

이렇게 재치가 있으니 내가 소중히 여길 수밖에.
자, 마차를 불러라.
구아디아노 이미 준비해 놨습니다, 전하.
공작 여러분의 모든 수고에 감사하오. 비앙카, 갑시다.
과인은 그대에게 각별한 신경을 써서
과인과 가까운 곳에 그대의 거처를 마련했소.
비앙카 전하의 크신 사랑에 감사 드려요, 전하.
공작 다시 한 번 모두에게 감사 드리오.
모두 모든 최고의 명예가 전하와 함께하길 바랍니다.

〔나팔 소리 울려 퍼진다. 리안티오와 리비아만 남고 모두 퇴장〕

리안티오 〔혼잣말로〕 오, 비앙카, 이렇게 완전히 날 떠나다니!
비앙카! 난 벌써 당신이 그리워.
제발 돌아와서 여자에 대한 신뢰를 회복시켜 줘!
난 지금에서야 당신을 잃은 게 실감 나.
이건 나 같은 젊은이가 참아 낼 수 없는 무거운 고통이야.
마치 지옥의 형벌이 지금 이승의 사람에게 떨어진 것 같다고.
그건 살아 있는 육체가 감당해 내기에는
너무 낯설고, 기이하고, 참기 힘든 고통이어서
착오로 잘못 받은 고문과도 같아.
물에 빠져 죽었어야 하는 육체가
펄펄 끓는 기름으로 고문받는 느낌이라고.

리비아 선생!

리안티오 〔혼잣말로〕 내 눈이 당신을 볼 수 있는 한,
난 반쯤은 당신을 즐길 수 있었단 말이야.

리비아 선생?

리안티오 〔혼잣말로〕 당신은 내가 사랑으로 감수했던
그 모든 수고를 벌써 다 잊은 거야?
난 온갖 궂은 날씨에도 밤이면 밤마다
당신을 위해 창밖을 지켰지만,
내 마음속은 내 귓가에서 노래하는
폭풍우보다도 더 즐거웠어.
위험한 아첨꾼들이 으레 그렇듯이,
그 폭풍우는 그들의 온갖 악행을
달콤한 곡조에 맞추는 재주가 있었지.

그러고 나서 난 당신 아버지 집 창문에서
한밤중에 당신을 내 품으로 받아 안았잖아.
우리가 서로 껴안았을 때,
우리는 실제처럼 보이는 조각상으로 유명한 예술가가
제 솜씨를 자랑하려 만들어 낸 조각상처럼
기쁜 가운데서도 너무나 조용했었고,
우리는 입술이 함께 붙어 버린 것처럼 키스했었지.

리비아 〔방백〕 이 얘기를 들으니
난 저 사람을 갖고 싶어서 더 미칠 것 같아.

리안티오 〔혼잣말로〕 당신은 이 모든 걸 다 잊을 수 있어?
그 후에 우리가 맞이했던 더 큰 쾌락까지 다?
우린 새로운 키스들로 그 쾌락을 자랑스럽게 칭송했잖아.

리비아 〔방백〕 점점 더 미칠 것 같아!
— 선생!

리안티오 〔혼잣말로〕 이건 틀림없이 어떤 은밀한 뚜쟁이의 짓일 거야.
〔리비아에게〕 아, 죄송합니다, 마님. 뭐라고 하셨죠?
제가 제 슬픔에 겨워 결례를 범했네요.
맙소사, 마님이 하신 말씀을 까맣게 잊고 있었어요.

리비아 별 거 아니에요. 난 그저 댁의 분노를 동정해서
당신의 슬픔에 좋은 충고를 드릴까 했지요.

리안티오 그렇다면 기꺼이 받아야지요, 마님.
지금이야말로 충고가 가장 필요한 때랍니다.

리비아 그렇다면요, 선생, 그녀에게 품고 있는
선생의 모든 호감을 완전히 없애기 위해

우선 이 점을 분명히 알아 두세요. 그녀는 창녀예요.

리안티오 아니! "분명히"라니!

그렇게 나쁜 말을 그렇게 단정적으로 하진 마세요.

좀 더 모호한 채로 남겨 주세요.

리비아 그럼 난 모든 진실도 남겨 두고,

내가 알고 있는 사실마저 모른 척해야 해요.

내가 최근에야 알게 되어 눈물까지 흘렸던 죄를요.

리안티오 마님이 그걸 알게 되셨다고요?

리비아 네, 눈물 젖은 눈으로요.

리안티오 오, 사랑은 위증하는 거군요![17)]

리비아 그녀와 만난 것부터가 당신의 불운이에요, 선생.

젊은 신사들은 여자의 미모만 보고 사랑에 빠지지만,

그들의 사랑은 현명하지 않아요.

그런 결혼은 결국 사랑의 파탄으로 귀결되기 마련이죠.

그 결혼은 궁핍을 가져오고, 궁핍은 매춘의 열쇠니까요.

당신도 그녀한테 지참금도 얼마 못 받았을 것 같네요.

리안티오 오, 전혀 안 받았어요, 마님.

리비아 아이고, 가엾은 신사 분이네.

당신 자신의 친절한 마음 때문에 스스로를 망치다니,

대체 선생은 무슨 생각을 했었던 거예요?

17) 이 대사는 이중적인 의미를 갖는다. 한편으로는 비앙카와 리안티오 간의 애정이 거짓이란 거지만, 다른 한편으로는 리비아가 리안티오의 어머니, 나아가 비앙카까지 배신한 것을 무의식적으로 표현한다.

당신은 여자한테 지나치게 착하고 동정적이죠.
선생, 이 축복받은 행운에 대해 당신 별자리에 감사하세요.
그 덕에 당신 청춘의 여름에서 수많은 거지들이 없어졌잖아요.
안 그랬으면 당신의 처자식은 오직 당신의 빛 아래에서
볕 쬐면서 빈둥거리며 누워 있었을 거예요.
당신이 더위와 노동으로 당신 삶의 모든 날들을
다 소진할 때까지요. 그런데 지금 당신을 동정하는
여자가 있다면 당신은 뭐라고 하시겠어요?
말하자면 당신이 지금까지 여성들에게 보여 준
모든 친절에 보답하고자, 전체 여성을 대표해서
의도적으로 당신에게 보내진 여자가 있다면요?

리안티오 그게 누구인가요, 마님?

리비아 숙녀예요. 좋은 일에 대해 보상해 줄 수 있고,
게다가 그걸 자기 의무라고 생각하는 숙녀죠.
당신에게 무슨 불운이 닥쳐와도
당신이 절대 궁핍해지지 않도록 해 줄 사람이라면
당신은 그녀를 사랑할 수 있겠어요?
아니 그 이상이어서, 당신 원수가 질투할 만큼
당신을 후원해 줄 수 있는 사람이라면요?
그 사람은 당신이 가난 때문에 걱정하거나,
고민하거나, 아니면 잠 못 드는 일이 없게 할 거예요.
당신을 깨우는 게 사랑의 음악이 아니라면,
어떤 운명의 폭풍우라도 당신을 깨우지 못하게 할 거예요.
날 보세요. 내가 바로 그 여자랍니다.

리안티오 오, 내 삶의 재산인 비앙카!

리비아 아직도 그 여자 이름을 부르나요?

어떤 것도 그 이름을 닮게 할 수 없어요?

그 깊은 한숨은 고작 매춘부한테 낭비된 거라고요.

리안티오 그 한숨은 날 사랑하는 사람을 위해서만 내뱉는 거예요.

리비아 〔방백〕 저이 마음이 괴로운데 내가 너무 빨리 접근했군.

내 신중함과 수완, 판단력은 지금 다 어디 간 거지?

난 모든 면에서 노련하지만 내 사랑에서만은 아니야.

지금 저 남자를 유혹하는 건 시기상조야.

그건 남편 상여 따라가는 과부한테 구혼하거나,

남자 무덤가에서 협상하고 바로 그 자리에서

젊은 남자랑 맺어 주는 것만큼이나 성급한 거라고.

그 여자가 갑자기 떠난 게

저 사람 눈앞에 상여처럼 버티고 있어.

하지만 그것도 시간 지나면 사라지겠지.

〔리비아 퇴장〕

리안티오 그녀는 죽을 때까지 내 아내인데

더 이상 내 것이 아니라고? 정말 가혹한 처사군.

그럼 결혼이라는 게 대체 무슨 소용이 있을까?

어느 모로 보나 난 지금 죽어 있어야 마땅해.

차라리 그랬으면 모든 게 다 괜찮을 텐데.

애초에 그녀를 안 봤더라면 난 얼마나 행복했을까.

잃어버린 것의 가치를 잘 알 때,
남자는 자기의 상실을 가장 뼈아프게 느끼지.
가져본 적이 없으면 그립지도 않은 법이거든.
그녀는 영원히 갔어. 완전히 가 버렸다고.
공작의 궁전에서 예쁜 여자의 몸을 빼내 오는 건
지옥에서 영혼을 구해 오는 일만큼 어려운 일이야.
왜 내 사랑이 그녀의 정절보다 오래가야 하지?
여자를 사랑해야 할 유일한 미덕이 사라졌는데,
그 여자를 계속 사랑해야 할 이유가 뭐가 있겠냐고?
난 지금의 그녀를 사랑할 수는 없지만,
그녀의 죄와 나 자신의 수치까지도 좋아해야 해.
그녀가 법을 어기고 나까지 욕보인 것에 대해서는
그녀 못지않게 나한테도 잘못이 있으니까.
이 모든 게 나는 너무나 끔찍스러워.
그러니 내 마음과 몸의 건강을 위해
내가 취해야 할 가장 안전한 방책은
내 마음을 돌려서 그녀를 미워하는 거야.
아주 극단적으로 미워하는 거지.
그 외에는 다른 방도가 없어.
우리 결혼서약에서 순결한 증인이 되어 준
고결하신 신들도 증언할 수 있지만,
먼저 서약을 깬 건 그 여자였다고.
난 그 보상으로 요새의 대위 자리를 얻었지.
그게 명예로운 자리라는 건 인정하지만 보수가 작아서,

도매상 집사 노릇으로도 난 그보다는 더 벌 수 있어.
전사한 지난번 대위는 술주정뱅이가 아닌데도
절약해 살았지만 거지처럼 죽었다고 하잖아.
게다가 그 자리는 나한테 맞지도 않아.
지금 내 결심에는 어울리지만 내가 커 온 방식으로는 아니지.

〔리비아 다시 등장〕

리비아 〔방백〕 갖은 수를 다 써 봤지만
난 저 사람 안 보고는 못 배기겠어.
— 선생, 좀 어떠세요?
리안티오 조금 편해졌습니다, 마님.
리비아 정말 고마운 일이네요!
내가 장담하지만 선생은 괜찮아질 거예요.
걱정 말아요. 마음만 편히 가지면 돼요.
자기 고통이나 아픈 걸 오히려 즐기면서,
사람 괴롭히고 악랄하게 피 말리는 게 특기인
질병에 점점 더 탐닉하는 사람은 현명치 못한 거예요.
그러니 그런 짓은 그만두세요, 선생.
젊은 분이 그러는 것보다 더 큰 손실은 없어요.
저랑 같이 좀 걸으실까요.
아직 내 집이 얼마나 아름다운지 못 보셨죠.
운명의 여신이 내게 세상의 금은보화로
얼마나 큰 축복을 주셨는지도 댁은 안 봤잖아요.

내 말을 믿으세요, 선생. 난 충분한 재산을 가졌답니다.
내가 살아 있는 동안엔 내 연인을 부자로 만들어 주고,
내가 죽은 후엔 더 위대한 사람으로 만들어 줄 정도로요.
보고 나면 당신도 아마 그렇게 말하게 될 거예요.
당신이 원하는 게 있는데도 내게 안 말한다면,
난 당신을 고집 센 사람이라고 비난할 거예요.

리안티오 아, 이건 틀림없이 달콤한 꿈의 아침일 뿐이에요.

리비아 지금 이 키스로 내 사랑, 내 영혼, 그리고 내 재산을
전부 진짜 실체로 만들어 줄게요.

〔리안티오에게 키스한다〕

자, 내 재산을 보여 줄 테니 원하는 걸 다 가져요.
당신이 대담하게 굴면 굴수록 난 더 기뻐할 테니까.
난 당신한테 시종과 종복, 경주마들 외에
단련된 청년들이 좋아할 만한 다양한 것들을 줄 거예요.
당신은 내게 한결같은 재질로 된 마음만 입어 주면 돼요.
날 충분히 사랑해 주기만 해요. 그럼 나도 충분히 줄게요.

리안티오 좋아요. 그럼 난 충분히 사랑해 주고 충분히 받겠어요.

리비아 그러면 우리 둘 다 충분히 만족하는 거예요.

〔함께 퇴장〕

3막 3장

〔구아디아노와 이자벨라가 한쪽 문으로 들어오고, 상속자와 소르디도가 다른 쪽 문으로 들어온다〕

구아디아노 자, 조카야. 여기 그 규수가 다시 왔단다.

상속자 저런, 진짜 다시 왔네요. 이번엔 잘 봐야 해, 소르디도.

구아디아노 내가 널 아끼고 걱정한 나머지

신붓감으로 골라 둔 아가씨가 바로 이 규수란다.

그러니 이제 그녀를 너한테 제공하마.

너도 저 아가씨가 가진 자질들을 직접 봤잖니.

그건 돈 많이 드는 궁정식 교육을 받았단 얘기지.

이제 너희끼리 친근한 대화를 나눌 때가 됐으니,

너희 둘이 얘기 좀 해 보라고 한 자리에 데려왔다.

내일이 혼인날이라 너희는 하나의 결혼반지로 묶일 거고,

너희가 원한다면 한 침대를 같이 쓸 수도 있을 테니까.

그녀의 아버지와 친구들도 옆방에 있어.

가기 전에 혼인 계약을 쓰려고 기다리고 있지.

그러니 얘야, 어서 서둘러. 상냥하고 짧게 얘기하란 말이다.

너한테는 그녀를 좋아할지 안 할지, 두 개의 선택밖에 없어.

전자면 네 몸으로, 후자면 네 지갑으로 대가 치러야 해.[1)]

상속자 숙부님, 난 하루 종일 망설이며 서 있진 않을 거예요.
다음에 들어오실 때는 내 결정을 바로 알려 드리죠.

구아디아노 말 한 번 잘했다. 그럼 화살을 잘 쏴 봐.

(구아디아노 퇴장)

상속자 난 아직 과녁을 놓친 적이 없다고요.

소르디도 주인님, 사실대로 말하자면 주인님이 맞힌 상대는
부엌데기 하녀밖에 없었잖아요. 그거야 쉬운 사냥감이죠.
스물여덟 살 먹어서도 걸핏하면 길 잃고
울어 댈 만큼 바보 같은 여자잖아요.

상속자 난 이제 그런 쉬운 고기는 안 먹어, 소르디도.
지금은 꼬치에 끼운 달걀이 여기 있잖아.[2)]
우린 신중하게 꼬치를 돌리면서 구워야 해.
그러니 여자들의 결점 목록을 꺼내나 봐.

소르디도 아니, 모든 결점을요! 내 바지 속에 종이가 그렇게 많이 들어갈 거라 생각하시다니, 나리는 너무 분별력 없으신 거 아니에요? 창녀들만 해도 수레 열 개로도 못 나를 판이에요. 그런데 모든 결점을 내놓으라고요? 제발 결점 몇 개로만 만족하자고요. 내 장담하건대 그보다 적은 개수의

1) 미성년 상속자가 후견인이 정해 준 신부를 거절하면 상당한 액수의 벌금을 후견인에게 내야 했다. 구아디아노가 "지갑이 대가를 치른다."는 말이 이 뜻이다.
2) 이자벨라를 말한다.

결점만으로도 나리는 충분히 많다고 생각할 테니까요. 잘 보세요, 나리.

이자벨라 〔방백〕 여자 마음이 흡족해질 만큼

내가 저 바보를 이용하기에 망정이지,

그게 아니라면 이렇게 사고파는 대상이 되어

날 앞뒤로 돌려 가며 들여다보는 게

나한텐 지옥 같은 고통이었을 거야.

저 인간한텐 내 최악의 부분조차 과분해!

그나마 위안은, 저자가 장 보는 사람일 뿐이어서,

모든 걸 사다가 다른 사람 밥상에 바친다는 거야.

그런데도 저 바보는 얼마나 까다롭게 구는지.

시장에서 제일 맛있는 음식들을 죄다 사들이면서도

먹어 보려고 입맛 한 번 다시지 않는 엄격한 전문가 같잖아.

소르디도 자, 이제 아가씨에게 가 보세요. 아가씨의 모든 부분을 다 훑어보셨잖아요.

상속자 그런데 그녀의 어느 쪽 끝부터 시작해야 하지, 소르디도?

소르디도 그거야 언제나 여자 입술에서 시작해야죠. 그걸 질문이라고 하세요?

상속자 거기서 시작하기엔 너무 성깔 있는 얼굴이잖아, 소르디도.

소르디도 성깔 있게 생겼다고요? 그럼 돈 굳는 거죠.

상속자 돈이 굳어? 왜 그런 거야, 소르디도?

소르디도 얼굴이 신 사과처럼 생겼으니, 양고기 먹을 때 사과 소스도 덜 필요할 거 아녜요. 그렇게 일 년 지나면 사과 소스 값이 굳는 거죠.[3)]

3) 상속자는 알아듣지 못하는 말장난이다. 원문의 "성깔 있는 얼굴"은 crabbed face인데, 이때

상속자 이런. 네 농담이 또 짓궂어지면, 겨자 없이 고기 먹게 만들 테다.[4)]

소르디도 그것도 일종의 벌이긴 하겠네요.[5)]

상속자 아가씨. 남들이 말하길 당신이 내 아내가 되는 게 당신의 기쁨이라고 하더군요. 그러니 나 역시 당신 남편이 되는 게 내 즐거움인지 아닌지 댁한테 알려 줄게요. 그러기 위해서 먼저 여기부터 가져 볼게요.

〔그녀에게 키스한다〕

오, 너무 맛있는 향이야! 그녀와 키스하는 동안 내내, 마치 지나가는 마차를 피해 잠시 사탕과자 가게에 들어가 있는 느낌이었어.[6)] 사람들 말로는, 당신이 날 못 가지면 나 때문에 미쳐 버릴 거라 했다더군요.

이자벨라 내가 대놓고 구애했으니 내 머리가 위험해질 거란 얘기죠.

〔방백〕 저 바보가 뒷발길질하면 그럴 수 있단 거지.[7)]

상속자 저런, 가엾은 분! 그런데 그 머리카락은 당신 것 맞아요?

이자벨라 내 머리냐고요? 맞아요. 돈 주고 산 머리는 아니에요.

상속자 그건 좋은 소식이네요. 당신하고 결혼했을 때 그 돈은 덜 들 테니까.

〔소르디도에게만 들리게〕 잘 봐. 그녀의 눈이

제자리에 붙어 있는 것 같아?[8)]

crab에는 사과란 뜻이 있다. 사과로 만든 소스는 흔히 고기에 곁들였다.

4) "짓궂다"란 뜻의 원문은 saucy이고 이는 sauce(소스)와 같은 발음이다.

5) 고기가 귀하던 시절에 하인이 고기를 먹으면 그 자체로 감지덕지할 일인데, 겨자 없이 고기 먹이는 게 벌이라고 엉뚱한 소리 하는 상속자를 소르디도가 놀리는 것이다.

6) 당시 런던은 길이 좁고 길바닥이 더러워서, 마차가 지나가면 이를 피해 가게 안으로 잠시 들어가기도 했다.

7) 원문의 ass에는 바보란 뜻 외에 당나귀란 뜻도 있다.

소르디도 눈이야 얼굴에 붙어 있는 게 가장 좋은 거죠.

아니면 달리 어디 있으면 좋겠어요?

그리고 그녀의 코도 모양이 괜찮네요.

상속자 하지만 저만큼 잘생긴 코가 일 년도 못 버티는 걸 봤단 말이야.[9]

소르디도 그건 쓰기 나름이에요. 아무리 튼튼한 콧대라도 뿌리를 계속 쳐대면 결국 무너지잖아요? 아무리 질긴 가죽으로 만든 코라도 영원히 지속될 수는 없죠. 특히 그 코가 일단 군인 주둔지에 들어오면요.[10]

상속자 그런데 소르디도, 어떻게 해야 그녀를 웃게 만들지? 그녀의 입안을 좀 들여다봐야 하거든. 난 이가 한 개라도 빠진 여자는 싫고, 게다가 충치까지 덤터기쓰긴 싫단 말이야.

소르디도 그녀와 일단 대화를 시작해 보세요. 그럼 한두 번은 반드시 웃게 할 수밖에 없을걸요.

상속자 그렇게 해 보는 수밖에 없겠군. 〔이자벨라에게 말을 건다〕 춤추고 노래하는 것 말고 또 무슨 재주가 있어요? 테니스 칠 줄 알아요?

이자벨라 네, 그리고 실내 크리켓도요. 꽤 잘한답니다.

상속자 그럼 공도 잘 잡겠네요?

이자벨라 한 경기에서 공 두 개를 무릎 사이로 받아 낸 적도 있어요.[11]

상속자 정말 그랬어요? 그럼 막대기로 공 치는 것도 가르쳐 줄게요.

8) 원문의 "눈"인 "eyes"는 속어로 여성의 성기를 뜻하기도 했다. 이자벨라의 얼굴 생김새와 더불어 그녀의 성적 능력에 대해 음담패설하는 것이다.

9) 당시 영국에는 식민지에서 유입된 매독이 유행했는데, 매독의 주요 증세 중 하나가 콧등이 주저앉는 것이었다.

10) 군대 주둔지에 따라다니는 창녀들에게 특히 매독 환자가 많았다.

11) "공(ball)"에는 남성의 고환이란 뜻이 있다. 상속자는 못 알아듣지만 이자벨라가 자신과 소르디도의 성적 관계를 암시하는 것이다.

그럼 당신은 전부 제대로 배우게 되는 거예요.

이자벨라 당신이 나한테 가르쳐주는 거라면,

뭐든지 기꺼이 연습할게요.

상속자 〔소르디도에게만 들리게〕 이걸로는 안 되겠어, 소르디도. 이래서는 그녀의 입을 충분히 못 벌린다고.

소르디도 안 된다고요? 그거 참 이상하네! 그럼 나리가 보고 배우시도록 비결을 알려 드릴게요.

〔소르디도가 크게 하품하자 이자벨라도 하품하지만 손수건으로 재빨리 자기 입을 가린다〕

지금 봐요, 지금 보라고요. 빨리, 빨리요.

상속자 염병하게 예절 차린답시고 손수건으로 가려 버렸네!

뭐, 좀 방해가 됐지만 충분히 보긴 했어.

예쁜 여자가 하품하면서 저렇게 입을 막으면,

천으로 우유크림 단지 막는 거나 마찬가지지.

어쨌든 난 저 여자 이에 좋은 희망을 갖게 됐어, 소르디도.

소르디도 그럼 제가 보기에 나리는 전부 잘 가지신 거예요.

아가씨는 지금 서 있을 때도 충분히 바르게 곧은 자세예요.

보통 여자들은 몸을 구부리고 눕지만 그것도 상관없어요.

현명한 선수라면 그런 걸로 트집을 잡진 않죠.

여자들이 가만히 누워 있기만 하다면요.[12)]

12) 음담패설이다.

상속자 저 여자가 어떻게 걷는지도 봐야겠어. 그럼 정말 난 다 갖게 되는 거야. 난 모든 사람 중에서도 평발 가진 여자를 제일 못 참겠거든. 아침에 그런 여자를 보면 재수가 없어. 발꿈치가 계속 맞부딪쳐서 항상 아일랜드 춤이라도 추려는 것 같잖아. 게다가 그 춤 박자에 맞춰서 엉덩이까지 꿈틀댄단 말이야. 하지만 난 평발 여부를 알아낼 수 있는 깔끔한 방법을 찾아냈어. 네가 나처럼 몸을 숙이고 있다가, 아가씨가 널 등졌을 때 한쪽으로 들여다보면 돼. 내가 먼저 시범을 보일게.

소르디도 그러면 나리도 내가 얼마나 잘 엿보는지 알게 되실 거예요.

나로 말할 것 같으면 거리 행진 때 단상 밑으로 기어들어 가서

기막힌 풍경을 구경한 사람들 중의 하나라고요.[13)]

상속자 아가씨, 혼자 한두 번만 왔다갔다 걸어 볼래요?

난 당신이 너무 마음에 들어서

당신의 앞뒤를 다 잘 보고 싶어서 그래요.

이자벨라 원하신다면 당신의 사랑을 위해 기꺼이 걸어 드리죠.

그래야 내 사랑이 배고파져서 더 식욕이 생길 테니까요.

〔방백〕 저렇게 조잡한 음식을 먹으려면 난 정말 그래야만 해.

〔이자벨라가 이리저리 걷고, 소르디도와 상속자는 엎드려서 그녀의 치마 속을 올려다본다〕

13) 당시 거리에는 여러 종류의 행차나 행진이 많았는데 길거리에 단상을 세워 사람들이 거기 서서 잘 구경할 수 있도록 했다. 소르디도는 자신이 이 단상 밑에 숨어들어 여자들 치마 속을 들여다봤다고 자랑하는 것이다.

상속자 남자가 겸손하게 치마 속 들여다본 여자들 중에
당신이 가장 똑바로 걷는 아가씨네요.

소르디도 우리 주인님이 좋아하실 너무 멋진 광경을 봤어요.
아가씨가 피렌체산(産) 골풀 바닥에서 걷는 게
프랑스인이 로프 위에서 줄타기하는 것보다 더 반듯하네요.[14]

상속자 〔이자벨라에게〕 이제 그만 걸으세요.

이자벨라 그래서 이제 날 어떻게 생각하시나요?

상속자 사실 아주 마음에 들어요. 그래서 아이를 열여섯 명,
그것도 전부 사내아이로 낳기 전에는
난 당신과 헤어질 생각이 없어요.

이자벨라 그럼 당신도 힘들 텐데요. 당신이 애처가라면
그 애들을 낳을 때마다 당신도 치통에 시달릴 테니까요.[15]

상속자 아니, 당신 배는 그러라고 있는 거잖아요?
그럼 내 뺨도 바람 넣은 백파이프처럼 부어오르겠죠.

〔구아디아노 등장〕

구아디아노 어떠니, 상속자 겸 조카, 그리고 아가씨 겸 며느리야!
그러기로 한 거야, 안 한 거야?

상속자 하기로 했어요. 우리 둘 다 합의했어요.

14) 당시 골풀(풀의 종류)은 집 바닥재로 많이 쓰였다. 또한 줄타기 묘기는 대중에게 인기 있던 오락거리였는데 프랑스인들이 많이 출연했다.

15) 아내가 임신해서 힘들어하면 애처가 남편도 같이 치통을 앓으며 힘들어한다는 속설을 말한다.

구아디아노 그럼 안에 있는 친척들한테 가자.

친지들과 포도주, 음악이 너희를 환영하려고 기다리고 있어.

상속자 그렇다면 저도 기분 좋게 취해야겠네요.

소르디도 그럼 나도 덩달아 그래야겠어요.

코 삐뚤어지게 마시기에 이보다 더 좋은 일은 없으니까요.

〔함께 퇴장〕

4막 1장

〔두 귀족부인에게 시중 받으며 비앙카 등장〕

비앙카 부인들, 시계 좀 봐 줘요. 지금 몇 시죠?

귀족부인 1 제 시계로는 아홉 시가 다 됐어요.

귀족부인 2 제 시계로는 아홉 시 십오 분이에요.[1)]

귀족부인 1 내 시계는 성 마가 성당에 맞춘 거예요.

귀족부인 2 성 안토니 성당 시계가 더 잘 맞는다고 하던데요.

귀족부인 1 그건 댁의 생각이죠.

부인이 같은 이름의 신사를 좋아하잖아요.

귀족부인 2 그럼 그분도 시계처럼 진실된 신사란 얘기네요.

귀족부인 1 댁이 잘 몰라서 그렇지, 오늘 밤

나한테 올 그분도 틀림없이 그럴 거예요.

비앙카 내가 이 말다툼을 바로 끝내 줄게요.

난 내 시계를 태양에 맞춰요.

난 최고의 존재에 맞추고 싶거든요.

그래야 자주 시간 맞추느라 귀찮은 일이 없죠.[2)]

1) 당시 시계는 발명된 지 얼마 되지 않아서 정확하게 맞지 않았다.

귀족부인 2 현명하신 처사세요.

비앙카 만약 내가 어떤 여자들처럼 시내의 모든 시계에
  내 시계를 맞춘다면 내 시계는 제대로 안 갈 거예요.
  게다가 너무 자주 시침을 돌리거나 용수철을 건드리면
  머지않아 시계 전체가 망가질 수도 있잖아요.[3]
  내 시계로는 아홉 시 조금 전이랍니다.

귀족부인 1 정말 그러네요.
  그럼 내 시계도 아직 진실에 가장 가까이 있다는 거네요.

귀족부인 2 하지만 난 저 사람이 변호사랑 누워 있는 걸 봤어요.
  그건 틀린 시계 두 개가 한 교구에 있는 거나 마찬가지죠.[4]

비앙카 두 분 다 고마웠어요. 이제 좀 혼자 있고 싶네요.

귀족부인 1 난 누가 나랑 같이 있지 않으면
  오히려 내가 아무것도 아닌 것처럼 느껴지던데.
  하지만 나랑 저 부인은 원하는 게 너무 다르니까요.

〔두 귀족부인 퇴장〕

비앙카 여자의 운명이란 게 참 희한한 거야.

---

2) 군주나 왕을 흔히 태양에 빗대었으므로 여기서 태양은 실제 태양과 공작을 동시에 가리킨다. 귀족부인들이 각자 자신의 연인을 자랑하자, 통치자인 공작을 연인으로 둔 비앙카가 공작을 언급함으로써 논쟁을 한 방에 잠재우는 것이다.

3) 원문에서 "시침(dial's point)"과 "용수철(spring)"은 각각 남녀의 성기를 의미하기도 한다. 이와 같은 비앙카의 음담패설에서 그간 그녀의 변화를 짐작할 수 있다.

4) 당시 영국은 소송이 많기로 유명했고 변호사들 역시 거짓말쟁이에 돈이나 뜯는다고 악명 높았다. 귀족부인 2는 귀족부인 1과 그 애인인 변호사가 둘 다 거짓말쟁이라고 비난하는 것이다.

이건 절대 내게 일어날 수 없던 일이거든.
난 베니스에서 태어나서, 내 옆에 딱 붙어 있어야
날 단속할 수 있다고 생각하는 사람들의
혹독한 감시 속에서 자랐으니,
그런 날 아는 사람들 모두가 그렇게 생각할 거야.
하지만 내 고향, 친구, 친척들과 멀리 떨어진 채,
결국 이렇게 되고야 마는 게 내 운명인가 보지.
진지하게 말하자면, 처녀애를 어릴 때
너무 엄하게 키우는 건 좋은 게 아니야.
억압은 방황하는 마음을 만들게 마련이거든.
사순절에 오랫동안 육식 끊다 보면
고깃덩이 움직이는 걸 보고 싶은 욕망이 커지잖아.[5)]
난 내 딸들 누구도 절대 그렇게 안 키울 거야.
어떻게 키우더라도 결국 제 운명대로 사는 법이라고.
날 보면 알잖아. 난 내 딸들이 궁정에서 태어났다 해서
그들이 시골을 못 보게 하지 않을 거고,
시골에서 태어나더라도 궁정을 금지하진 않을 거야.
걔들도 결국은 거기 갈 거고, 수천 킬로를 돌더라도
제 발로 타락에 다가가 빠지게 될 테니까.
전혀 생각지도 못한 곳에서 말이야.

5) 사순절 동안은 육식이 금지되었다. 원문의 "고깃덩이 움직이는 것(flesh stirring)"은 한편으로는 사순절에 금지된 고기를 의미하지만, 다른 한편 남성의 성기를 뜻하기도 한다. 따라서 위의 "단식" 역시 성적인 의미도 같이 갖는다.

〔리안티오 등장〕

리안티오 〔방백〕 이제 그녀가 여기 궁정에 있다 하니,
날 무시하는 여자가 어떤 형색인지 보고 싶어.
여기가 그녀의 처소로군. 완전히 출세했네.
내가 처음 그녀를 데리고 나왔던 창문은
저런 게 아니었거든. 난 잘 기억하고 있지.
그 창문은 훨씬 낮고 조각도 저렇게 많지 않았다고.
비앙카 〔방백〕 이건 뭐야? 과시용으로 비단 휘감고 있는
이 누에는 누구야? 아니, 그 사람이잖아?
리안티오 마님께 큰절 올립니다.
이젠 절도 세 번 받으셔야겠네요. 그렇죠?
비앙카 그러려면 댁한테 다리 한 개가 더 있어야죠.
안 그러면 내가 당연히 받을 봉사를 못 받을 테니까요.
댁은 다리가 두 개밖에 없잖아요.[6]
리안티오 멋진 곳에 사시네요.
비앙카 댁도 멋지게 입으셨네요.
리안티오 화려한 처소예요.
비앙카 훌륭한 옷이에요.
리안티오 벨벳 의자도 있군요.

6) 앞에서 리안티오가 "절 세 번 하다(three legs)"의 "절(leg)"에는 남성의 성기라는 의미도 있다. 리안티오의 말을 받은 비앙카가 이 두 번째 뜻으로 leg를 사용하면서 리안티오의 성적 능력을 조롱하고 있다.

비앙카 그 외투엔 안감까지 있는 것 맞죠?[7]

리안티오 여기서 정말 화려하게 사네요.

비앙카 정말 당당해 보이세요.

리안티오 잠깐, 잠깐만요. 은실로 짠 신발 좀 구경할게요.

비앙카 구두장이가 누구죠? 멋진 부츠를 만들어 줬네요.

리안티오 당신도 하나 장만할래요? 공작님이 박차는 빌려주겠죠.[8]

비앙카 맞아요, 내가 말 탈 때는 그렇죠.

리안티오 당신은 멋진 삶을 살고 있네요.

비앙카 전에 나랑 살 때는 그렇게 좋은 옷 입은 거 못 봤는데.

리안티오 당신하고 살 때?

비앙카 확실히 우린 둘 다 헤어져서 더 잘사는 것 같아요.

리안티오 넌 창녀야!

비앙카 두려워하지 말아요.

리안티오 뻔뻔하고 못돼먹은 매춘부라고!

비앙카 아, 당신이 대위 된 거 고맙다는 얘기군요.
난 또 당신이 예의범절을 다 잊은 줄 알았죠.

리안티오 나도 받은 만큼 갚아 줄 테니
이걸 봐. 이걸 읽어 보라고.

〔비앙카에게 편지를 내민다〕

7) 당시에는 외투에 안감 대는 데 돈이 많이 들었으므로 외투의 안감은 부의 상징 중 하나였다.
8) 원문의 "박차(spurs)"는 원래의 승마용 박차란 뜻 외에 남성의 고환, 그리고 동전이란 뜻까지 갖고 있다. 리안티오는 공작이 비앙카에게 돈도 주고 성욕도 채워 준다고 비꼬고 있다.

짜증내고 괴로워해 봐! 그 편지를 보면
내가 사랑에 굶주리지 않았단 걸 알게 될 테니까.
세상은 아직 그렇게 차갑거나 무자비하지 않아서,
한 오만한 바보의 문간이 아니더라도
난 항상 훨씬 더 많은 자비를 찾아낼 수 있었다고.
그러니 내가 그런 바보의 문간 따위는
그냥 지나치는 게 오히려 당연한 거잖아.
너도 거기 그 편지를 읽고 수치심을 느껴 봐.
자선으로 선행을 일으켜 세운 사람들 중에
가장 유쾌하고도 아름다운 은인이시니까.[9)]

비앙카 〔방백〕 레이디 리비아잖아![10)]
이게 가능해? 마님이 내 뚜쟁이였는데,
저 사람한테 빠져서 모든 걸 다 바치고 있다니!
아니, 이건 뚜쟁이가 거꾸로 당한 꼴이군!
〔리안티오에게〕 댁은 정말 잘됐네요.
하지만 난 당신을 부러워하진 않겠어요.

리안티오 안 그러시겠죠. 궁정의 성녀(聖女)시니까!
게다가 당신한텐 새로 얻은 연인이 있잖아요.
당신 악마가 당장 해롭진 않겠죠. 지금은 젖먹이니까.[11)]
하지만 곧 첫 이가 날걸요. 그렇지 않나요?

9) "일으켜 세운"에는 자선을 베푼다는 뜻과 남성을 자극해 일으킨다는 성적인 의미가 함께 있다.
10) 귀족부인에게 붙는 호칭이 레이디(Lady)이다.
11) 마녀가 수호 귀신이나 작은 악마들한테 젖을 빨게 했다는 당시의 미신을 뜻하는 말이다. 즉 비앙카가 마녀이고 공작은 악마란 비난이다.

비앙카 그러니 너무 오랫동안 그분과 놀지 않도록 조심하세요.

리안티오 그래요, 그리고 대악마인 루시퍼도 조심해야죠.

언젠간 내가 시간을 내서 당신들 중 몇 사람하고

화끈하고도 경건한 논쟁을 한판 벌일 거예요.

그래서 아마 당신과 당신의 개떼 같은 죄악들을

영원한 개집 속으로 보내게 될걸요.

난 지금 조용히 얘기하고 있어요.

귀족 마님 처소에선 그렇게 하는 게 예의이고

난 내 처지에 맞는 예의범절을 잘 아는 사람이니까.

하지만 당신이 세상과 영원히 작별할 때 내가 거기 있다면,

천둥조차 부드러운 음악으로 들릴 만한 폭풍우를 들려주겠어.

비앙카 지난주에 이런 예보가 있었죠.

달이 이렇게 뜨면 〔손가락으로 머리 위에 뿔을 만들어 보이며〕

날씨가 바뀔 거라고요. 당신도 들었을걸요.[12)]

리안티오 아니, 죄를 짓고도 양심의 가책이 전혀 없다니.

이마만 있고 눈은 없는 괴물이로군![13)]

당신은 죽음처럼 시커먼 인간인데,

내가 왜 당신한테 미덕이나 도덕을 들이대는 거지?

당신 앞에 빛을 밝혀 주는 건,

조각 구경하라고 맹인 데려가는 것만큼 미친 짓인데.

12) 리안티오의 비난을 받은 비앙카가 손가락으로 뿔을 만들면서 리안티오가 당한 모욕(아내가 대놓고 바람피운)을 조롱하고 있다.

13) 전통적으로 이마는 뻔뻔함을 의미하고 눈은 양심을 상징했다.

맹인들은 조각을 대하자마자 냄새 맡으려 들고,
가끔은 빛이 없어서 단단한 조각에 머리를 부딪치지.
당신의 눈먼 오만함도 지금은 제대로 못 보지만
그렇게 내 복수와 분노에 부딪히게 될 거야.
내 복수는 당신이 가장 예측하지 못할 때 떨어질 거라고.
그러니 난 당신의 위증하는 영혼을 당신 자궁보다
더 컴컴한 무지 속에 그냥 남겨 두겠어.
언젠간 역병이 들이닥칠 테니까.

〔리안티오 퇴장〕

비앙카 당신이나 먼저 가 버려. 당신보다 무서운 역병은 없으니까.
그리고 난 당신을 오래 두려워하지도 않을 거야.
난 이 건방진 인간을 이 처소에서 빨리 내쫓고,
이자가 남긴 타락한 공기도 방에 향수 뿌려 없앨 거야.
그자의 숨결이 내 속을 역겹게 만들었으니까.
비천하고 비루한 것이 벼락출세했네! 맙소사!
부당한 수단으로 고운 옷 좀 입었다고,
나한테 와서 퍼부어 대며 옷 자랑을 하다니.

〔공작 등장〕

공작 방금 나간 사람이 누구지?
비앙카 죄송해요, 공작님.

공작 누구였는데?

비앙카 전남편이에요. 전하께서 대위 자리를 하사하셨죠.

그런데 아직도 앙심을 품고 있나 봐요.

공작 아직도!

비앙카 자기의 새 애인과 그녀가 준 새 옷을 자랑하러 왔더군요.

지금 그자의 정부가 누군지 아세요?

바로 레이디 리비아예요.

공작 레이디 리비아라고?

확실히 알고 얘기하시오.

비앙카 그자가 향수 뿌린 종이에 쓰인 이름을 보여 줬거든요.

날 괴롭히려는 의도로 그녀의 맹세와 그녀의 편지를

보여 줬답니다. 그는 마음에서부터 그렇게 말했고,

협박으로 그 의도가 진심이란 걸 보여 줬어요.

그자의 협박은 악의가 내뱉은 말 중 가장 무서워서,

그 협박 그대로 행동한다면 정말 위험할 거예요.

공작 그런 일이 있어선 안 되지.

당신은 괴로워하지 말고 잠자리에 들어요, 어서.

모든 게 다 잘되고 조용해질 거야.

비앙카 전 평화로운 게 좋아요, 전하.

공작 사랑에 빠진 모든 사람들이 다 그렇지.

당신은 그 일에 신경 쓰지 말아요.

내가 항상 당신을 편안하게 해 줄 테니까.

〔비앙카 퇴장〕

거기 누구 없느냐?

〔전령 등장〕

전령 부르셨습니까, 전하.

공작 가장 빠르게 레이디 리비아의 동생인 히폴리토를 찾아내라.

전령 제가 방금 전에 봤습니다, 전하.

공작 그럼 어서 서둘러.

〔전령 퇴장〕

그는 쉽게 흥분하는 젊은이야.
그자는 부당한 일에 대해 빨리 분노하듯이
파괴를 벌일 때도 대담하고 급해.
그가 자기 누나의 정절에 대한 평판을
제 심장에 도는 피만큼 소중히 여긴다는 것도 알아.
게다가 난 그녀에게 베풀 호의를 들먹여서
그자를 들뜨게 만들 거야. 지금 막 생각해 냈지만
실제로 해 줄 생각은 없는 호의지.
이젠 그녀가 천한 여자란 걸 알았으니 말이야.
하지만 그쪽으로 바람만 불어도 그자는 움직일 거야.
상처자리에 파리만 앉아도 아프듯이,
이미 곪은 평판은 가장 가벼운 도발조차 무겁다고 느끼거든.

〔히폴리토 등장〕

저기 오는군. 히폴리토, 어서 오게.

히폴리토 존경하는 폐하.

공작 자네의 친절한 누이, 혈기왕성한 과부는 잘 있나?[14)]

아직 두 번째 남편을 얻지는 않았어?

분명히 잠자리 상대는 있겠지만 그걸 물어본 건 아니야.

이미 그런 남자를 구했다는 건 나도 아니까.

히폴리토 그런 남자라니요, 전하!

공작 그래, 동침하는 남자 말이야. 자네는 이 얘기 처음 들었나?

히폴리토 다른 사람들도 모두 처음 들었기를 바랄 뿐입니다.

공작 나도 그렇길 바라네.

하지만 이건 너무 분명하게 자인된 사실이야.

그녀의 무지한 쾌락은 오직 욕정의 지배만 받는지라,

그 쾌락에 봉사해 주는 뻔뻔하게 떠벌리는 놈을 구했어.

그자는 그녀의 수치를 토대로 자기의 영광을 일으켜 세우고,

어둠 속에서 벌어진 일을 한낮의 태양에게 떠벌리고 있어.

그런데도 자네 누이는 욕정에 눈이 멀어 재산을 탕진하고,

남을 대접해서 명예를 얻으려는 인심 좋은 집주인보다

더 비싼 돈을 들여 가며 자기의 불명예를 사들이고 있어.

가장 안타까운 건, 자네와 자네 가문에 대한 애정으로

14) 당시 과부를 부를 때 흔히 "lusty"를 붙여서 "lusty widow"라고 불렀다. "혈기 넘쳐서 음란한 과부"라는 뜻으로 성적으로 적극적인 과부의 상투형이다.

내가 그녀에게 훌륭한 혼처를 구해 놨었다는 거야.

내 총애와 모든 사람의 존경을 받는 위대한 빈센시오 말이야.

히폴리토 오, 모든 행운을 파괴하는 끝없는 욕정이여!

전하, 제 누이를 욕보인 놈의 이름을 아시는지요?

공작 리안티오라는 자일세.

히폴리토 그자는 도매상의 집사인데요.

공작 자기 말로는 이보다 더 멋진 항해를 한 적이 없다더군.[15)]

히폴리토 가난한 늙은 과부의 아들이죠.

전 이만 물러가겠습니다.

공작 〔방백〕 효과가 있군.

〔히폴리토에게〕 누이에게 좋은 충고를 해 주게.

자기 과오를 보게 해 줘. 자네 말은 들을 테니까.

히폴리토 예, 전하. 틀림없이 그렇게 하겠습니다.

〔방백〕 틀림없이 난 바로 조치를 취할 거지만,

그 일이 다 끝날 때까지 누나에게는 안 알릴 거야.

누나가 정신 차려서 명예를 챙기게 되면,

내가 그렇게 해 준 걸 고마워하겠지.

난 나이든 의사들이 환자 수족을 자를 때

보여 주는 동정심을 흉내 낼 거야.

그 의사들은 기술을 선보이기 전에 먼저 환자를 잠재우고,

그 후에야 환자의 병든 부분을 잘라 내잖아.

15) “항해(voyage)”는 당시 높은 수익을 얻는 국제무역 상선의 항해를 뜻하면서 동시에 성적인 모험을 의미한다.

나 역시 가장 가엾게 여기는 누나에 대한 애정으로
그놈이 사라질 때까지 누나는 그 사실을 모르게 할 거야.
그때가 되면 누나도 내 치료법을 칭찬하겠지.

〔히폴리토 퇴장〕

공작 가장 큰 치료가 지나갔으니,
이건 이미 끝난 일로 쳐도 되겠어.
그의 확실한 분노는 깊은 상처를 말해 주니까.
잘 가라, 리안티오. 다시는 여기서
네놈이 중얼거리는 소리를 들을 수는 없을 거야.

〔추기경이 수행원들 대동하고 등장〕

고귀한 아우님, 어서 오시게!
추기경 그 횃불들을 내려놔라. 너희는 부를 때까지 나가 있어.

〔수행원들 퇴장〕

공작 〔방백〕 동생 표정을 보니 심각한 일이 있는 모양이군.
안색이 뭔가 불만족스럽게 어두워져 있잖아.
〔추기경에게〕 아우님, 대체 어째서 그런 눈빛인가요?
말해 봐요. 생각에 잠겨 있는 것 같으니.
추기경 내 눈에는 내가 지금 보고 있는 대상이 그래 보여요.

형님이 영원히 타락한 걸로 보인다고요.[16]

공작 지금 아우님이 보고 있는 건 나잖아요.

추기경 성직자의 마음에 그게 얼마나 비통한지요.

내게 그토록 선하고 현명하고 고귀한 친구가 계시고,

게다가 그분이 공작이면서 형님이기까지 한데,

이 모든 존재가 확실히 타락했다는 사실이오.

공작 무슨 말인지!

추기경 형님의 큰 죄를 생각하면 놀랄 일도 아니지요.

형님은 복수당할 걸 생각하고도 감히 쳐다볼 수 있나요?

잠에서 깨어나면 죽어 있을까 봐 감히 잠들 수나 있냐고요?

형님의 애정과 열정, 건강의 힘을

매춘부의 사랑 따위에 갖다 바친단 거예요?

형님은 지금 여기 멀쩡히 서 계시지만,

형님이 한 번 더, 딱 한 번 더 그 여자를 안고

쾌락을 맛볼 거라고 확신할 수 있어요?

아아, 물론 형님은 확신할 수 없지요.

그렇다면 다음번 잠자리보다 더 확실하게

죽음이 형님에게 올 거란 건 얼마나 비참한 일일까요?

죄라는 측면에서 형님이 하찮은 일개 개인들보다

얼마나 더 불운한지 제가 보여 드릴까요?

그런 사람의 모든 죄는 담장 쳐 놓은 토지 같아서

16) 공작이 "생각에 잠겨 있다(lost)"고 지적하자, lost의 다른 의미인 "타락하다"를 이용하여 추기경이 공작을 비난하고 있다.

죄지은 당사자 주위만 둘러싸고 있을 뿐
그 사람의 영혼 울타리 밖으로는 거의 뻗어 나가지 않아요.
그래서 그 사람이 불행해지면, 자기 한 사람만
벌받으면 된다는 게 좀 위안이 되기도 하죠.
비참해진 사람에게는 그것도 달콤한 위로니까요.
하지만 지체 높으신 형님이 짓는 모든 죄는 산불 같아요.
그건 멀리서도 잘 보이고, 사람들 입소문으로 만들어진
큰 바람을 타고 그 불꽃은 모든 도시로 날아가요.
그래서 여기서도 번지고 저기서도 옮겨 붙어,
순식간에 모든 게 타 버리고 재만 남지요.
하지만 그렇게 골짜기를 태운 불은
산에서 시작되었단 걸 항상 기억하셔야만 해요.
개인이 지은 모든 죄는 개인적인 고통만 불러오지만,
모범이 돼야 하는 고위인사한테는 파멸이 되어요.
하찮은 사람의 죄는 아직 총액 안 나온 청구서의
개별 항목이라 할 수 있지만, 고위직이 타락하면
총액의 전체 합산이 완성되고 청구서가 제출되거든요.
이건 형님도 이성적으로는 인정하실 거예요.
착하게 산 사람들은 그들의 고결한 행동으로
다른 사람들까지 그들의 착한 삶을 본받아
고귀하고 경건하게 살게 함으로써,
죽은 뒤에 더 큰 영광을 받게 마련이지요.
하지만 결국 죄는 드러나게 마련이니,
신분 높은 사람들이 본인도 착하게 살지 못하면서

남들에게 지옥 가는 길의 횃불까지 밝혀 준다면,
그들은 고통의 정점과 처벌의 무거움 속에서
과연 뭘 느끼게 될까요?

공작 자네가 할 말 다했다면 나도 더는 할 말이 없네.
아우님, 그만하시게.

추기경 착하게 사는 시간이 지루하다는 건 나도 알아요.
내가 지금 한 말도 욕정의 시간에 비하면 일 분도 안 되죠.
그런데 이렇게 일 분의 비난조차 못 참는 분이
어찌 감히 영원한 고통을 감수하겠단 거예요?
형님은 비난 듣는 걸 참아 내셔야 해요.
형님이 굳이 사서 받으려 드는 비난이잖아요.
오, 형님! 지금 갑자기 돌아가시기라도 한다면
형님은 어떻게 되겠어요?
그 생각만 하면 내 심장에서 피눈물이 나요.
형님이 아직까지 급사하지 않은 건,
받을 자격도 없이 무한한 자비를 받은 거예요.
하지만 그건 아직 안 죽었단 거죠, 아직은요.
참회에 허락된 시간을 형님이 충분히 못 가질까 봐
난 지금 형님을 감히 오래 붙잡지도 못하겠어요.
형님이 가장 건강할 때조차도
형님과 파멸 사이에는 고작 이 벽밖에 없어요.[17)]
보잘것없는 얇은 흙으로 만든 육신일 뿐이죠.

17) 여기서 벽은 인간의 몸을 가리킨다. 『성경』에서 인간의 몸을 흙으로 빚었다고 했기 때문이다.

한 번 생각해 보세요, 형님. 고작 예쁜 창녀에 대한
사랑 때문에 이걸 전부 감수하겠단 거예요?
그래서 사람의 겉껍데기에 불과하고
그마저도 오로지 화장 덕인 예쁜 얼굴 때문에
끝도 바닥도 없는 고통에 빠지겠단 거냐고요?
그 여자는 병도 감히 들어가지 못하고,
나이도 못 쳐다보고, 죽음마저 저항하는 사람인가요?
구더기도 그 여자 무덤은 피한답니까?
형님도 그렇지 않다는 걸 잘 알고 계시잖아요.
그런데 왜 고작 썩어 문드러질 흙덩이에 대한 욕정으로
남자가 영원한 고통을 받아야 하는 건가요?

공작 흠잡을 데 없는 명예를 가진 아우님,
내가 아우님 가슴에 안겨 울면서 첫 번째 참회를 하게 해 주게.
감사하는 영혼이 축복받은 결실을 받았단 걸 보여 주겠네.
내가 다시 부당한 방식으로 여자를 가까이한다면,
내게 꼭 참회가 필요한 순간에 참회하지 못해도 좋아.
은총의 부족이야말로 가장 심한 굶주림을 가져오는
최악의 불모지라는 걸 현명한 사람들은 다 아니까.

추기경 아니, 이 시점에서의 참회야말로
천국에서 찬가 울리게 할 만한 참회네요, 형님.[18)]
이 순간 어둠의 힘들이 신음소리를 내고,

18) "내가 너희에게 이르노니 이와 같이 죄인 하나가 회개하면 하늘에서는 회개할 것 없는 의인 아흔아홉을 인하여 기뻐하는 것보다 더하리라."(『누가복음』 15장 7절)

모든 지옥이 아쉬워하고 있을 거예요.
전 우선 하느님을 찬양하고 제가 한 일에 기뻐하렵니다.
거기, 밖에 누구 없느냐?

〔하인 등장〕

하인 예, 추기경 성하(聖下)!
추기경 저 횃불들을 들어라.
처음 저 등을 들여왔을 때는 여기가 더 어두웠었지.
내 고귀한 형님께 아름다운 영혼의 안식이 함께하길!
공작 추기경께도 기쁨이 함께하길!

〔추기경이 하인들과 함께 퇴장〕

공작 이 일로 오늘밤 그녀는 혼자 자야 하고,
극복하기 어렵겠지만 앞으로도 계속 그래야 해.
난 더 이상 그녀와 부정한 관계를
안 맺겠다고 맹세했고, 난 내 맹세를 지켜야만 해.
격분한 히폴리토가 실패하지만 않는다면,
오늘밤 그녀의 남편은 죽을 거야.
길어 봤자 내일 아침이 지나는 걸 못 볼 거라고.
그럼 난 이렇게 죄짓고 공포에 떨지 않고도
그녀를 정당하게 내 것으로 만들 수 있어.
지금은 내가 비난받고 있지만,

그때는 어떤 제지도 받지 않고 즐길 거고,
난로로 덥혀진 방에서 추위에 떠는 일도 없을 거야.[19]
그러니 잠시만 참으면 돼.
희망에 찬 새신랑처럼 육체를 멀리하고 살다 보면
쾌락이 새롭고 아름답고 신선해 보일 거야.

〔공작 퇴장〕

19) 난방 된 방 안에서 추위에 떤다는 것은 쾌락을 누릴 조건이 다 되어 있는데도 금기 때문에 못 누리는 자신의 상황을 말한다.

4막 2장

〔히폴리토 등장〕

히폴리토 아침이 이렇게 많이 지나갔는데도
저 비천한 놈은 저렇게 뻔뻔한 거야?
태양조차 저자를 보고 얼굴 붉히고 있잖아!
내가 버젓이 살아 있는 걸 알면서 감히 이런 짓을 하다니!
사람이 사악해져야 할 경우가 있다 치면,
— 나도 내가 심하게 그렇단 건 알고 있지만 —
눈먼 밤이야말로 그러기에 적당한 시간이야.
그런 사람은 오직 밤만 이용할 거야. 그게 신중하거든.
교활함, 침묵, 비밀, 치밀함과 더불어
어둠이야말로 그런 일을 하기에 적절하다고.
하지만 벌건 대낮에 뻔뻔하게 간음하는 놈,
그런 명백한 죄인마저 내가 동정할 필요는 없잖아!
게다가 공작님께서 우리 가문의 영원한 명예를 위해
주선해 주신 빈센시오 경과 누나가 혼인해서
누나가 신분상승하길 난 열렬히 바라거든.
그 열망이 공기 중에서 이 역병을 정화하고자 하는

내 욕망에 불을 붙였어. 난 이 역병이 너무 멀리 퍼져서
이 멋진 행운의 모든 희망을 망칠까 봐 두렵거든.
난 내 누님의 이익을 너무나 소중히 여긴단 말이야.
이 세상 어떤 남동생도 내가 누님의 신분상승을 위해
애쓰는 것보다 더 제 누이의 영광을 위해 애쓰지는 않을 거야.

〔리안티오와 종자 등장〕

리안티오 한 번만 더 그 번쩍거리는 창녀를 봐야겠어.
이제 궁정의 태양빛을 받았으니 그녀가 뱀처럼 빛나겠지.
— 이봐!
종자 예, 곧 갑니다, 나리!
리안티오 나도 화려하게 꾸미고 가야지.
〔종자에게〕 마차가 준비됐는지 가 봐.
난 곧 서둘러 가야 하니까.

〔종자 퇴장〕

히폴리토 그래, 넌 서둘러 가야 할 거야.
그럼 악마가 널 쫓아가겠지.
출발 전에 이것부터 받아라.

〔리안티오를 칼로 찔러 부상 입힌다〕

이제 네놈이 칼을 뽑으면 우린 공평해지는 거야.
넌 내 누이를 이용해 명예로운 내 이름을 더럽혔어.
난 내 평판이 피 흘리는 걸 발견할 때까지,
네 칼이 다가온 것조차 알지 못했다고.
그러니 난 네놈의 욕정을 이렇게 벌하는 게
용기에 죄짓는 일이라 생각하지 않아.
이제 우린 공평해졌으니 날 상대로 최선을 다해 봐.
난 널 죽이고야 말 테니.

리안티오 질투는 정말 남자의 행복에 딱 달라붙어 있구나!
내가 가난하고 삶에 대한 애착도 거의 없었을 때엔
이렇게 죽을 방도가 내게 주어지지 않았어.
어떤 사내도 내게 분노를 품지 않았다고.
이 종놈, 이제 네게 이걸 돌려주마.

〔칼을 뽑는다〕

네놈이 방금 비겁하게 부상 입힌 데 대해
이번엔 내가 죗값을 물을 테다.

히폴리토 그건 비겁한 천성을 가진 놈에게 딱 맞는 대접이었어.
그럼 이제 이리 와서 그보다 더 고귀한 상처를 가져가.
네가 네 영혼이나 우리 명예에 한 짓보다
난 훨씬 더 정정당당하게 네놈을 다루어 줄 테니까.

〔둘이 칼싸움한다〕

자, 이건 네 몫이야.

〔리안티오가 쓰러진다〕

목소리들 〔무대 뒤에서〕 도와주세요. 도와줘요. 저 둘을 떼어 놔요.

리안티오 아내의 짓이군!

네년이 날 위해 열렬히 기도했단 걸 이제야 알겠어.

일어나라, 창녀야. 내 추락을 딛고 일어서.

이제 네년의 욕정은 마음대로 군림할 수 있을 거야.

네년을 묶고 있던 내 심금(心琴)과 혼인 매듭이 한꺼번에 끊어졌으니.

〔리안티오가 죽는다〕

히폴리토 네놈 심금이 끊어지는 소리를 들으니

저보다 멋진 현악기 소리는 들어 본 적이 없는 것 같아.[1]

〔구아디아노, 리비아, 이자벨라, 상속자, 그리고 소르디도 등장〕

리비아 내 동생이잖아! 너 어디 다친 데 없어?

히폴리토 아무데도 안 다쳤어요.

리비아 천만다행이네! 하지만 조심해야지.

1) 원문의 "심금"은 heart-string인데, 심장 근육과 마음이란 두 가지 뜻을 함께 갖는다. 후자의 경우, string이 현악기란 뜻이므로 히폴리토가 이를 두고 말장난하는 것이다.

네가 죽인 사람은 누구야?

히폴리토 우리 집안의 명예를 망친 원수예요.

구아디아노 이 사람을 아시나요, 부인?

리비아 리안티오? 내 사랑이자 기쁨이?

〔히폴리토에게〕 네놈의 죄만큼 치명적인 부상이 네게 달라붙길!

네놈은 안 다친 거야? 악마가 그 행운을 가져가길.

저 사람은 죽었는데! 역병이 아무 소리 없이

은밀하고 끔찍하게 네놈 창자 속에 떨어지길.

〔다른 사람들에게〕 어서 가서 순경을 데려와요.

저놈이 도망가면 안 되니까 빨리 저놈을 체포해야 한다고요.

저놈을 잡아요. 이건 고의적인 살인이니 확실히 해 둬야 해요.

여러분은 하늘의 복수를 하는 거고 법에 봉사하는 거예요.

여러분은 나만큼 이자를 모르잖아요. 이자는 악당이에요.

괴물만큼 끔찍하고 무서운 놈이라고요.

히폴리토 존경하는 누님, 제발 고귀한 인내심을 보여서

내가 그렇게 한 이유를 들어 보기라도 해요.

리비아 이유라니! 지옥마저 웃음 터뜨리게 할 농담이구나.

훨씬 더 정당한 우리 사랑을 파괴할 이유를

네가 찾아내기라도 한 거야?

그토록 오랫동안 숨겨 온, 네 조카딸과 네놈 사이의

시커먼 욕정을 죽일 이유는 못 찾아냈고?

구아디아노 무슨 말이죠, 부인?

리비아 다 사실이에요. 저기 조카애가 서 있으니

저 애한테 마음대로 부인해 보라고 하세요.

그 부모의 죄 때문에 아이가 사산되지만 않는다면,
그 죄의 결과가 곧 산파의 팔 안에서 울어 댈 거예요.
그리고 댁이 귀 닫고 모른 척하지만 않는다면,
댁도 머지않아 이상한 소문을 듣게 될 거라고요.
〔이자벨라에게〕 날 봐, 이것아! 지어낸 얘기를 근거로
네 정조를 저놈한테 은밀히 넘겨준 게 바로 나야.
이제 그 죄가 나한테 정통으로 떨어졌지.
내 사랑하는 리안티오! 저놈 팔이 당신 가슴을 찔러서
나에게 제대로 된 대가를 치르게 했네요.

구아디아노 〔방백〕 신붓감 고르던 내 판단력과 신중함이
이렇게 사악하고 수치스럽게 속아 넘어가다니.
이제 온 세상이 날 비웃을 거야.

상속자 아, 소르디도, 소르디도. 난 망했어. 망했다고!

소르디도 망했다고요? 왜요, 주인님?

상속자 내가 가장 끔찍한 게 돼 버렸잖아. 모르겠어?
난 바람피운 마누라를 둔 남편이야. 누가 봐도 한심한 남편이라고!

소르디도 아니, 설사 그래서 망했다 치더라도 기운 내세요, 주인님. 각종 직업을 가진 멋진 남자들이 주인님과 같은 처지니까요. 나도 다음 일요일엔 마누라를 얻어야겠네요. 그래야 저도 나리와 같은 처지가 되지요.

상속자 그래도 그게 좀 위안이 되네.

리비아 〔구아디아노에게〕 내게 내 몫의 슬픔이 있듯이
당신 역시 당신 몫의 피해를 안고 있죠.
이 슬픈 짐을 지는 데 당신의 분노한 힘을 빌려주세요.
이자는 평생 행동하는 게 특기여서,

어떤 불꽃도 그보다 빠를 수 없답니다.
우리가 서로 의논하면 우리 서로의 마음을
후련하게 할 방편이 운 좋게 나올 수도 있어요.

구아디아노 난 복수와 분노 외엔 어떤 얘기도 듣지 않겠지만,
그 얘기라면 당연히 따르지요.

〔리비아와 구아디아노가 리안티오의 시체를 들고 퇴장〕

소르디도 저 양반이 그렇게 마누라 얻으라고 난리치더니!
여기 나리의 후견인이 접붙여 준 달콤한 자두나무가 있네요.[2]

상속자 아니야. 이 열매에는 더 나쁜 이름이 있는데 그게 뭔지 너도 짐작이 갈 거야. 자두보다 더 많이 벌어진 열매지. 창녀랑 결혼한 남자는 평생 모과나무에 묶인 사람처럼 보이지만, 사실 모과는 꽤 괜찮은 물건이야. 모과 열매는 익자마자 이미 썩은 것처럼 보이거든. 열아홉 살밖에 안 된 창녀들도 그렇게 썩어 보이잖아.[3] 염병할, 난 뭔가 안 좋은 일이 일어날 줄 알았어. 내가 저 여자랑 잔 첫날밤에 저 여자 뱃속에서 뭔가 움직였거든.

소르디도 뭐요. 뭐라고요, 나리!

상속자 이 여자가 그렇게 값비싼 교육을 받았단 거잖아! 그래서 노래하고, 춤도 추고, 잠자리 기술까지 훌륭한 거라고 난 생각했다고. 하지만 난

2) "자두나무(plum tree)"는 당시 헤픈 여자, 혹은 여성의 성기를 가리키는 속어였다.
3) 서양모과는 푹 익어 말랑말랑해져서 나무에서 떨어지면 그제야 식용으로 사용되었다. 상속자가 서양모과의 푹 익은 외관과 성병 걸린 창녀의 겉늙은 모습을 비교하며, 헤픈 여자(창녀)와 사기결혼 당한 자신의 팔자를 한탄하는 것이다.

그렇게 여러 소질을 가진 여자랑 다시는 결혼하지 않을 거야.

소르디도 그런 여자들은 사실 좋은 경우가 별로 없어요, 주인님. 왜냐하면 그렇게 많은 기술을 배운 여자들은 자기가 개발한 속임수 한 가지쯤 더 갖고 있게 마련이거든요. 사실 여자는 좋은 자질 딱 한 개만 가지면 돼요. 평생 남편 한 사람하고만 자는 거요. 그거면 어떤 여자에게든지 충분한 교육이에요.

상속자 저 여자를 소개받았을 때 그게 바로 결점이었는데, 넌 그걸 못 본 거야.

소르디도 아니, 나리, 어떻게 저한테 속치마 속까지 꿰뚫어 보라고 할 수 있어요! 제가 맷돌 속을, 그것도 지금 돌아가고 있는 맷돌 속을 들여다보면서, 그 밑에서 무슨 일이 벌어지고 있는지까지 알아낼 수는 없잖아요.

상속자 저 여자 아버지가 저 목소리를 칭찬했었지. 훌륭한 목소리 좋아하시네! 어린 처녀애도 아닌데 목소리가 너무 높아서 나도 이상하다고 생각했어. 이제 보니 저 뱃속에 어린 성가대원이 있는 거야. 그래서 지금 내 머릿속이 울리는 거라고.[4]

소르디도 그건 주인님 아내분이 깃털 달린 침대에서 춤출 때 나던 곡조일 뿐이에요. 가서 좀 누우세요, 주인님. 하지만 주인님 뿔이 베갯잇에 구멍 내지 않도록 조심하셔야 해요. [방백] 난 누가 금화 한 항아리를 준다고 해도 주인님 이마랑 부딪치진 않을 거야. 주인님 뿔이 내 머리통에 구멍을 내서 필경사의 모래상자처럼 만들 테니까.[5]

4) 머릿속에 노래가 들리는 것이 아내가 바람피운 남자들의 증상 중 하나였다. 이자벨라의 뱃속에 사생아가 있을 수 있다는 의심에 머리가 아프다는 토로이다.

5) 당시 원고를 베껴 적던 필경사들은 방금 쓴 잉크가 번지지 않도록 그 위에 고운 모래를 뿌렸는데, 이때 작은 구멍들이 뚫려 있는 상자에 모래를 담아 사용했다.

〔상속자와 소르디도 퇴장〕

이자벨라 〔방백〕 나처럼 잔인하게 속은 처녀가 또 있을까!

내 삶도, 영혼도, 명예도 모두 망가졌는데,

그게 모두 한 여자가 죽인 거야!

나한테 이제 그 사람은 가족이 아니라 여자,

그것도 아주 악독한 여자야.

아아, 너무나 수치스럽고 무서운 일이야!

저 남자와 나 사이의 짧은 거리 안에

전 세계를 멸망시킬 만큼 많은 죄가 들어 있어.

〔히폴리토에게〕 이제 우리가 헤어져서,

절대 서로 안 봐야 할 시간이 왔어요.

참회를 막는 것보다 나쁜 짓은 없는데,

우리 서로의 눈이 신앙심에 독이 되는 게

바실리스크가 사람 눈에 해로운 것보다 더하니까요.[6]

당신에게 조금이라도 선함이 남아 있고

위로에 대한 희망과 심판의 두려움이 있다면,

내 요구는 내가 당신을 다시 보지 않게 해 달라는 거예요.

그러니 난 이제 영원히 당신에게서 돌아설 거고,

다시는 당신을 보지 않기를 희망해요.

하지만 감히 그렇게 위험한 죄를 갖고 놀고

어린 내게 그렇게 악의적인 덫을 놓았던 그 여자는 달라요.

6) 바실리스크는 신화 속의 뱀으로 그 눈길을 받은 사람의 눈을 멀게 한다고 믿어졌다.

만일 복수를 도와줄 아주 사소한 수단이라도 내게 있어서,
그 여자가 내 명예에 자행했던 잔인하고 교활한 짓을
나 역시 그녀의 목숨에 똑같이 할 수 있다면,
난 아무 동정심 없이 그 일을 할 거예요.

히폴리토 나 역시 평판과 누나의 행운을 지키려다가
오히려 누나한테 멋지게 당하고 말았어.
무덤들 사이에 내려앉은 것 같은 확실한 침묵이
누이의 혀를 영원히 묶어 놓았다면 좋았을걸.
누이에 대한 내 사랑이 정작 내 사랑을 불행하게 만들었구나.

〔리비아와 구아디아노가 등장해 옆에서 따로 얘기한다〕

구아디아노 지금 부인의 마음속 슬픔을 감출 수 있다면,
조금만 더 여자답게 속여 보세요.

리비아 목소리 낮춰요! 나도 노력해 볼게요.

구아디아노 내가 미소 속에 내 피해를 감추듯이오.
여기 좋은 기회가 주어졌거든요.
법이나 위험에 대한 두려움 없이,
우리의 분노에 안전과 자유를 보장하면서
그 분노의 불길에 걸맞은 일을 벌일 기회예요.
공작님이 급하게 올리는 결혼식에서
축하 행사란 명목으로 나쁜 일을 벌이면
단지 사고일 뿐이라고 여겨질 테니까요.
모든 일은 단지 우연일 뿐,

고의로 계획한 일이 아닌 게 되는 거죠.

리비아 무슨 말인지 알겠어요.

그 일을 실행하고 싶은 마음이 생길 만큼요.

이제 그 결과를 지켜보세요.

〔히폴리토와 이자벨라에게 무릎을 꿇는다〕

두 사람 다 나를 용서해 다오.

판단력과 제정신이 돌아온 지금,

난 방금 전 너희가 보았던

격분과 광기에 휘둘린 사람이 아니란다.

그 무례한 모습은 영원히 사라졌어.

난 이제 다시 평화와 우애만을 얘기하는

원래의 나로 돌아왔어. 그리고 이 눈물은

격분해서 모든 걸 망각했던 내가

너희 명예를 훼손한 내 사악한 잘못에 대해

진심으로 참회하며 흘리는 진실된 샘물이란다.

그 점에 대해서는 이 신사께서도 다 양해해 주셨다.

구아디아노 달리 오해하지도 않았어요.

그저 부인이 화나서 그렇게 말한 걸 아니까,

나도 그 이상 생각하지 않았거든요.

히폴리토 누님, 일어나요.

이자벨라 〔방백〕 이미 손해는 다 입혀 놓고,

이제 와서 달콤한 보상을 주겠다는 거군.

이건 상처 입힌 가해자가 치료비 내주는 꼴이잖아.
모든 상처는 아무것도 아니란 거지.
피 많이 흘린 것도, 아파서 시간 허비한 것도 말이야.
뭐, 나도 어머니가 있었으니 거짓말할 줄 안다고.[7]
〔리비아에게〕 화가 나서, 모르고 뱉어 낸 잘못이니
저도 마음으로부터 용서할게요, 고모님.

구아디아노 이런, 이건 정말 화기애애하군요!

히폴리토 누님, 내가 한 일은 전부 명예를 위한 거였어요.
시간이 지나면 차차 누님도 알게 될 거예요.

리비아 이제 나도 제정신을 차렸으니 그 정도는 이해한단다.
나도 지금은 네 공격이 운 좋게 성공한 덕에
네가 다치지 않은 게 다행이라고 생각해.
넌 그자를 죽임으로써 여자들이 지은 죄 중
가장 값비싼 죄악에서 날 구해 줬으니까.
이걸 보렴. 공작님도 그 소식에 기뻐하신 나머지
이렇게 네 사면장을 보내 주셨단다.
나 역시 누나로서 안도하며 그 사면장에 입을 맞췄지.
그게 도착했을 때, 난 막 격분이 지나간 후였거든.
이 사면장 덕에 내 마음도 아주 가벼워진 것 같구나.

히폴리토 전하께서 날 생각해 주셨군요.

리비아 지금은 성대한 결혼식 준비 얘기만 무성하단다.

히폴리토 그럼 전하께서 그분과 결혼하시나요?

7) 모든 여자들은 거짓말을 잘하고, 이자벨라 역시 어머니한테 배워서 거짓말할 줄 안다는 말이다.

리비아 가장 빨리 서둘러 결혼식을 치르기 위해
비용을 안 아끼고 수천 명을 동원해 진행 중이지.
예전에 나와 여기 계신 신사는 이분이 쓴 작품으로
공작님의 첫 번째 결혼을 축하하려고 했었어.
다 준비됐고, 모든 수고를 기울였고,
대부분의 비용까지 지불했는데, 조카야,
네 어머니가 갑작스럽게 사망하는 바람에
그 작품의 영광은 그냥 암흑으로 스러졌단다.
그런데 그 작품을 이번에 해도 좋을 것 같구나.
예술이란 언제 해도 좋은 보물이잖니.
너희가 함께해 준다면 그걸 해 보려고 해.
물론 모든 비용은 내가 다 댈 거고.

히폴리토 당연히 난 찬성이에요. 공작님의 은혜와 호의에
내가 감사 드린다는 걸 증명할 수 있으니까요.

리비아 넌 어떠니, 얘야?

이자벨라 저도 배역 하나 맡을게요.

구아디아노 그럼 배역이 다 찼네요.
부인의 종자들이 큐피드 역할 하면 되겠어요.

리비아 그렇게 하지요.

구아디아노 부인은 전에 맡았던 배역을 다시 하시고요.

리비아 그래도 될까요? 그런데 그게 뭐였는지 잊어버렸어요!

구아디아노 결혼의 여신, 주노 프로누바였잖아요.[8]

리비아 아, 맞아요.

구아디아노 〔이자벨라에게〕 조카며느리는 여신의 분노를

누그러뜨리기 위해 제물 바치는 님프 역을 하면 되겠네.

이자벨라 제물이라고요?

리비아 그럼 난 화를 누그러뜨리면 되나요?

구아디아노 상황 봐서 원하는 대로 하시면 돼요.

리비아 내 생각에는 분노하는 게

좀 더 여신다운 위엄을 보일 것 같은데요.

이자벨라 그럴 것 같네요.

하지만 제가 바친 제물이 여신을 진정시켜야 해요.

그게 아니면 난 실패한 게 되니까요.

〔방백〕 죄 많은 뚜쟁이한테 여신 연기를 가르치다니.

구아디아노 〔히폴리토에게〕 우리 둘의 배역은 그리 대단한 게 아니에요.

안에 들어가서 가면극 대본을 보시죠.

그리고 마음에 드는 걸로 고르세요.

히폴리토 배역만 맡을 수 있다면 전 뭐든 상관없어요.

〔리비아 외에 모두 퇴장〕

리비아 내 분노가 저주로 터져 나오는 걸

막느라고 내가 얼마나 힘들었는지!

오, 큰 슬픔을 억제하는 건 너무나 고통스러워!

사랑보다 슬픔을 숨기는 게 더 어려운 것 같아.

8) 로마 신화에서 신들의 왕인 주피터의 아내 주노를 말한다. "프로누바(Pronuba)"란 결혼생활을 지켜 준다는 뜻이고, 주노의 여러 별칭 중 하나이다.

리안티오, 당신을 잃은 무게가 여기 얹혀 있어서
난 파괴 외에 그 어떤 것도 성이 차지 않아요.

〔퇴장〕

4막 3장

〔오보에 소리 나고, 화려한 옷을 입은 공작과 비앙카가 위엄 있는 모습으로 등장한다. 귀족들, 다른 추기경들, 귀족부인들, 그리고 기타 수행원들이 함께 등장하여, 모두 엄숙하게 무대 위를 지나간다. 이때 분노한 추기경이 등장해서 행진을 멈추려고 한다〕

추기경 멈춰, 멈추라고!
죄를 위해 종교의식을 거행해 주는 건
미덕의 위상을 떨어뜨리는 것이고,
하늘의 천둥을 피렌체로 끌어오는 짓이오.
종교의식은 신성한 곳에 사용해야지
죄짓는 일에 사용해서는 안 되오.
형님, 형님께서 참회하신 결과가 이건가요?
형님이 참회의 이득을 부당하게 취해서
죄짓는 걸 멈췄을 때보다 더 나쁜 상태로 돌아가느니
차라리 아예 참회하지 않는 편이 나았을 거예요.
그때 다시는 창녀를 가까이 않겠다고 맹세하더니,
이제는 아예 그 창녀한테 형님의 명예와 삶을
단단히 묶어 놓을 만큼 형님 욕망이 급했던가요?

남자가 쇠사슬로 자기를 죄에 묶는 거야말로
가엾은 남자가 확실히 죄짓는 길 아닌가요? 더 나쁘죠!
원래 결혼이란 순결한 정절의 의복이어서,
우리의 영광스럽고, 아름답고, 보람 있는 미덕을
결혼을 창조하신 신께 바치는 건데,
형님은 그걸 문둥병과 타락의 옷으로 만들어야겠어요?
뜨거운 욕정에 정당성을 부여하는 게 참회예요?
그게 악마한테 바치는 숭배와 뭐가 달라요?
죄악이 실컷 제 마음대로 난동부리고 나서
할 수 있는 최고의 보상이 고작 이거냐고요?
이건 마치 술주정뱅이가 하늘의 분노를 잠재우기 위해
자기 과음을 제물로 바치는 거나 마찬가지잖아요.
그 꼴이 보기 괜찮다면, 음욕의 제물을
혼인의 성스러운 제단에 바치는 것도 괜찮겠지요.

공작 지금 아우님은 정당한 이유 없이 화내고 있어요.
아우님이 자기 양심을 잘 지키듯이
나 역시 내가 맹세한 걸 지키는 것뿐이에요.
그러니 아우님이 이럴 필요는 없는 거지.
난 지금 아우님한테서 신앙심보다는 분노가,
선함보다는 질투가 느껴져요.
지금 내가 걷는 길은 정직한 길이고
합법적인 사랑으로 이끄는 길이어서,
아무리 엄격한 도덕이라도 그걸 막지는 않을 거예요.
난 더 이상 음탕한 여자와 가까이 않겠다고 맹세했으니,

그 약속을 지켜서 그녀를 합법적인 아내로 만들 생각이오.

추기경 형님께 이 계략을 가르쳐 준 악마를
너무 오랫동안 주인으로 섬기진 마세요.
그 악마가 형님을 망칠 테니까요.
소중한 형님, 형님 영혼을 위해
너무 교활한 수를 쓰지는 마세요.
형님은 남의 아내를 훔쳐 와 간음하고
혼인으로 피난처 삼았으니, 그럼 충분한 건가요?
나도 인정해요. 면책권 있는 성당에 숨어 있는 한,
죄인의 목숨은 안전하죠. 하지만 밖에 나오는 순간,
그자는 붙잡히고, 그로 인해 반드시 죽을 거예요.
형님도 지금은 안전하지요. 하지만 육체는 죄지은 영혼이
피난처 삼을 수 있는 지상의 유일한 면책 특권 성당이니,
형님이 그 육체를 떠나는 순간 깨닫게 될 거예요.
순결해야 할 결혼 침대를 음욕이 대신 차지했을 때
순결한 결혼맹세가 어떤 수모를 겪었는지 말이에요.

비앙카 추기경님, 지금까지 난 침묵한 채 당신을 관찰하고,
추기경께서 엄청난 지식과 준엄한 학식을
한 몸에 갖고 있다는 걸 알았어요.
하지만 당신의 모든 덕목 중에 자비는 쓰여 있지 않네요.
자비야말로 종교에서 처음 태어난 장남이라고 하던데
추기경님 종교에선 자비가 보이지를 않아요.
하지만 제 말을 믿으세요, 추기경님.
없을 때 가장 아쉽고, 늦게 와도 제일 환영받는

덕목으로는 자비만한 게 없답니다.
모든 덕목은 자비에서 시작되고,
자비가 모든 덕목에 질서를 주지요.
하늘과 천사들도 참회한 죄인에게 크게 기뻐하잖아요.
그런데 신의 종이자 신앙인인 추기경님은
그들과 왜 그렇게 다른 거예요?
만약 모든 죄지은 여자들이 선을 행하려는 욕망을
제지당한다면 어떻게 미덕이 알려지고 숭상되겠어요?
앞 못 보는 사람한테서 불붙은 양초를 가져가는 건
잘못이 아니죠. 어차피 아쉬워하지 않을 테니까요.
하지만 볼 수 있는 사람한테서 빛을 빼앗는 것은
부당한 짓이고 분풀이일 뿐이에요.
말해 보세요. 이 둘 중 어디서 신앙이 더 쓸모 있나요?
음란하게 살던 삶들이 정숙하게 바뀔 때일까요,
아니면 그들이 계속 죄의 음행(淫行) 속에 뒹굴 때일까요?
정절의 사원을 타락시키는 건 아무것도 아니에요.
하지만 그 폐허를 다시 세우는 건 은총받을 일이랍니다.

공작 그런 기백을 갖고 있다니 키스해 줘야겠군.
당신은 겸손한 방식으로 당신의 총명함을 자랑한 거야.
— 자, 자, 어서 가자!

〔오보에 소리〕

추기경 음욕은 뻔뻔해서, 미처 통제받기도 전에

그동안 앙심 품은 걸 다 뱉어 내려 하는군.

〔모두 퇴장〕

5막 1장

〔구아디아노와 상속자 등장〕

구아디아노 말해 봐. 넌 네가 당한 수모를 이해하는 거냐?

네가 무슨 꼴을 당했는지 알고 있어?

상속자 그걸 모르면 바보지요.

세수할 때마다 내 뺨이 만져지는걸요.

구아디아노 그럼 이 쇠못을 가져가.[1]

이걸 내가 보여 줬던 장소로 은밀히 옮겨.

잘 봐, 이게 그곳으로 가는 함정문이야.[2]

상속자 지난번 거리 행진 이후부터 전 그 문을 이미 알고 있었어요. 제 기억으론 엄청나게 많은 폭죽을 꼬리에 매단 외눈박이 악마가 그 문으로 나왔었거든요.

구아디아노 쓸데없는 소리 말고 내 말 잘 들어. 실패하면 안 되니까. 내가 바닥에 발을 구르면 네가 그 문을 내려서 열어. 그럼 나쁜 놈을 잡게 될 거야.

1) 이 "쇠못"은 일반적인 쇠못이 아니라, 길에 뿌려 말을 다치게 함으로써 기마병을 무력화시키는 일종의 무기를 말한다.

2) 당시 무대의 바닥에는 무대 밑으로 연결되는 함정문이 있어서 그 뚜껑을 열면 무대 밑으로 내려갈 수 있게 되어 있었다.

상속자 내가 그 신호를 놓친다면 날 목매달아도 좋아요. 나도 악당 잡는 걸 좋아하니까 숙부님 발 구르는 소리를 안 놓칠 거예요. 그런데 구멍이 하나인데, 난 어떻게 올라오고 그놈은 어떻게 내려보내죠? 이건 끔찍하게 어려운 문제겠는데요. 아시다시피 나도 배역을 맡았거든요. 내가 '중상모략'이라고요.[3]

구아디아노 그건 그렇지. 하지만 배역 준비는 할 필요 없다.

상속자 하지 말라고요? 하지만 난 의상이니 뭐니 다 사들였고, 길고 무시무시한 혀를 턱에 매단 사악한 악마 대가리까지 준비했는데요? 런던 교외에서 날뛰는 '중상모략'에 딱 맞는 모양새라고요.[4]

구아디아노 거기까지 안 갈 거라고. 말귀를 못 알아듣는구나.

상속자 아하!

구아디아노 그자는 그때가 오기 전에
이미 그 못들에 찔려서 저 밑에 누워 있을 거라고.

상속자 이제야 알아들었어요, 숙부님.

구아디아노 이제 가 봐. 은밀한 신호소리 잘 듣고.
그게 네가 해야 할 유일한 배역이니까.

상속자 내가 그 소리를 놓치면 내 뿔을 빻아서 모르타르에 섞고, 그 가루를 마누라 불륜으로 병 걸린 남편들한테 백포도주랑 같이 먹이세요. 그럼 머리 아픈 게 당장 나을 거예요.

3) 교훈극이나 가면극에서 극 중 인물들은 중상모략, 배신, 양심, 도덕 등의 이름을 가짐으로써 추상적인 덕목을 의인화시켰다.

4) 런던성 안의 전통적인 구시가지와 달리 템즈 강 건너 런던 교외는 런던시의 행정력이 덜 미치는 지역이었고, 따라서 상대적으로 무질서한 지역이었다.

〔상속자 퇴장〕

구아디아노 이 계획이 혹시라도 잘못될 경우를 대비해서,
— 저 바보가 충분히 잽싸더라도
그런 일은 얼마든지 있을 수 있으니까 —
난 날개 달린 큐피드 역의 종자들한테
사랑의 화살촉으로 그자를 맞히라고 미리 일러 놨어.
그 화살촉에 난 용의주도하게 독약을 발라 놨지.
그자의 배역으로는 화살 맞는 게 그럴 듯하잖아.
그러니 그자는 내 분노를 피할 수 없어.
그리고 모든 사고는 우리가 고의로 낸 게 아니라
운이 나빠 일어난 걸로 치부될 거야.
그거야말로 이 계획의 백미지!
오늘 밤 축하잔치에서 일어날 모든 불운이
원한에서 흘러나왔단 걸 대체 누가 상상할 수 있겠어?

〔퇴장〕

5막 2장

〔트럼펫 소리 울리고, 상부 무대에 공작, 비앙카, 추기경, 파브리티오, 다른 추기경들, 귀족들, 귀족 부인들이 위엄 있게 등장한다〕

공작 과인의 아름다운 공작부인,
당신이 얼마나 사랑받고 존경받는지
당신은 기쁨 속에 확인할 수 있을 거예요.
오늘밤의 즐거움을 위해 바쳐진 모든 영광은
밝게 빛나는 당신만을 위한 거라오.
비앙카 전하, 그럴수록 전 전하의 사랑에 더 많은 빚을 지네요.
자격도 없는 저를 명예롭게 대접하려고
이렇게 아낌없는 사랑과 호의를 베푸시다니요.
공작 신분이 높아졌는데도 이렇게 겸손하다니!
황금에 둘러싸인 순수한 다이아몬드처럼
당신의 착한 성품은 멀리서도 반짝거리는구려!
내가 당신들 둘 사이에서 아름답고 고귀한 평화를
볼 수만 있다면 난 더 이상 바랄 게 없어요!
죽음이 두려운 사람이 장수(長壽)를 반기는 것보다
내가 두 사람의 화해를 더 반길 거요.

〔추기경에게〕 아우님, 제발!

추기경 저 역시 평화를 원하니 그렇게 하겠습니다.

공작 그 말에 봉인 찍는 걸 봐야겠어요. 그래야 확실해지니까.

추기경 바라시는 대로 하지요. 〔비앙카에게 키스한다〕

공작 이제 난 정말 더 바랄 게 없소.

비앙카 〔방백〕 하지만 난 더 확실하게 조치해 놨지.

이런 걸로는 날 속일 수 없다고.

이렇게 초장부터 비난하기 시작한 사람이라면,

빨리 없애 버리든지 아니면 호의를 구하지 말아야 해.

아우의 시기심은 조심해야 한다고. 다음번 후계자잖아.

추기경, 당신은 오늘밤 죽을 거야. 계획도 철저히 세워 놨어.

유흥의 시간에 죽음은 안전하게 숨어들어 올 수 있어.

그때야말로 가장 의심받지 않을 시간이니까.

아무리 신앙심 깊은 사람, 즉 성직자라도

언제나 자기의 죽음만을 생각하지는 않지.

그 역시 유혹에 약한 시간이 있고,

그의 종교적 열정과 학식, 재능에도 불구하고

그의 생각 역시 육체를 통해 황홀경을 맞아.

밤마다 죄짓는 우리 가엾은 영혼들처럼 말이야.

〔파브리티오가 공작에게 종이를 준다〕

공작 이게 뭔가, 파브리티오?

파브리티오 예, 전하. 지금부터 진행될 공연의 줄거리입니다.

공작 오, 과인은 모든 분의 수고에 감사하오.
공작부인, 앉아요. 줄거리를 들어 봅시다.
[종이를 읽는다] 숲과 시내를 쏘다니던 님프가
두 명의 남자와 동시에 사랑에 빠지고,
두 남자 역시 그녀를 사랑하게 된다.
그 두 사랑이 너무 똑같은지라 이를 결정하고자
이들은 결혼을 관장하는 강력한 주노 여신에게
이 문제를 결정할 전권을 맡기기로 한다.
두 남자는 한숨을 바치고 님프는 제물을 바치니,
이는 모두 주노 여신을 기쁘게 하기 위함이다.
주노는 표식을 통해 결과가 어떻게 될지
알려 주고 그렇게 갈등은 잦아든다.
하지만 두 번째 갈등이 생겨났으니,
거절당한 남자가 불만을 품게 된다.
사랑을 거부당해 화가 난 그는
시커먼 악마 같은 '중상모략'을 불러내니,
이는 상대방 남자를 모욕하기 위함이나
결국 그 자신이 대가를 치르게 된다.
비앙카 전하, 정말 유쾌하고 재미있는 줄거리네요.
그리고 축하연에도 잘 맞아요. 질투심과 중상모략은
진정한 연인에게 곧바로 따라붙는 것들이죠.
그나마 다행인 건, 그것들이 곧 대가를 치른다는 거예요.

[음악이 연주된다]

공작 음악이 나오는 걸 보니 곧 입장할 모양이오.
비앙카 〔방백〕 그럼 내 소망들도 입장하는 거지.

〔노란 옷 입은 결혼의 신 하이멘, 별이 흩뿌려진 검은색 가운 입은 개니메이드, 황금색 별 문양의 흰 옷 입은 헤베가 각자의 손에 뚜껑 덮인 잔을 들고 등장한다. 이들은 짧게 춤추고 나서 공작과 여타 귀빈들에게 절을 한다. 하이멘이 나서서 말한다〕[1]

하이멘 〔비앙카에게 잔을 주며〕 그대, 아름다운 신부께 하이멘이
결혼의 행복을 기원하는 이 천상의 술을 드립니다.
이걸 드세요. 그럼 당신의 침대 속엔 사랑이,
마음속엔 평화가 깃들게 될 거예요.
비앙카 반드시 마셔야겠네요.
이렇게 멋진 극의 시작을 망쳐선 안 되잖아요.
공작 사려 깊은 말이오.
개니메이드 주피터 신께 부탁해서 넥타르 두 잔을 가져왔어요.
헤베가 '순수'에게 한잔 드리고,
난 '사랑'에게 한잔 드릴게요.

〔헤베가 추기경에게 잔을 주고, 개니메이드는 공작에게 준다. 두 사람은 잔을 마신다〕

1) 여기 나오는 배역들은 모두 그리스-로마 신화에 나오는 신이나 인물들이다. 하이멘은 결혼을 주관하는 신이고, 개니메이드는 아름다운 외모로 주피터가 총애하던 소년이었는데 그는 주피터의 잔을 채워 주는 종자였다가 후에 물병자리의 별이 되었다. 헤베는 주피터의 딸이자 역시 연회에서 신들의 잔을 채워 주는 역할을 했다.

〔헤베에게〕 또 넘어지지 않게 조심해요. 길을 잘 보라고요.

전에 넘어져서 은하수 만든 걸 잊지 말아요.[2]

헤베 개니메이드, 덜 알려져서 그렇지, 당신은 더 많이 실수했잖아.

난 한잔만 엎질렀지만 당신은 여러 잔을 훔쳤다고요.

하이멘 그만, 하이멘을 봐서 그만해요.

우린 사랑 속에 만났으니 작별도 그렇게 합시다.

〔가면극 배역들이 모두 퇴장〕

공작 그런데 잠깐만! 줄거리에는 이들 세 배역,

하이멘, 헤베, 개니메이드가 없었어요.

이 줄거리의 배우는 넷밖에 없어서

주노, 님프, 그리고 두 명의 연인이 전부라고.

비앙카 그럼 이건 가면극 앞에 하는 서극(序劇)인가 보죠, 전하.

본 극이 시작되기 전에 즐겁게 해 주려고요.

〔방백〕 이제 내 평화는 완벽해졌어.[3]

〔공작에게〕 빨리 극이 시작되면 좋겠어요.

이제 그들이 나올 시간이에요, 전하.

2) 헤베가 별에 걸려 비틀거리다가 주피터의 우유를 엎질렀고, 이것이 은하수가 되었다는 신화를 말한다.

3) 술잔을 건네는 이 서극은 추기경에게 독배를 먹이기 위해 비앙카가 계획한 음모이고, 그래서 공작이 받아 본 원래의 줄거리에는 없다. 추기경이 독배를 마시는 걸 확인한 비앙카가 이제 마음의 평화를 갖게 되었다고 토로하는 대사이다.

〔음악소리 들린다〕

들어 보세요. 배우들 소리가 들려요.

공작 과연 님프가 등장하는군.

〔님프처럼 차려입은 두 명이 촛불 들고 등장한다. 그 뒤에 꽃과 화관으로 치장한 이자벨라가 불붙은 향로 들고 들어온다. 이들은 공경하는 태도로 주노의 제단에 향로와 촛불을 놓는다. 이들 셋이 번갈아 노래한다〕

〈노래〉

결혼의 여신인 주노시여.
당신은 결혼한 부부들을 통치하시고,
남자가 여자를 버리지 않게 묶어 놓으시며,
결혼을 만들어 주는 유일하게 강한 신이십니다.
어쩔 줄 몰라 하는 이 사랑을 불쌍히 여겨 주세요.
전 두 사람을 다 사랑하고 그 둘은 절 사랑해요.
제 마음은 둘을 똑같이 사랑해서
전 누구를 거절해야 할지 모르겠어요.
여신께서 제 삶의 평화를 잡아 주시고,
신의 힘으로 이 갈등을 끝내 주세요.

이자벨라 〔님프들에게〕 감사 드리니 이제 두 분은 샘으로 가세요.

난 사랑의 샘인 이 두 남자에게 가 볼게요.

〔님프들 퇴장〕

성스러운 여신이자 결혼식의 여왕이시며,
위대한 사투르누스의 딸, 주피터의 아내이자 여동생인
위엄 있는 주노시여,[4] 제 마음속
이 격렬한 갈등을 불쌍히 여기셔서
두 사랑 사이의 지루한 전쟁을 끝내 주소서.
한 사람에게 승리를 주셔서 제 마음에 평화를 주소서.

〔히폴리토와 구아디아노가 목동 분장을 하고 등장〕

히폴리토 위대하신 여신님, 절 그 행복한 사람으로 만들어 주세요.
구아디아노 가장 진실한 사랑이 가장 큰 위로를 받아야 한다면,
저야말로 더 가망이 있어요.
이자벨라 전 두 사람을 너무 똑같이 공평하게 사랑해서
누구를 대변하고 누구를 원해야 할지 모르겠어요.
위대한 중재자이신 여신께서 상서로운 은총으로
두 연인의 마음 중 하나를 지정해 주세요.
절 불쌍히 여겨 그렇게 해 주시길 간청 드립니다.
히폴리타와 구아디아노 저희 두 사람도 간청 드립니다.

4) 사투르누스는 농경의 신으로 주피터와 주노의 아버지이다. 주피터와 주노는 남매이자 부부이다.

〔주노로 분장한 리비아가 큐피드들의 시중을 받으며 천장에서 내려온다〕

이자벨라 회개의 진정한 향기인 한숨을 바쳤으니,
이제 강력하신 여신께 이 값비싼 향을 바치렵니다.
부디 이 향내가 평화롭게 하늘까지 올라가길.
〔방백〕 친애하는 주노 고모님, 이게 정말 효과가 있다면,
머지않아 당신의 영생불사를 시험해 보게 될 거예요.
당신이 일단 한 번 밑으로 내려오면,
다시는 하늘 가까이 못 올라갈 것 같아 걱정이네요.

리비아 내 빛나는 밝음에 비하면 너희와 너희의 사랑이
밤의 유산인 지옥처럼 어두워 보이지만,
내 너희를 가엾게 여겨 너희 부탁을 들어 주겠다.
너희가 표식을 원했으니 표식을 보여 주마.
난 너희에게 관대히 대해 줄 것이야.
저 둘 중 내가 널 위해 점지해 주는 사람은
사랑의 화살에 두 번 맞을 것이다.
두 번째 부상은 노년의 사랑을 상징하지.
평생 줄기차게 사랑하는 사람들은 모두
결혼에서 두 번 사랑의 화살을 맞게 마련이니까.
아니면 청춘이 끝날 때 사랑도 죽어야 하는 거잖아.[5]
〔방백〕 이 향 냄새에 정신을 못 차리겠어.
— 이제 재산과 인생의 황금기에 대한 표식으로,

5) 리비아 본인이 늙은 나이에 리안티오를 사랑하게 된 것을 정당화하는 발언이다.

모든 연인이 원하고 사랑해 마지않는
빛나는 눈의 번영을 주노니 그걸 받도록 해라!

〔불타고 있는 황금을 이자벨라에게 던지고, 이를 맞은 이자벨라는 그 자리에서 쓰러져 죽는다〕

내 오라버니 주피터는 자신의 관대함을 보여 주기 위해
자기의 불타오르는 보물을 기꺼이 빌려주었지.[6]
공작 님프가 저걸 맞고 쓰러졌어.
대체 이건 무슨 의미지?
파브리티오 아마도 너무 기쁘다는 뜻인 것 같습니다.
너무 크게 성공하면 우리 모두 기쁨이 넘치잖아요.
아마 님프 역시 기쁨이 가득 넘쳤나 봐요.
공작 그래도 이건 줄거리에서 좀 벗어나는데.
이걸 보세요, 경들.
구아디아노 〔방백〕 모든 게 계획대로 진행되고 있어.
이제 내가 그자를 이리로 유인할 시간이야.
이미 쇠못을 준비해 놨으니 그놈도 교묘하게 죽을 거야.
히폴리토 완전히 죽었어! 오, 이건 음모야!
잔인하게 없애 버리다니!

〔이자벨라가 죽은 걸 확인한 히폴리토는 격분하여 발로 무대를 차고, 그러자 무대

6) 주피터의 위엄의 상징이자 무기이기도 한 번개를 말한다.

의 함정문이 열리면서 구아디아노가 그 안으로 굴러 떨어진다)

어떻게 된 거지?

파브리티오 보세요. 저기 연인들 중 하나가 또 쓰러졌네요.

공작 아니, 이 줄거리는 틀림없이 가짜야. 여긴 그런 내용이 없다고.

리비아 오, 아파서 죽을 것 같으니 날 빨리 내려 줘.

이 연기가 치명적이었어. 난 중독됐다고!

내 술수가 당해서 그 애의 계략이 날 죽였어.

나 자신의 야망이 날 끌어내려 파멸시킨 거야.

(리비아가 죽는다)

히폴리토 아니, 그렇다면 난 네 차가운 입술에 입을 맞추고

네 이 죽음의 복수에 찬사를 보내마.

(죽은 이자벨라에게 키스한다)

파브리티오 보세요, 주노도 쓰러졌어요!

(큐피드들이 히폴리토에게 화살을 쏴서 맞힌다)

대체 그녀는 저기서 뭐하는 거죠?

자존심 센 주노여신은 허공에 떠 있어야 하잖아요.

다른 연극에선 땅에 발 디디는 것도 싫어했다고요.

아마 그녀의 공작새 깃털들이 아래로 잡아당겼나 봐요.[7]

히폴리토 오, 내 핏속에서도 죽음이 광란의 불길로 달리는구나!

저 염병할 큐피드들! 누가 저놈들을 붙잡아.

도망치지 못하게 해! 저놈들이 날 죽였다고.

화살촉에 독이 묻어 있었어.

공작 뭐가 어찌 된 건지 혼란스럽구나.

히폴리토 여러분, 우리는 모두 당했어요.

공작 무슨 뜻이지?

히폴리토 죽었어요. 전 그보다 더 나쁜 상태고요.

파브리티오 죽었다고? 내 딸이 죽어?

설마 내 동생 주노여신이 내게 그런 짓을 하진 않았겠지.

히폴리토 우리는 음욕에 빠져 다른 건 망각했어요.

그래서 우리 모두 무(無)로 돌아가게 됐죠.

누가 자비를 베풀어 칼로 나를 찔러 주세요.

이 핏속의 불길을 끄고 빨리 죽을 수 있게요.

나도 지금 죽음을 맛보고 있지만,

리안티오의 죽음이 우리에게 이 모든 걸 가져왔고

우리가 서로를 죽이기 위해 음모를 꾸미게 했어요.

사태가 벌어진 걸 보니 그게 증명되네요.

사람의 이해력은 평생 살아 있을 때보다

죽는 순간에 더 성숙해지는 법이죠.

누나는 연인의 죽음으로 미쳐 버려서

7) 주노여신의 상징이 공작새이므로 가면극 복장에 공작새 깃털이 많이 달려 무겁다는 말이다.

우리의 끔찍한 근친상간을 밝히고 말았어요.
그로 인해 나도 예기치 못했던 무서운 벌을 받았고
누이 스스로도 파멸을 맞았어요.
복수와 복수가 음모로 맞닥뜨린 거예요.
마치 죄의 모든 역병들이 여기서
한꺼번에 만나기로 약속이라도 한 것처럼요.
하지만 누이에게 아첨하던 짝패가
어떻게 떨어져 죽었는지는 나도 모르겠어요.
자기가 꾸민 어떤 덫에 당한 게 아니라면요.
맹세컨대 저자는 자기가 죽을 줄 몰랐거든요.
이 계획은 모두 저 사람이 직접 짠 거고,
저자는 스스로를 구할 만한 교활함이 있으니까요.
하지만 가장 영리한 사람들조차 몰락시키는 게
죄짓는 행위의 특징이죠. 그러니 놀랍지도 않아요.
— 오, 난 너무 고통스러워요!

공작 거기, 호위병!

〔귀족이 호위병과 함께 등장〕

귀족 전하.

히폴리토 뛰어가서 죽음을 맞자.
시간과 고통을 줄일 수 있게.

〔히폴리토가 호위병의 미늘창으로 돌진해 죽는다〕

귀족 전하, 보세요.

그가 창끝으로 자기 가슴을 찔렀어요.

공작 짐의 결혼 축하 행사가 벌어지는 첫날밤에

파괴가 승전보를 울렸고, 거대한 음모들이

예고된 여흥의 가면을 쓰고 나타났소.

정말 기괴한 일이야!

이건 아주 끔찍한 흉조고 난 예감이 좋지 않아.

〔호위병에게〕 이 파멸한 시체들을 과인의 눈앞에서 치워라.

비앙카 〔방백〕 아직도 변화가 없네? 추기경은 언제 땅에 쓰러지지?

귀족 전하, 이 종이를 좀 보시지요.

제일 먼저 쓰러진 자가 죽기 전

마음으로부터 쓴 짧은 고백입니다.[8]

여기 보면 이 행위들의 비밀이 명백히 나와 있어요.

전체적인 범위와 양상, 의도까지 전부 다요.

실수로 그자를 함정문에 떨어지게 한 그의 상속자는

숙부의 비명을 듣자마자 겁에 질려 도망갔습니다.

비앙카 〔방백〕 아직도 안 쓰러지는 거야?

공작 읽어요, 읽어 줘요. 난 눈도 안 보이고 기운도 없어.

추기경 고귀하신 형님!

비앙카 오, 끔찍한 저주로구나!

내 치명적인 조치가 공작님에게 떨어졌어.

파멸이 날 당신에게 데려가기를. 비켜.

8) 구아디아노를 말한다.

일 분이라도 날 막는 사람에게는

타락한 영혼의 고통과 역병이 덮칠 거야.

공작 내 심장이 점점 더 부풀고 있어. 날 도와줘.

이 옷을 찢어서 열어. 그 다음엔 내 가슴이 터져서 열릴 거야.

〔공작이 죽는다〕

비앙카 오, 추기경! 당신, 당신을 위해 준비한 독약이었어.

그건 당신을 위한 거였다고!

추기경 가엾은 공작님!

비앙카 저주받은 실수였어!

그대, 중독된 가슴이여. 마지막 숨을 내게 줘요.

그래서 독 품은 한 방울의 증기로 두 영혼을 감싸 줘요.

〔죽은 공작에게 키스한다〕

이렇게, 이렇게, 당신을 죽인 살인자에게 보상하고,

죽음을 작별의 키스로 바꿔 주세요.

내 영혼은 한순간도 당신보다 뒤처지기 싫어서

지금 막 내 입술에서 떠나려고 해요.

추기경 피렌체 전체의 평화를 깼던 모든 사건 중에

가장 슬프고 놀라운 일이 이 시간에 일어나고 있소.

비앙카 그래, 내 소원이 이루어져서

난 이제 내 안에서 죽음의 힘을 느껴.

저주받을 독약아, 비록 네 주된 효력은
우리 공작님 가슴 속에서 소진됐지만
그래도 조금은 효과가 남아 있구나.
문둥병 걸린 영혼에는 망가진 얼굴이 더 어울리지만,
내 영혼의 추함은 이보다 훨씬 더 끔찍하지.[9]
난 여기서 뭐하고 있는 거지?
여기 있는 사람들 모두 나한테는 남이고,
당신이 가 버린 지금 이들에게선 악의만 보여.
나 또한 그들의 동정은 바라지 않아.

〔공작이 마셨던 독배를 마저 마신다〕

추기경 오, 그녀의 무모한 자살을 막아!
비앙카 막아 봐요. 이미 마셔 버렸으니.
리안티오, 이제 내 심장이 부서지려 하니
난 우리 결혼이 깨진 걸 뼈저리게 느끼겠어요!
오, 여자가 여자에게 놓는 끔찍한 덫에는
영혼이나 정절에 대한 연민이 조금도 없구나!
내 사례를 보고 당신들의 적이 누구인지 알아 두세요.
난 이걸 믿으며 죽을 거예요. 우리 여자에게
같은 여자보다 더한 적(敵)은 없어요. 없다고요!
귀족 추기경 성하, 그녀의 계략이

9) 아마도 이자벨라의 얼굴이 독 때문에 망가지고 있을 것이다.

어떻게 스스로를 파멸에 이르게 했는지 보세요.

비앙카 오만, 출세, 명예, 미모, 젊음, 야망,
너희들 모두 나와 함께 죽어야 해. 어쩔 수 없어.
하지만 이것만은 내 위안이야. 내가 사랑의 잔으로
그분과 같은 죽음을 맛보며 죽는다는 것 말이야.

〔비앙카 죽는다〕

추기경 죄악이여, 여기 이 시체들이
네가 무엇인지를 너무 비참하게 보여 주는구나.
한 개의 왕좌에 두 왕이 같이 앉을 수는 없는 법,
그중 한 왕은 가짜여서 몰락할 수밖에 없어.
그래서 음욕이 나라를 지배하게 되면,
그 나라의 왕은 오래 통치할 수 없게 되지.

〔모두 퇴장〕

미들턴의 주요 작품 연보*

The Phoenix, 1603-4

News from Gravesend: Sent to Nobody, 1603 (토머스 데커와 공저)

The Honest Whore, Part 1, 1604 (토머스 데커와 공저)

Michaelmas Term, 1604

A Trick to Catch the Old One, 1605

A Mad World, My Masters, 1605

A Yorkshire Tragedy, 1605

Timon of Athens, 1605-6 (셰익스피어와 공저)

The Revenger's Tragedy, 1606

The Roaring Girl, 1611 (토머스 데커와 공저)

No Wit/Help like a Woman's, 1611

A Chaste Maid in Cheapside, 1613

More Dissemblers Besides Women, 1614

The Widow, 1615-16

The Witch, 1616

Women Beware Women, 1621

The Changeling, 1622 (윌리엄 로울리와 공저)

The Spanish Gypsy, 1623 (존 포드, 토머스 데커, 윌리엄 로울리와 공저)

A Game at Chess, 1624

* 작품 연보는 『토머스 미들턴 전집(*Thomas Middleton: The Collected Works*)』(Oxford and New York: Oxford UP, 2007, Gary Taylor and John Lavagnino 편집)를 참고하였고, 팸플릿이나 가면극, 찬양극은 제외하고 주요 드라마 위주로 작성하였다.

지은이

토머스 미들턴 Thomas Middleton, 1580-1627

1580년 런던에서 태어났으며, 그의 작품의 무대이기도 했던 칩사이드에서 어린 시절을 보냈다. 아버지 윌리엄 미들턴은 런던 시민의 상위 10퍼센트에 들 만큼 유복한 벽돌공 출신 런던 신사였으나 미들턴이 6세 때 사망했고, 여성에게 재산권이 없던 시절에 어머니 앤은 재혼 전에 미들턴 남매에게 재산의 3분의 2를 기탁함으로써 자식들의 유산을 보호하는 법적 조치를 취했다. 그러나 새아버지 토머스 하비는 그 재산을 갈취하기 위해 아내인 앤과 오랜 법적 싸움을 벌였고, 이런 배경은 미들턴의 작품세계에도 영향을 미쳤다. 미들턴은 18세가 되던 1598년에 옥스퍼드의 퀸스 칼리지에 입학했으나, 거듭되는 가정사 등으로 1601년에 학위를 받지 않은 채 옥스퍼드를 떠났다. 다시 런던으로 돌아온 미들턴은 신분으로는 신사였지만 토지나 재산, 직업이나 기술도 없는 처지였다. 당시 미들턴처럼 돈 없는 작가들이 기댈 수 있는 수입원은 후원자나 극장, 그리고 출판이었는데 이미 후원제가 시들해진 근대 초기 영국에서 미들턴은 극본을 써서 팔거나 팸플릿 등의 저작을 출판업자에게 판매함으로써 생계를 이어가기 시작했다. 극작가가 된 미들턴은 어느 한 극단에 속하지 않은 프리랜서로 일했고, 때로는 단독으로, 때로는 토머스 데커, 윌리엄 셰익스피어, 윌리엄 로울리 등과 함께 집필하며 수많은 작품들을 써냈다. 미들턴은 드라마 외에 팸플릿 출판, 왕실과 런던시, 길드들을 위한 찬양극(pageant) 집필 등으로 포트폴리오를 넓혔으며 일부는 크게 성공하기도 했으나, 1624년 대표작 『체스 게임(*A Game at Chess*)』이 정치적 이유로 탄압되고 판금되면서 이후 1627년 사망할 때까지 투옥 혹은 피신으로 어떤 작품도 쓰지 못했다. 생전에 여러 면에서 셰익스피어에 필적할 만한 뛰어난 작가였던 미들턴은 사후에 자신의 명성과 유작을 지켜 줄 가족이나 동료, 재산이 없었기에 그의 유작은 뿔뿔이 흩어지거나 제대로 평가받지 못했고, 그의 전집이 2007년이 되어서야 출판될 정도로 영문학계나 국내외 출판계에서 대접받지 못했으나, 최근에 그에 대한 재조명이 각계에서 이루어지고 있다.

옮긴이

이미영

서울대학교 영어영문학과를 졸업하고 같은 대학원에서 「셰익스피어의 비극과 희극에 나타난 여성상 연구」로 박사학위를 취득했으며, 현재 백석대학교 어문학부 교수로 재직 중이다. 최근 논문으로는 「근대 초기 드라마의 여성혐오적 화장담론: 『메리엄의 비극』을 중심으로」, 「도시희극 속 '정숙한 창녀'읽기: 근대초기 런던과 극장의 기표」, 「출판문화와 근대적 작가의식: 토머스 내쉬의 헌사와 서문들을 중심으로」 등이 있고, 편저로는 『헛소동』과 『텍스트와 함께 하는 영문학개론』이 있다. 그 외에 번역서로 『리어왕·맥베스』(을유문화사)와 『영국 도시희극선』(아카넷)이 있다.

한국연구재단총서 학술명저번역 서양편 599

토머스 미들턴 희곡 선집 1

복수하는 사람의 비극
여자는 여자를 조심해야

1판 1쇄 찍음 | 2017년 6월 13일
1판 1쇄 펴냄 | 2017년 6월 26일

지은이 | 토머스 미들턴
옮긴이 | 이미영
펴낸이 | 김정호
펴낸곳 | 아카넷

출판등록 2000년 1월 24일(제406-2000-000012호)
10881 경기도 파주시 회동길 445-3
전화 | 031-955-9510(편집) · 031-955-9514(주문)
팩시밀리 | 031-955-9519
책임편집 | 이하심
www.acanet.co.kr

Printed in Seoul, Korea.

ISBN 978-89-5733-552-9 94840
ISBN 978-89-5733-214-6 (세트)

이 도서의 국립중앙도서관 출판시도서목록(CIP)은
서지정보유통지원시스템 홈페이지(http://seoji.nl.go.kr)와
국가자료공공목록시스템(http://www.nl.go.kr/kolisnet)에서 이용하실 수 있습니다.
(CIP 제어번호: CIP2017009786)